HELGA BECKER

Scho wägga de Leut!

DIE MISS MARPLE AUS DEM SCHWABENLAND

Als wäre der Stress mit der eigenen skurrilen Familie nicht genug, kommt für Frau Nägele auch noch die Aufregung um den Löwenwirt Rudi hinzu. Der sitzt nämlich gechillt, aber halt tot auf der Bank im Hardtwald und erschreckt die Yogadamen, die Frau Nägele als »Jägermeisterin« durch den Wald führen wollte. Sofort erwacht der kriminalistische Spürsinn des schwäbischen Originals, mit dem sie Kommissar Lauer ziemlich auf die Nerven geht. Dass sie »mit älle Leut ins Gspräch kommt«, erweist sich als sehr hilfreich, denn so gelangt sie an Informationen, die der Polizei verborgen bleiben. Nach dem Motto »neugierig benn i net, aber intressiera tät's mich schon«, gräbt die Hobbyermittlerin in der Vergangenheit von Rudis Mutter, der Löwenwirtin. Die Abgründe, die sich auftun, machen sie sprachlos. Und das will bei der schwäbischen Schlabbergosch etwas heißen. Ist sie einem Serienkiller auf der Spur? Welche Rolle spielt die rote Amazone? Papier im Mund ist ungesund und überhaupt: Warum lagert jede Menge Alkohol im »Paradies«?

Helga Becker, geboren 1958 in Murr an der Murr, ist Mutter von zwei Töchtern. Sie lebt mit ihrem Mann, dem Fotografen Richard Becker, im Bottwartal. Nach dem Abitur und einer kaufmännischen Lehre vom Vater zur Drechslerin ausgebildet, ist sie heute Stadtarchivarin in ihrer Heimatstadt Steinheim an der Murr. Die Archivbestände und ihre lebhafte Phantasie liefern die Grundlage für ihre erste Krimigeschichte, die sie mit viel Lokalkolorit zu Papier gebracht hat. Daneben hat sie mit ihrem Mann schon einige Bücher zu kunsthandwerklichen Themen und Architektur veröffentlicht und sie tourt mit ihrer Bühnenfigur »Frau Nägele« als schwäbische Kabarettistin durch das Ländle.

HELGA BECKER

Scho wägga de Leut!

FRAU NÄGELE ERMITTELT

GMEINER

Personen und Handlung sind frei erfunden.
Ähnlichkeiten mit lebenden oder toten Personen
sind rein zufällig und nicht beabsichtigt.

Immer informiert

Spannung pur – mit unserem Newsletter informieren wir Sie
regelmäßig über Wissenswertes aus unserer Bücherwelt.

Gefällt mir!

Facebook: @Gmeiner.Verlag
Instagram: @gmeinerverlag
Twitter: @GmeinerVerlag

Besuchen Sie uns im Internet:
www.gmeiner-verlag.de

© 2023 – Gmeiner-Verlag GmbH
Im Ehnried 5, 88605 Meßkirch
Telefon 0 75 75 / 20 95 - 0
info@gmeiner-verlag.de
Alle Rechte vorbehalten
1. Auflage 2023

Lektorat: Ricarda Dück
Herstellung: Mirjam Hecht
Umschlaggestaltung: U.O.R.G. Lutz Eberle, Stuttgart
unter Verwendung eines Fotos von: © Richard Becker
Druck: GGP Media GmbH, Pößneck
Printed in Germany
ISBN 978-3-8392-0506-8

Für meine lieben Eltern,
Lieselotte und Helmut Nägele

PROLOG

Schon seit Wochen wirbelten die Gedanken durch seinen Kopf. Ein Sammelsurium an Fragmenten, die sich nicht zu einem Bild fügen wollten. Er kam nicht zur Ruhe und hoffte inständig, dass sich der Nebel in seinem Gehirn endlich auflösen würde. Aber bis es so weit war, blieb ihm nichts anderes übrig, als das Durcheinander auszuhalten. Und genau deshalb musste er unbedingt raus!

»Wo willsch denn du jetzt na? Am Samstagnochmittag? Für den Geburtstag missed no die Platta g'richtet werda. Aber der feine Herr hat natürlich keine Luscht, und ich muss wieder älles selber macha!"

»Mutter ... Ach leck mich doch!«

Jedes Wort an sie war verschwendet. Er presste die Zähne zusammen, bis seine Kiefermuskeln schmerzten, schnürte eilig seine Wanderschuhe, griff nach seinem Handy und stürzte zur Tür hinaus. Er nahm nicht den Weg über die Hauptstraße des beschaulichen Ortes. Dort würde er zu viele Leute treffen. Eigentlich mochte er es, unter Menschen zu sein, aber heute brauchte er Ruhe. Um Kraft zu sammeln für den entscheidenden Schritt in seinem Leben.

Rasch bog er in die schmale, dunkle Gasse ein, die zwischen Fachwerkhäusern und alten Schuppen zum Ortsrand führte. »Komm ins Offene, Freund!«, hatte Hölderin gefordert. In der Schule hatten sie das Gedicht »Der Gang aufs Land« rauf und runter lesen müssen, aber nur dieser eine Satz war bei ihm hängen geblieben. Und genau dahin wollte er jetzt: ins Offene, ins Freie! Die Enge, die Kleinkrämerei, die ständige Beobachtung hinter sich lassen. Die Mutter und den Löwen. Heute und für immer.

In Gedanken vertieft streifte er über Äcker und Obstwiesen und durch Weinberge. Mit jedem Schritt fiel ein klein wenig der Last von ihm ab, wenngleich das Grundrauschen an Anspannung blieb. Sein Weg führte ihn in den Wald. Die Sonne war mittlerweile gen Westen gewandert. Richtung Schwarzwald, der Region, die seine neue Heimat werden sollte. Und dafür musste er die letzten Angelegenheiten klären …

Nach dem Treffen mit seinem Schulfreund war das Bedürfnis groß, alleine zu sein und sich in die Einsamkeit der Natur zurückziehen. Immerhin hatte er diese unangenehme Begegnung hinter sich gebracht. Sein alter Bekannter hatte zwar versucht, ihn hinzuhalten, aber schließlich eingelenkt. Das war also geklärt. Bald würde er nach Hause zurückkehren, dann stand ihm der letzte Disput mit der Mutter unausweichlich bevor. Aber der lange Spaziergang hatte ihm gutgetan und der Sturm in seinem Kopf hatte sich etwas gelegt. Hier im Wald, an seinem Lieblingsplatz, konnte er nun Energie tanken und sich die entscheidenden Argumente überlegen, die er der hartherzigen Frau entgegenhalten würde.

Vor ihm lag der kleine Fluss, der sich durch das schmale Tal zog und sein Wasser aus den vielen Bächlein des Murrhardter Waldes erhielt. Vor Urzeiten hatte er eine Gumpe entstehen lassen, einen Strudeltopf, in dem sie schon als Kinder heimlich gebadet hatten. Nach den starken Sommergewittern der letzten Tage führte das Flüsschen ungewohnt viel und schmutziges Wasser mit sich. In wilden Kaskaden rauschte es in die Gumpe hinunter und setzte auf der anderen Seite seinen Weg deutlich ruhiger fort, zwischen großen Wackersteinen hindurch. Im Naturbecken stand das Wasser so hoch, dass es den kleinen Holzsteg, der sich darüber spannte, fast berührte.

Da sich das Wetter heute wieder von seiner sonnigen Seite zeigte, ließ er sich auf der kleinen Brücke nieder, streifte Wanderstiefel und Socken ab, ließ seine Beine ins fließende Wasser baumeln und folgte dem Strudel seiner Gedanken. Nur noch eine Woche musste er durchhalten. Dann würden sich seine Wünsche und Hoffnungen erfüllen. Dann würde er endlich seinen eigenen Weg gehen. Es war höchste Zeit, immerhin hatte er vor einigen Wochen seinen fünfzigsten Geburtstag gefeiert. Warum ausgerechnet dieses letzte Fest in der alten Heimat so schiefgelaufen war, konnte er sich selbst nicht erklären. Aber er würde alles wieder ins Reine bringen.

Aus seiner Hemdtasche zog er ein Foto und betrachtete es seufzend. Immer wieder hatte er es versprochen, aber erst jetzt hatte er endlich den Mut gefunden, mit ihr gemeinsam neu anzufangen. Den Heimatort, den Betrieb, die lieblose Mutter, die neidischen Kumpels hinter sich zu lassen. Nichts und niemandem würde er hinterhertrauern. Nur den Abschied von Festus bedauerte er ein wenig. Der hatte ihn oft vor der herrischen Mutter in Schutz genommen. Meist erfolglos, aber allein die Versuche rechnete er dem alten Mann hoch an. Auch dass er immer wieder Beträge aus seiner »Nebenkasse« für ihn abgezweigt hatte, wie er es nannte. Das würde ihnen den Neustart erleichtern. Und vielleicht könnte er Festus irgendwann nachkommen lassen.

Er starrte auf das Wasser, das um seine Beine herum schnell und unaufhaltsam seinem Lauf folgte. Genauso konsequent wollte er jetzt seine Pläne umsetzen. Wieder betrachtete er das Bild.

»Ach, Melanie, für mi gibt's doch bloß dich ond die Mädla und sonscht nix und niemand. Bald fanget mir neu

a, des schwör ich!«, sagte er laut, um sich selbst Mut zuzu-
sprechen.

Er versank wieder in Gedanken und lauschte dem Wasser, das in die Gumpe stürzte und dessen Getöse das Kna-
cken zertretener Äste am Waldrand übertönte. Das leichte
Schwanken des Stegs führte er auf die Kraft des Wassers
zurück. Kurz wunderte er sich, als ein stechender Schmerz
seinen Kopf durchfuhr und Lichtblitze vor seinen Augen
zuckten. Dann fühlte er sich so leicht und unbeschwert wie
schon lange nicht mehr und glitt in die Tiefen des Wassers.

KAPITEL 1

Wie immer bin ich spät dran. Aber bis die wichtigsten Restaurierungsarbeiten abgeschlossen sind, dauert es halt. Und heute muss ich mir viel Mühe geben, denn ich werde Publikum haben.

Ich öffne das Badschränkchen. Na ja, früher hatten wir ein Badschränkchen, heute haben wir eine Badschrankwand. Mit allerhand Tiegeln, Töpfen, Dosen, Pinseln und Kellen. Wie beim Restaurator. Und weil mit zunehmendem Alter auch immer mehr Fläche zu bearbeiten ist, heißt es jetzt schmieren und salben. Oder besser gesagt reinigen, grundieren, färben und lackieren. Auch wie beim Restaurator. Ich gebe also eine halbe Stunde lang mein Bestes und sehe danach tatsächlich anders aus. Allerdings kein bisschen besser.

Lass guat sei, denk ich. Vergebliche Liebesmüh. Guck liaber, dass du en deine Kleider nei kommsch!

Ich geh ins Schlafzimmer, greife nach meinem Kostüm und frage mich, warum ich eigentlich keine Hemmungen habe, mich in diesem Aufzug in der Öffentlichkeit zu zeigen. Warum es mir nichts ausmacht, wenn sich die Nachbarin verstohlen wegdreht und das Lachen kaum verkneifen kann. Wenn meine Kinder verschämt an mir vorbeilaufen, als gehörte ich nicht zur Familie. Wo mich nur der BMVÄ behandelt, als wäre alles in Ordnung. Aber ihn, den »beschta Ma von älle«, den erschüttert so schnell sowieso nichts. Auch meine heutige Garderobe nicht.

Meine rosa Bluse mit Puffärmeln ist ein Überbleibsel aus meiner Teenagerzeit, doch immerhin passt sie mir noch einigermaßen. Die oberen Knöpfe gehen problemlos zu, früher hat es da gespannt. Die unteren muss ich hingegen offen lassen. Da wird es jetzt eng. Glücklicherweise sieht man das jedoch nicht, weil ich darüber die alte beigegraue Feincord-kniebundhose meines Vaters trage. Die mit den Hosenträgern. Passend dazu ziehe ich dicke Kniebundstrümpfe mit Zopfmuster über die nicht mehr ganz so strammen Waden. Sie ähneln denen, die meine Großmutter Anfang der 60er-Jahre gestrickt hat. Die gehen problemlos als Stützstrümpfe durch. Ich stecke die Beine in meine Wanderstiefel, die mir durch die dicken Socken viel zu eng sind. Was tut man nicht alles für sein Publikum.

Mein Outfit wird heute vom grünen Filzhut meines Großvaters komplettiert. Mit Adlerfeder. Oder eher Bussard. Vielleicht auch Taube. Na ja, eine Feder halt. Und über meine Schulter hänge ich einen Rucksack aus grobem Leinen, mit dem der Opa nach dem Krieg übers Land gezogen ist und in der schlechten Zeit Schuhbändel, Hosengummis und Knöpfe verhökert hat. Das Ungetüm ist so groß, dass ich im Notfall darin übernachten kann. Das wichtigste Utensil ist aber der selbst gehäkelte Patronengurt, den ich quer über der Brust trage. Natürlich nicht bestückt mit Patronen, doch irgendwie schon mit Munition. Mit Jägermeister, in Portionsfläschchen. Die sind heute essenziell, weil ich als Jägermeisterin unterwegs bin. Passend zur gleichnamigen Erlebnisführung, die in unserem Heimatwald ansteht.

So, Mädle, jetzt aber flott! Ich werfe einen letzten tapferen Blick in den Spiegel.

»Net schee, aber selda«, murmle ich und eile aus dem Haus.

Doch bevor ich ins Auto steigen kann, fällt mir auf, dass mein Patronengurt leer ist. Ein Blick auf die Uhr verrät mir, dass es zum örtlichen Getränkehändler nicht mehr reicht. Meine letzte Hoffnung ist das Paradies. Nicht das himmlische, sondern ein ganz irdisches: unsere Gartenlaube. Ich renne mit dem bedenklich hin und her schwingenden Rucksack auf dem Rücken durch den Garten zum kleinen Holzschuppen. Den haben Vater und seine Freunde Alfa und Emil schon vor Jahren »Paradies« getauft und eine handgeschriebene Tafel mit dem Namen über dem Eingang angebracht.

Vor dem Paradies hebe ich den großen Wackerstein auf, unter dem der Schlüssel liegt. Normalerweise. Jetzt liegt da eine grottenhässliche Kröte. Ich erschrecke so sehr, dass ich den schweren Stein mit Karacho wieder fallen lasse. Ein verräterisches Geräusch sagt mir, dass das der Kröte nicht gut bekommen ist. Kurz wird mir übel. Ich schaue lieber nicht nach. Und den Schlüssel will ich schon gar nicht mehr hervorangeln. Brauche ich glücklicherweise auch gar nicht, denn in dem Moment entdecke ich ihn im Schloss stecken. Ich öffne die Tür.

»Hallo, isch äbber do?«, erkundige ich mich unnötigerweise, denn der Raum ist mit einem Blick zu übersehen und menschenleer.

Sehr gut. Für Erklärungen habe ich jetzt nämlich keine Lust und vor allem keine Zeit. Zuerst durchsuche ich die Regale. Das dauert, denn die sind über und über mit Spirituosen aus aller Welt gefüllt. Ein Paradies eben für die »Boygroup«, wie ich Vaters Altherrentruppe gerne nenne. Ich mache mehrere Flaschen Glenfiddich aus, Remy Martin, Ouzo, Carlos Primero, Linie Aquavit, Fernet Branca, Calvados sowie diverse heimische Destillate aus Zwetschge, Birne, Apfel und Kirsch. Kein Jägermeister. Im und auf dem alten Küchenschrank von der Oma mit den rosa und hellblau gestrichenen Schiebetüren lagert ein Jahresbedarf an Riesling, Trollinger, Lemberger, Chianti und Barolo. Im

Kühlschrank daneben steht ein 30-Liter-Bierfass, angeschlossen an eine mobile Zapfanlage, jederzeit einsatzbereit. Kurz frage ich mich, ob das Paradies zum Außenlager des Getränkehändlers mutiert ist oder ob in unserem Garten das Ortsjubiläum gefeiert werden soll.

»Was dean denn die alte Bachl mit so viel Alkohol?«, wundere ich mich laut. »Do muss ich mich obedengd mol drum kümmera. Aber net jetzt. Jetzt brauch ich Jägermeischter.«

Als Nächstes hebe ich den Klappsitz der Eckbank an. Tatsächlich, hier finde ich die gewünschten Portionsfläschchen. Und zwar einen Fünfjahresvorrat davon.

»Hände hoch!«, schreit es hinter mir, als ich gerade einen der Kartons heraushebe.

Blitzschnell drehe ich mich um, setze die Jägermeisterbox zum Verteidigungswurf an und starre in einen Gewehrlauf, der direkt auf mich gerichtet ist. Ich lasse den Karton wieder sinken.

»Mensch, Vatter! Hasch du no älle Tassa em Schrank! Du kannsch doch net mit ra Waffe uff mich ziela!«

Kurz muss ich mich am Tisch festhalten, derart heftig ist mir der Schreck in die Glieder gefahren.

»Kann ich wissen, dass du des bisch? Man muss sei Sach doch verteidigen dürfen!«, erwidert mein alter Herr im Honoratiorenschwäbisch, um seiner Aussage Nachdruck zu verleihen.

»Verteidigen? Die Gartahütte oder die Unmenga an Alkohol? Zu was brauched ihr denn des? Und überhaupt, seit wann hasch du a G'wehr?«

»Erschtens isch das keine Gartenhütte, sondern das Paradies. Zweitens geht dich der Alkohol gar nix a und drittens gehört des Deng net mir. Des hat mir dr Hagemaiers Lugge ausglieha.«

»Ausglieha?«

»Jawoll!«

»Für was?«

»Zum … äh …«

»Vatter!«

»Ja … zum Taubenschiaßa halt!«

»Zum Taubaschiaßa!? Schpinnsch du? Des derf mr doch gar net! Und du kannsch doch gar net schiaßa. Mensch, wenn du versehentlich jemand triffsch? Des isch g'fährlich!«

»Was wird denn des g'fährlich sei? Des isch a Luftg'wehr! Des schiaßt doch bloß Luft! Und außerdem müsst i jo zerschd amol träffa.«

»Vatter, du machsch mich fertig! A Luftg'wehr schiaßt keine Luft! Und überhaupt, des goht net, dass du mit ra Waffe em Aschlag romrennsch. Do müssed mir uff alle Fäll nommol drieber schwädza. Au über den ganza Alkohol dohenna. Jetzt hab i aber kei Zeit. Mir pressierts.«

Er deutet auf den Karton in meinen Händen und grinst.

»Ach, aber für Jägermeischder hasch Zeit?«

»Noe, i hab kei Zeit, aber i hab dringend ein brauchd.«

»Muss ich mir do Sorgen macha?«

»Vatter, den brauch i doch net für mi. I hab heut a Führung im Hardtwald und mein Patronagürtel isch leer.«

»Hasch du au a G'wehr?«

»Noe, Vatter, i hann kei G'wehr. Der Gürtel g'hört zu meim Kostüm als Jägermeisterin. Wia fendsch denn des überhaupt?«

Ich dreh mich wie ein Model, damit das Outfit wirken kann. Mein Vater schaut mich von oben bis unten an und fängt an, herzhaft zu lachen.

Do isch doch Hopfa und Malz verlora, denk ich und drück mich an ihm vorbei aus dem Paradies.

Der alte Herr hält mich am Arm zurück und sagt unter Glucksen: »Kennsch du den? Zwei Jäger senn em Wald. Plötzlich bricht einer zamma. Er schnauft anscheinend nemme und seine Auga glänzed. Der andere Jäger holt sei Handy raus und wählt den Notruf. ›Mei Kumpl isch tot! Was soll i macha?‹ – ›Beruhigen Sie sich. Als Erstes versichern Sie sich, dass er tatsächlich tot ist.‹ Stille. Dann ein Schuss. Der Jäger zum Mann vom Notruf: ›Okay, was jetzt?‹ ... Hahaha ... Der isch sauguad, gell?« Er schüttelt sich vor Lachen und lässt sich auf die Eckbank fallen.

Ich kann nur die Augen verdrehen. »Ja, Vatter, super Witz! I muss nohre macha. I lach nochher em Auto.«

Manchmal könnte ich ihn echt ... Aber Vater ist halt Vater. Nun, die Gewehrsache wird ein Nachspiel haben. Genau wie das Alkohollager.

Jetzt muss ich mich aber richtig sputen. Ich renne zum Auto, schmeiß mich auf den Fahrersitz und starte mit quietschenden Reifen. Eigentlich war Vaters Jägerwitz gar nicht schlecht. Doch ich lache nicht – zom Bossa!

KAPITEL 2

Die Uhr tickt, deshalb entscheide ich mich für die Abkürzung über das Promillewegle. Dass das jedoch keine gute Idee war, merke ich sofort. In den letzten Tagen hat es immer wieder heftig geregnet, und der Feldweg ist komplett aufgeweicht. Der Matsch spritzt von den Reifen auf die Karosserie, und ich weiß genau: Da wird sich der BMVÄ nicht freuen!

Aber es hilft nix. Ich muss etwas Zeit rausholen und trete das Gaspedal durch. Hamilton hätte seine Freude an mir. Über die Senken schanze ich professionell hinweg. Die Holpertour macht mir richtig Spaß. Ich komme mir vor wie bei der Rallye Paris–Dakar. Eher unfreiwillig mache ich ein paar Drifts links und rechts in die Randstreifenbegrünung. Das ist jetzt blöd. Da werde ich bei Gelegenheit wohl dem NABU eine kleine Geldspende zukommen lassen müssen.

Eineinhalb Minuten sind schon gewonnen, da erblicke ich in der Ferne einen Riesentraktor, der über den Acker auf meinen Feldweg zufährt.

Du wartsch, denk ich mir und drück noch mal aufs Gas.

Aber der Bulldog wartet nicht. Er will es wissen, beschleunigt ebenfalls und biegt vor mir auf den Weg ein. Unverschämt! Die Riesenräder schleudern Dreckbatzen auf meine Windschutzscheibe. Durch die freien Lücken sehe ich, dass es zwischen ihm und mir langsam eng wird. Ich sollte besser bremsen. Aber ich will nicht! Er will aber anscheinend auch nicht runter vom Weg.

Gut, du haschd es so gewollt! Dann fahr halt ich in den Acker!

Mit einem Grand-Prix-verdächtigen Schlenker ziehe ich durch den Blühstreifen in das Weizenfeld, rausche rechts am Bulldog vorbei und schere kurz vor einem Graben wieder auf den Feldweg ein. Das war knapp.

Ich schalte den Scheibenwischer ein. Der verteilt den Matsch zu einem sämigen Brei auf der Windschutzscheibe. Als ich die Wasserspritzanlage zuschalte, rauscht die Dreckbrühe über die Seitenfenster und das Autodach. Jetzt erkenne ich wenigstens den Weg wieder, aber ob der BMVÄ unseren Wagen wiedererkennen wird? Ich höre schon sein Gezeter, weil sein Heiligtum aussieht wie die Sau. Dass da heute noch eine Strafpredigt gehalten wird, ist so sicher wie das Amen in der Kirche.

Ich lenke meine Gedanken auf die bevorstehende Waldführung. Für heute ist eine Gruppe von zwölf Frauen aus Oberbillig bei Trier angemeldet. Die Yogadamen verbringen ein Wellnesswochenende im Jägerhof und haben mich für die Jägermeisterin-Tour gebucht. Ich bin gespannt, was mich erwartet. Wenn die genauso drauf sind wie die letzte Achtsamkeitstruppe, schaff ich in der vorgegebenen Zeit wieder nur die halbe Strecke, weil jedes Kräuterlein am Wegesrand persönlich begrüßt wird. Aber immerhin habe ich damals gelernt, dass man ein Furunkel prima mit Dipsacus fullonum, der Wilden Karde, behandeln kann. Weiß auch nicht jeder.

Der Feldweg ist zu Ende, und ich biege auf die geteerte Straße ein. Als ich in den Rückspiegel schaue, gewinne ich den Eindruck, mein Auto wäre ein Güllestreuer. Aus den Radkästen spritzt jede Menge Erde in hohem Bogen über die Fahrbahn. Schnell richte ich meinen Blick wieder nach vorne und auf die Uhr. Und trete aufs Pedal. Mit nur einer Minute Verspätung erreiche ich schließlich das Hotel Jägerhof.

Ich kurve kreuz und quer auf dem Parkplatz herum auf der Suche nach einer Lücke. Die letzte verfügbare ist eng. Sehr eng. Nach komplizierten Rangierarbeiten stelle ich den Motor ab und hab jetzt vier Minuten Verspätung. Weitere wertvolle Sekunden verstreichen, in denen ich vergeblich versuche, mich durch den winzigen Spalt der Fahrertüre zu zwängen. Aussichtslos. Okay, ich probiere es auf der Beifahrerseite. Deren Tür lässt sich immerhin ein paar Zentimeter weiter öffnen. Ich ziehe den Bauch ein, drücke hier und zerre da. Ich höre einen dumpfen Aufprall am Nebenfahrzeug, bin aber mit dem Oberkörper schon mal draußen. Meine Hände krallen sich an der gegnerischen Dachreling fest, und ich bugsiere den Rest der Jägermeisterin mitsamt Rucksack und Jägermeisterkarton ins Freie. Schnell bestücke ich meinen Patronengurt. Die restlichen Fläschchen verstaue ich im Rucksack, denn erfahrungsgemäß muss ich während der Tour nachfüllen.

Mit zwölf Minuten Verspätung stehe ich letzten Endes vor meiner Gruppe aus Oberbillig. Die Damen haben unter dem großen Walnussbaum auf mich gewartet. Im Lotussitz lauschen sie den sphärischen Tönen einer Klangschale.

»Hallo miteinander, schön, dass ihr da seid!«, rufe ich fröhlich in die Runde.

Keine Antwort. Man würdigt mich keines Blickes. Ich warte geraume Zeit. Das Dröhnen der Klangschale macht mich aggressiv, aber ich reiße mich zusammen.

»Also, von mir aus können wir anfangen«, versuche ich es noch mal.

Keine Reaktion.

Nach einer gefühlten Ewigkeit erhebt sich eine ganz in Violett gekleidete Dame elegant vom Boden. Wohl die Chefin der Truppe. Die anderen folgen ihrem Beispiel, die meisten allerdings weniger grazil.

»Ihre Verspätung hat unseren Energiefluss unterbrochen. Wir mussten nochmals positive Schwingungen aufnehmen«, sagt die Vorsteherin tadelnd, und das Gefolge nickt.

»In der Hotelbar wär des mit de positive Schwingunga schneller ganga«, rutscht es mir heraus, und kurz fürchte ich den erneuten Einsatz der Klangschale.

Die Frau in Violett entschließt sich jedoch zu einem Lächeln, und die anderen kichern ebenfalls. Glück gehabt.

Ich angle drei Wollknäuel aus den Tiefen meines Rucksacks. Die Gruppenchefin darf sich eine Farbe aussuchen und entscheidet sich – Überraschung – für Violett. Offenbar geübt in Vorstellungsrunden, nennt sie ihren Namen, führt aus, warum sie anwesend ist und was sie von der Führung erwartet. Dann ergreift sie das Ende des Wollstrangs und wirft mit der anderen Hand das Knäuel einer anderen Yogadame zu.

»Vielen Dank, Yvonne, für deinen ausführlichen Beitrag«, bemerke ich und weiß gleich, dass die Vorstellungsrunde ewig dauern wird.

Yvonne freut sich über meinen Kommentar und wird ein bisschen rot. Während Sigrid als Nächstes ihr Sprüchlein aufsagt, wandert mein Blick unwillkürlich hinüber zur schönen Terrasse des Jägerhofs. Nach den letzten Regentagen zieht es die Menschen bei strahlendem Wetter wieder hinaus ins Freie. Sie genießen die Sonnenstrahlen ebenso wie Kaffee und Kuchen oder ein Gläschen Bottwartäler Wein. Gerade tritt Max, der Kellner, mit einem Glas Aperol Spritz auf dem Tablett aus dem Gebäude. Mir läuft das Wasser im Mund zusammen. Elegant und sicher jongliert er das hohe Glas zwischen den Tischen hindurch und stellt es vor einer rothaarigen Dame ab, deren langer geflochtener Zopf über ihren Rücken fällt.

Während bei den Yoginis jetzt Jenny am Wollknäuel ist, beobachte ich die Frau auf der Terrasse. Sie ist nicht mehr ganz jung und keine klassische Schönheit, allerdings verfügt sie über eine natürliche Ausstrahlung. Gedankenverloren saugt sie an dem Trinkhalm in ihrem Aperol. Hin und wieder schaut sie auf ihre Uhr und sieht sich um, als ob sie auf jemanden warten würde. Wartet sie auf ihren Mann oder einen Liebhaber, überlege ich und werfe einen kurzen Blick auf meine Gruppe. Am Gewirr des Wollfadens erkenne ich, dass das Knäuel erst vier oder fünf Teilnehmerinnen passiert hat.

Ich widme meine Aufmerksamkeit wieder der rothaarigen Restaurantbesucherin. Sie ist keine von den Dörrzwetschgen, die außer Mandelmilch und Grünfutter nichts zu sich nehmen. Im Gegenteil. An den Hüften lässt das luftige Sommerkleid Pölsterchen erahnen, und der tiefe Ausschnitt zeigt die Wölbungen eines üppigen Busens. Die Arme sind wohlmodelliert und sehen nach Krafttraining aus. Für eine Frau Mitte oder Ende Vierzig tipptopp.

Gerade ist Elfriede an der Reihe sich vorzustellen, als die Rothaarige aufsteht, um Max heranzuwinken. Der muss zuerst an einem anderen Tisch abkassieren, und sie wartet ungeduldig. Immer wieder schaut sie sich um. Ihr Verehrer wird sie doch nicht versetzt haben?

Als es um mich herum plötzlich still wird, wandern meine Augen wieder zu meinen Yogadamen. Die blicken mich erwartungsvoll an. Die Vorstellungsrunde ist offensichtlich am Ende angelangt. Da wir, wie vermutet, schon eine halbe Stunde verplempert haben, verzichte ich auf eine lange Einleitung und erzähle stattdessen ein, zwei Sätze zu meiner Person, wickle die Wolle wieder auf und verstaue das Knäuel.

»Also, dann ab in den Wald mit der Jägermeisterin«, gebe ich kurz das Kommando, werfe meinen Rucksack über die Schulter und lotse die Frauen im Gänsemarsch über die Landstraße.

Wir tauchen ein in den lichten Schatten des Waldes, und ich gebe flotten Schrittes das Tempo vor. Allerdings möchte die violette Yvonne die Leitung nicht vollständig an mich abtreten.

»Meine Lieben, geht behutsam, öffnet eure Sinne und erkennt die Transzendenzerfahrung als Einheit in der Vielheit.«

Ah, jetzt ja! Was will sie uns damit sagen?

Ein Blick in die Gesichter der anderen Frauen verrät mir, dass sie das auch nicht wissen. Dennoch nicken alle bedeutungsschwer und gehen im Schleichgang weiter.

Mehrere Minuten schaffen es die Mädels offenbar, die Sinne zu öffnen und ihre Transzendenz in der Vielfalt zu vereinheitlichen. Aber irgendwann ist es genug mit Vergeistigung und Sphärenklängen. Dann bricht die Natur durch und der Geist macht Pause. Und mit jedem Schritt kommen wieder die Frauen zum Vorschein, die tratschen und lachen und rumalbern und endlich ein akzeptables Wandertempo an den Tag legen.

Der Boden ist noch feucht, und an einigen Stellen stehen kleine Pfützen. Zum Glück haben alle Teilnehmerinnen feste Schuhe an und können ordentlich ausschreiten. Na ja, fast alle. Sigrid nicht. Sie trägt Sandalen und trippelt hinterher. Nicht weiter überraschend, denn aus Erfahrung weiß ich: Es ist immer eine Sigrid dabei. Da kannst du einen drauf lassen.

Nach einer Stunde herrscht beste Laune, auch bei Sigrid,

trotz Sandalen. Wir haben das Gelände erreicht, in dessen Nähe ein Wanderparkplatz angelegt wurde. Hier hat sich der örtliche Heimatverein etwas Nettes einfallen lassen: Holzpuppen zeigen bekannte Persönlichkeiten der Heimatgeschichte, während ihre Biografien auf Tafeln zu lesen sind. Die Gesichter sind geschnitzt, die Gliedmaßen werden von einem Holzgestell gebildet, auf das Kleider gezogen wurden. Die Figuren stehen am Wegesrand, mitten im Gehölz oder sitzen auf Baumstämmen. Alle paar Monate, je nach Spendenlage, kommt eine neue dazu.

Meine Yogadamen – die Yodas, wie ich sie gedanklich nenne – sind hellauf begeistert, eilen eifrig von Skulptur zu Skulptur und lesen einander die Texte vor. Über Elisabeth von Blankenstein, die den Wald einst den sieben Hardtwaldgemeinden gestiftet haben soll. Ihren Vater Albert, dessen Burg hoch über den Weinbergen gestanden hat. Über Walpurgis, die letzte Nonne des Dominikanerinnenklosters, oder den Schultheißen, der seinen Ort im Dreißigjährigen Krieg verteidigte und nach schwerer Folter getötet wurde. Und über die Bauersfrau Mechthild, die mit einer schweren Kraxe beladen am Wegesrand steht. Die seh ich heute auch zum ersten Mal und erfahre vom beschwerlichen Leben der Leibeigenen im Mittelalter, von Hunger, Säuglingssterblichkeit und Armut. Die Yodas sind ganz betroffen.

»Steht mit beiden Beinen fest auf der Erde, schließt die Augen und empfangt positive Energie aus dem Universum«, weist Yvonne ihre Schützlinge mit zum Himmel gestreckten Armen an.

Die Frauen verharren still im Kreis und lassen jede Menge Energie fließen. Nur Sigrid ist nicht bei der Sache. Sie trippelt von einem Bein auf das andere, weil sie offensichtlich dringend muss. Suchend schaut sie sich um. Ein Klohäuschen kann ich ihr allerdings nicht bieten.

»Geh halt a Stückle in den Wald hinein und setz dich hinter einen Baum«, schlage ich vor. »Mir gugged au net.«

Die Frauen haben ihren Energiefluss inzwischen beendet und grinsen sich an. Anscheinend haben sie mein Schwäbisch verstanden. Sigrid kann sich zunächst nicht recht dazu durchringen, doch schließlich schlägt sie sich in die Büsche. Natürlich linst ihr die eine oder andere verstohlen hinterher. Sigrid läuft deshalb im Zickzack weit in den Wald hinein, findet nach längerer Prüfung ein geeignetes Plätzchen und verschwindet hinter dichtem Gestrüpp.

In der Zwischenzeit bespaße ich die Gruppe mit Sagen und Märchen aus dem Hardtwald und halte immer wieder nach Sigrid Ausschau. Mann, das dauert aber lange bei ihr. Mir gehen fast die Geschichten aus. Natürlich nur fast.

Bevor wir Sigrid wieder zu Gesicht bekommen, hören wir sie plötzlich: »Schaut mal, da drüben ist ja noch eine Figur".

»Wo bisch denn du?«, rufe ich.

»Hier, in der Nähe des kleinen Sees.«

»Ach, du meinsch dr Gomba.«

Die anderen Frauen schauen mich fragend an. Ich erkläre kurz, dass das Flüsschen, an dem wir geraume Zeit entlanggewandert sind, an einem Abhang einen Gumpen bildet, im Schwäbischen »en Gomba«. Und ich verrate, dass wir als Kinder unerlaubt darin gebadet haben. Um den Strudeltopf zu erreichen, müssen wir nicht wie Sigrid durchs Geäst brechen, sondern können einfach auf dem Weg weitergehen. Ich wundere mich, dass der Heimatverein seit meiner letzten Führung sogar zwei neue Holzpuppen aufgestellt hat. Aber immerhin hat er vor Kurzem sein 60-jähriges Jubiläum gefeiert.

»Was isch's denn für eine Figur?«, rufe ich Sigrid entgegen.

»Ein fescher Wandersmann.«

Schließlich sehen wir ihn auf der Bank sitzen, die der Schwäbische Albverein gestiftet und neben dem Gumpen aufgestellt hat. Sein breitkrempiger Hut mit Feder verbirgt das Gesicht.

»Ach, das soll bestimmt der Wilderer Knorp sein, der hier im Hardtwald sein Unwesen getrieben hat«, erkläre ich. »Der Hofjäger Keppler hatte ihn im Visier, weil er nicht nur das Wild abgeschossen, sondern auch ein Techtelmechtel mit dessen Frau angefangen hat. Er hat Knorp erschossen, als der gerade ein Nickerchen hielt.«

»Keine Notwehr, keine Gefahr in Verzug, sondern einfach Mord!«, entrüstet sich Yvonne.

»Richtig«, bestätige ich. »Der Hofjäger wurde dafür zum Tode verurteilt und hingerichtet.«

Wir treten näher, um den unglücklichen Knorp zu betrachten. Da fällt mir auf, dass vergessen wurde, die Plakette des Schwäbischen Albvereins am Hut abzunehmen. Das passt natürlich nicht zu der historischen Figur, was ich allerdings lieber nicht kommentiere.

»Ah«, seufzt Yvonne. »So ein fescher Wildschütz könnte mir auch gefallen.« Sie macht schmatzende Kussgeräusche. »Den Hut nimmt man aber ab, wenn Damen kommen, mein lieber Herr«, sagt sie tadelnd und lüftet die Kopfbedeckung.

Ein markantes Gesicht kommt zum Vorschein. Der Schnitzer des Heimatvereins hat sehr gute Arbeit geleistet.

»Sehr lebensecht gearbeitet«, erkläre ich fachmännisch. »Anscheinend hat ihm Rudolf Lämmle als Modell gedient, der Juniorchef vom Löwen, dem besten Gasthaus in Steinheim. Womöglich war der ja mit dem Wilderer Knorp verwandt. Danach muss ich den Rudi mal fragen oder im Archiv recherchieren.«

Die Yodas sind begeistert, sowohl von der Geschichte als auch von dem hübschen Kerl. Sie tratschen und kichern wie Teenager. Bis zu der Sekunde, als der Wilderer nickt. Oder besser gesagt: als sein Kopf nach vorne kippt. Da bleibt allen das Lachen im Hals stecken.

Yvonne lässt den Hut entsetzt zu Boden fallen. Die anderen kreischen und rennen durcheinander. Ich bleibe wie angewurzelt stehen und betrachte das Gesicht fasziniert aus der Nähe. Und in diesem Moment geht mir ein Licht auf. Da hat der Rudolf Lämmle nicht nur Modell gestanden.

»Oms nomgugga kannsch nemme romguga«, murmle ich, und dann brauchen wir alle dringend einen Jägermeister.

KAPITEL 3

»Hallo, also … Ich möchte … äh, nein … Ich muss melden, also, er ist tot … also der Junior, nicht der Senior … Er sitzt auf dem Bänkle …«

»Meine Güte, Kälble!«, unterbreche ich und nehm ihm das Handy aus der Hand. »Hallo, mein Name ist Nägele, Elvira Nägele. Wir haben hier einen Toten. Es handelt sich um Rudolf Lämmle, Juniorchef vom Gasthaus Löwen in Steinheim. Mittelgroß, schlank, braune Haare, müsste circa 50 Jahre alt sein, verheiratet, drei Kinder, soviel ich weiß. Zur Todesursache kann noch keine Aussage gemacht werden. Die Auffindungssituation ist jedoch merkwürdig, deshalb fordere ich die Spurensicherung an und die Gerichtsmedizin.«

Der Kälble schaut mich mit großen Augen an.

Ich nehme das Telefon vom Ohr und halte den Lautsprecher mit einer Hand zu. »Do guggsch, gell! Nach tausend Sendungen ›Tatort‹ weiß man halt, wie's geht!«

»Elvira, bisch du's?«, tönt es am anderen Ende der Leitung.

»Ja, Elvira Nägele hier, ich hab's doch grad g'sagt. Und es gibt hier eine Leiche. Wer sind denn Sie?«

»I benn d' Martha, em Kälble sei Mutter! Senn ihr bsoffa?«

Fassungslos starre ich das Handy an. Ist dem Kälble seine Mutter jetzt auch bei der Polizei? Dann merk ich, was los ist, und kann es nicht fassen.

»Ich bin nicht bsoffa!«, schrei ich und lege schnell auf.

»Mensch, Kälble! Bisch du no ganz bacha! Jetzt muss ich nommol telefoniera. Des koschtet doch älles Zeit. Und die spielt bei Verbrechen eine große Rolle. Des weiß mr doch!«, schimpfe ich und schüttle ihn durch.

Das ist allerdings keine gute Idee, weil dem Kälble geht's grad nicht so gut, und von der Rüttelei muss er sich wieder übergeben. Was ihren Sohn angeht, hatte die Martha nämlich recht.

Wo ich den Rudi auf der Bank hab hocken sehn, ist mir sofort klar gewesen, dass das gar nicht gut ist. Für die Yogadamen nicht, aber für den armen Kerl noch weniger. Zur Sicherheit hab ich ihm den Finger an den Hals gelegt. Null. Kein bisschen Puls. Leider konnte ich ihn nicht näher untersuchen, weil mir sonst die eine oder andere der Yodas in Ohnmacht gefallen wäre. Doch bevor ich die Polizei hinzuziehen konnte, musste ich mich zuerst um meine Gruppe kümmern. Yvonne versammelte die Mädels um sich, ließ sie nochmals aus dem Universum transzendente Kraft trinken oder so was Ähnliches, und dann gingen wir in Grabesstille auf dem kürzesten Weg zurück zum Jägerhof.

Ich ließ mich etwas zurückfallen und tauchte nach dem Handy in meinem Riesenrucksack, um die Polizei zu rufen. Und die Polizei ist bei uns der Kälble.

»Polizeiposten Steinheim, Polizeiwachtmeister Kälble am Apparat, was kann ich für Sie tun?«

War der auf einer Fortbildung zum Thema Telefonservice, oder was?

»Meine Güte, Kälble, schwädz net so gschwolla daher! Hier isch die Elvira Nägele. Ich muss den Lämmle Rudi melden.«

»Wen?«

»Den Rudolf Lämmle junior, also den Rudi.«

»Warum? Um welches Delikt handelt es sich? Beleidigung, Nachbarschaftsstreit, öffentliches Ärgernis?«

»Kälble, halt dei Klapp!« Langsam wurde ich ungeduldig. »Der Rudi sitzt tot auf der Albvereinsbank am Gomba!«

»Nadierlich, Elvira, dr Rudi hat nix anders zum doa als samschtags tot em Wald romm zum hogga. Schpielsch du grad ›Verstehen Sie Spaß?‹? Hihihi.«

Kälbles blödes Ziegengelächter löste bei mir fast einen Tinnitus aus.

»Kälble, hör uff zum lacha! Des isch kei Witz! Dr Rudi hockt uff derra Albvereinsbank. Mausetot. Und du beweg jetzt deinen Arsch und mach, dass du sofort zum Jägerhof kommsch! Dort holsch du mich ab, und ich fahr mit dir zur Fundstelle!«

Der Kälble merkte dann doch an meinem Ton, dass es mir so was von Ernst war, und versprach, sich gleich auf den Weg zu machen.

Als wir eine Viertelstunde später am Jägerhof ankamen, war der Kälble aber noch nicht da. Die Yodas blieben unschlüssig am Eingang zum Hotel stehen und tuschelten aufgeregt, während ich den Parkplatz nach einem Polizeiauto absuchte. Ich musste eine weitere Viertelstunde auf Kälble warten, und mit jeder Minute stieg bei mir der Druck im Kessel.

Als er endlich fröhlich aus dem Auto stieg und mir eine Bäckertüte entgegenhielt, hab ich ihn entsprechend empfangen: »Du Granadaseggl, du bleeder! Wo kommsch denn du jetzt her, heiligs Bimbam aberau! Do hat mr scho mol einen Fall ond dir pressierts nicht im Geringschten!«

Kälbles Grinsen erlosch. »Elvira, wie schwädsch denn du mit mir? Ich hab halt erscht mol Brezla holla missa ...«

»Nix hasch du erscht mol missa!«, fiel ich ihm ins Wort, und Kälble ließ die Tüte sinken. »Mir missad sofort en Wald ond den Tatort sichera. Mach, dass d' vorwärtskommsch!«

Ich drückte ihn auf den Fahrersitz des Polizeiautos und stieg auf der Beifahrerseite ein. Als wir den Parkplatz verließen, bemerkte ich den Jochen Bauer, den Chef vom Jägerhof, wie der gerade auf der Terrasse mit einer Bedienung schimpfte. Doch die dachte nicht daran, das stillschweigend über sich ergehen zu lassen, und gestikulierte wild.

»Ja, recht so! Lass dir nix gfalla!«, rief ich.

»Von wem?«, fragte mich der Kälble erschrocken und trat abrupt auf die Bremse.

»Net du! Gugg auf d' Schdross ond fahr zua!«

Der Kälble war vollends eingeschnappt und fuhr nicht zu. Trotz mehrmaliger energischer Aufforderung.

»Also, Kälble«, versuchte ich es deshalb noch einmal milde, was mich viel Anstrengung kostete. »Guck, du bisch doch ein erfahrener Cop. Und ein Cop isch nicht beleidigt, ein Cop isch cool. Und kompetent. Wie du.«

Ich konnte nicht glauben, was ich mich da sagen hörte. Der Kälble wurde jedoch wieder lockerer.

»Und außerdem dürfen wir keine Zeit mehr verlieren. Wir müssen den Tatort sichern. Wir haben eine Mission!«

Ich blickte ihm fest in die Augen, um meinen Worten Nachdruck zu verleihen, damit die auch ja in seinem Gehirn ankamen. Wenn da nur eins gewesen wäre. Beim Kälble hat die Evolution offensichtlich eine Pause eingelegt.

Ich startete einen letzten Versuch. »Kälble! Mission!«

Und das wirkte. Der Kälble straffte den Rücken, setzte eine abgebrühte FBI-Cop-Miene auf, öffnete eine kleine Klappe oberhalb der Windschutzscheibe und holte das Imitat einer verspiegelten Ray-Ban-Sonnenbrille heraus. Er rückte das Gestell auf der Nase zurecht, legte den Ellbogen lässig ins offene Fenster und ließ den Motor aufheulen.

Das Lenkrad bewegte er nur mit dem rechten Handballen, und das Auto machte mit quietschenden Reifen einen Satz nach vorne.

Fehlt nur noch ein Fuchsschwanz am Seitenspiegel, dachte ich bei mir, und ich musste tief durchatmen.

Vom Waldparkplatz, auf dem wir den Wagen abgestellt hatten, erreichten wir in wenigen Minuten zu Fuß den Fundort der Leiche. Genug Zeit für Kälble, mir wieder mit dämlichen Sprüchen und seiner Ziegenlache auf die Nerven zu gehen. Das verging ihm aber sofort, als wir am Gumpen eintrafen. Ich zeigte auf Rudi. Der hatte sich keinen Millimeter fortbewegt. Gut, wie auch?

Kälbles Augen wurden groß, als er den Toten auf der Bank betrachtete. Er neigte den Kopf ein paarmal hin und her und rannte dann in den Wald hinein. Ich hörte eindeutige Geräusche und wartete erst mal, bis alles draußen war.

»Gugg na, dr Supercop. Des isch was anders wie Strofzettl verteila, gell?«, konnte ich mir nicht verkneifen, als Kälble wieder auftauchte.

Der musste sich setzen und deutete mit einer leichten Kopfbewegung auf meinen Jägermeistergurt.

»Kälble, du bisch im Dienscht!«

»Notfall!«, keuchte er nur und zog selbst ein Fläschchen aus meinem Gurt.

»Glaubsch mir jetzt?«, fragte ich ihn nach dem vierten Fläschchen.

»Ja, scho!« Er wiegte seinen Oberkörper, als ob er schunkeln würde. Nach vier weiteren Jägermeistern war auch seine Stimmung entsprechend, und er haute wieder sein Ziegenlachen raus.

»Okay, jetzt wär's an der Zeit, dass du den Vorfall meldesch, meinsch net?«

Er starrte mich regungslos an.

Gibt es Untersuchungen darüber, ob Kräuterlikör zu Gehörverlust führen kann?

»Du-Kälble-höhere-Instanz-anrufen-und-Toten-melden«, sagte ich deshalb langsam und untermalte meine Worte mit Gesten.

»Jawoll!«, meldete Kälble, sprang auf und legte die Hand an seine Mütze.

Fast hätte es ihn wieder umgehauen, doch ich kriegte gerade noch seinen Arm zu fassen. »Handy!«, kommandierte ich. »Höhere Instanz. Anrufen. Jetzt!«

Und wen ruft der Depp an? Seine Mutter.

Der Kälble ist also mehr oder weniger – also schon eher mehr – besoffen. Ich verzichte deshalb auf seine Hilfe. Natürlich könnte ich die 110 wählen, allerdings dauert mir das zu lang. Ich will direkt mit der Mordkommission sprechen, und der Kälble müsste doch eine Durchwahl haben. Folglich durchsuche ich die Kontakte auf seinem Handy und bin erstaunt über die eine oder andere Nummer. Andrea Berg, Vanessa May, Hartmut Engler. Ach, sogar unser Winnie K.

Do gugg na, der Kälble! Sobald der wieder nüchtern ist, muss ich ihn mal zu seinen Promibekanntschaften befragen. Aber jetzt muss ich mich erst mal um die Leiche kümmern.

Endlich finde ich in der Telefonliste einen Kommissar Egon Lauer in Ludwigsburg, und kurze Zeit später hab ich den Herrn höchstpersönlich am Telefon.

»Elvira Nägele, Assistentin des Polizeimeisters Kälble, Polizei Steinheim.«

»Seit wann hat denn der Posten in Steinheim eine Assistentin?«, schnauzt mich Lauer an.

Ich gehe nicht darauf ein, sondern gebe professionell die wichtigsten Informationen durch, die auch Martha eben erhalten hat.

»Eine Leiche auf dem Albvereinsbänkle ...« Lauer bricht erst mal in Gelächter aus. »Ist bei euch Fasching, oder was?«

Ich frag mich, ob ein Heiterkeitsausbruch bei der Polizei als Reaktion auf einen Toten Standard ist.

»Sie, Herr Kommissar, jetzt mached Se mol halblang!«, entgegne ich und zerdrücke vor Anspannung fast Kälbles Telefon in meiner Hand. »Wir haben zwei Möglichkeiten. Entweder Sie kommed sofort hierher oder ich zerr die Leiche von derra Bank, leg se em Kälble sein Kofferraum und schmeiss se Ihne vors Kommissariat! Aber dann will ich nichts höra von wegen Beweismittelzerstörung oder Leichenraub, dass des klar isch! Donderladdich aberau!«

Da merkt Lauer, dass ich kein Spässle mache. »Ist ja gut, beruhigen Sie sich, wir kommen. Der ... Ochs ... äh, Dings ...«

»Kälble!«

»Kälble soll den Fundort absperren, und Sie geben mir die Koordinaten durch.«

»Welche Koordinaten denn? Bin ich vielleicht a Navi? Kommed Se eifach zum Wanderparkplatz beim Hotel Jägerhof und rufed Se unter dieser Nummer wieder an, dann hol ich Sie dort ab und bring Sie zur Fundstelle. Spusi, Pathologie und Techniker brengad Se am beschten glei mit!« Ich lege auf. »Seggl!«

»Du, Kälble, dr Kommissar Lauer hat gsaggd, du sollsch den Fundort absperra«, weise ich meinen Kollegen an, der sich wieder hingesetzt hat und auf den Boden starrt. Ich beuge mich zu ihm runter, und eine Jägermeisterwolke schlägt mir entgegen. »Also gut, ich mach's selber. Wo isch des Flatterband? Kälble!«

Er schaut stumm auf.

»Wo Flatterband?« Ich mache mit den Armen Flügelbewegungen.

»Hihihi … Elvira, die große Flatter!« Kälble haut sich begeistert auf die Schenkel.

»Kälble, reiß de zamma! Wo isch des Absperrband?«

»Äh … im Kofferraum … hihihi.«

»Gib mir den Autoschlüssel und pass du so lang uff dr Rudi uff!«

»Jawoll!«, bellt der Kälble wieder und versucht im Sitzen Haltung einzunehmen und zu salutieren. Die Hand verfehlt das Mützenschild um einen halben Meter.

Als ich kurz darauf mit dem Flatterband und Einmalhandschuhen zu Kälble zurückkomme, traue ich meinen Augen nicht. Die Bank mit dem Rudi darauf ist in ein rotes Spinnennetz eingeflochten.

»Ischschsch hab den Taddort abgeschschperrt«, berichtet Kälble stolz.

Auf der Suche nach weiterem Alkohol muss er in meinem Rucksack die drei Wollknäuel gefunden haben. Er hat sich für das rote entschieden und Hunderte Meter Wolle um die Bank und die umliegenden Büsche gesponnen. Meinen Jägermeisterbestand hat er außerdem drastisch reduziert.

»Des derf doch net wohr sei! Kälble, gohd's no? Du hasch jo älles zammatrampelt! Wie soll mr denn do no Fußspura sichera?«

Au, au, au, der Lauer wird seine Freude haben.

Beleidigt setzt sich Kälble wieder auf den Boden, und ich sperre mit dem richtigen Flatterband großräumig das Spinnennetz ab. Während wir auf Lauers Anruf warten, habe ich Zeit, mir den Rudi genauer anzuschauen. Ich arbeite mich durch das rote Gespinst und ziehe vorsorglich die Einmalhandschuhe an. Man weiß ja, wie man sich an einem Tatort verhalten muss. Um meine Beobachtungen festzuhalten, schalte ich die Diktierfunktion meines Handys an und wünsche mir, ich hätte so einen weißen Overall, wie ihn die Spurensicherer im Fernsehen tragen.

»Die Leiche sitzt etwas zusammengesunken auf der Albvereinsbank am Gumpen«, spreche ich in schönstem Hochdeutsch ins Telefon. »Der Kopf ist nach vorne geneigt, Klammer auf, neigte sich nach vorne, nachdem Yvonne ihm den Hut abgenommen hat, Klammer zu. Die Kleidung ist auffallend feucht ... Du, Kälble, der Rudi isch ganz nass. Wann hat's denn des letschte Mol gerägnet? Womöglich hockt der scho seit geschtern uff dr Bank.«

Eine Antwort erhalte ich nicht, weil der Supercop auf meinem Rucksack liegt und schläft. Auch gut.

»Über der rechten Schläfe ist eine große Platzwunde zu sehen, allerdings kein Blut, weder an der Wunde noch in den Haaren«, setze ich die Bestandsaufnahme fort und suche auf Rudis Kopf nach weiteren Verletzungen.

Mit dem Finger hebe ich seinen Kopf unterm Kinn leicht an. Da entdecke ich ein Stück Papier zwischen seinen Lippen. Vorsichtig zupfe ich daran und halte schließlich ein Foto in der Hand. Rudis Frau Melanie sitzt auf dem Sofa, ein Baby im Arm. Die beiden älteren Mädchen sitzen links und rechts daneben und kuscheln sich an die Mama.

Leider wird mir jetzt erst klar, dass der Lauer nicht begeistert sein wird, dass ich das Bild herausgezogen hab. Deshalb stopfe ich es wieder zurück und diktiere ins Handy: »Die Leiche drohte, an einem Foto in ihrem Mund zu ersticken ... Also, eventuell ist die Leiche an einem Foto erstickt ... Also gewissermaßen der noch lebende Leichnam ... Also ...« Ich stoppe die Aufnahme.

Nägele, du schwädzsch einen Bäbb raus! Verzähls dem Lauer lieber selber, wenn er kommt. Ein Donnerwetter gibt's sowieso.

Ich taste den Rudi weiter ab und werfe einen Blick in seine Taschen. Ein Handy finde ich nicht. Allerdings steckt in der Innentasche seiner Jacke ein dickes Briefkuvert. Nach der unüberlegten Entnahme des Fotos möchte ich nicht noch einen Fehler machen und ziehe das Kuvert nur so weit heraus, dass ich es öffnen kann. Alle Achtung! Ein dickes Bündel an Hundert- und Zweihunderteuroscheinen steckt darin. Einige zigtausend Euro müssen das sein!

Eigentlich will ich es nicht tun, doch meine Neugier ist größer, und ich hole den Umschlag ganz hervor. Auf der Vorderseite kommt das Logo vom Jägerhof zum Vorschein. Gerade als ich die Euroscheine zum Zählen herausnehmen will, klingelt Kälbles Handy. Erschrocken mache ich einen Satz nach hinten und lasse dabei fast das Kuvert fallen. Aber nur fast. Schnell stecke ich es zurück in Rudis Jackentasche und nehme den Anruf entgegen. Es ist der Lauer, der seine Ankunft meldet.

Kurz halte ich noch rund um die Bank nach Rudis Handy Ausschau, kann es jedoch nicht entdecken. Dann mach ich mich auf den Weg zum Waldparkplatz. Den Kälble lass ich weiterschlafen.

Neben dem Polizeiauto stehen ein Kastenwagen und drei weitere Zivilfahrzeuge. Der Lauer ist tatsächlich mit der großen Truppe angerückt. Techniker mit Scheinwerfern, die Spusi mit vier Mann und eine Pathologin, quasi meine Kollegin. Genau wie von mir angefordert. Na also, geht doch.

»Herr Lauer?«, rufe ich der Gruppe entgegen, weil ich ja nicht weiß, wer der Kommissar ist.

Ein grau melierter Mittfünfziger dreht sich zu mir um und bricht in schallendes Gelächter aus. Schon wieder.

»Was ist das denn? Ist also doch Fasching?« Er schaut mich von oben bis unten an und kann sich kaum beruhigen.

Die anderen fangen ebenfalls an zu lachen, und ich habe

keine Ahnung, warum. Bis mir einfällt, dass ich ja im Jägermeisterinnenkostüm rumlaufe. Ohne passendes Publikum macht man sich in so einem Aufzug zum Affen. Und die Mordkommission ist nicht das passende Publikum. Gar nicht.

Da ich das jetzt aber nicht ändern kann, deute ich auf die Overalls der Spusimannschaft. »Ganged ihr au uff dr Umzug?« Ich fange ebenfalls an, hysterisch zu lachen. Das hilft.

Nachdem die kollektive Heiterkeit verklungen ist, übernehme ich die Führung und lotse die Truppe zu Rudi. Der Kastenwagen der Spusi fährt im Schritttempo hinterher. Am Tatort hält der Lauer erst mal den Kälble für die Leiche, weil der immer noch wie gemeuchelt auf meinem Rucksack kauert. Als ich den Kommissar darüber aufkläre, dass die richtige Leiche hinter der doppelten Absperrung sitzt und Kälble bei seiner durchaus gut gemeinten Aktion eventuell, vielleicht ein paar Fußspuren zertrampelt hat, verfällt Lauer zuerst in Schnappatmung und schließlich bricht ein Wahnsinnsdonnerwetter über uns herein. Der Supercop kriegt es allerdings nicht mit.

Gut, dass was kommt, war mir klar, aber so braucht man sich doch nicht aufzuführen. Ein Kommissar aus dem »Tatort« flippt ja auch nicht gleich aus.

Ich lasse Lauer eine Weile toben, bevor endlich alles so seinen Lauf nimmt, wie ich es aus den Filmen kenne. Die Technik wird aufgebaut, die Spusileute in ihren weißen Overalls schwärmen aus, und ich biete dem Lauer zur Beruhigung eins von den übrig gebliebenen Jägermeisterfläschchen an. Der lehnt dankend ab.

Auf die Befragung von Kälble wird in Anbetracht seines Zustandes verzichtet. Ich muss hingegen meine Personalien angeben und noch einmal haarklein erzählen, wie sich der Leichenfund abgespielt hat. Währenddessen beobachte ich aus den Augenwinkeln die Pathologin bei ihrer Arbeit. Mit Genugtuung stelle ich fest, dass sie genau das Gleiche macht wie ich vorhin. Sie diktiert in ein Handy, untersucht die Wunde an Rudis Schläfe und hebt seinen Kopf an. Nachdem sie das Foto rausgefischt hat, schaut sie Rudi erneut in den Mund. Ob sie noch was findet, kann ich leider nicht erkennen.

Meine Befragung durch einen Kripoassistenten ist beendet, und als ich gerade über das Flatterband steigen möchte, um mich mit der Kollegin auszutauschen, hält mich der Lauer zurück.

»Vielen Dank, Frau Nägele. Ab hier übernehmen wir.«

»Aber …«, setze ich zum Widerspruch an.

»Aber halten Sie sich zu unserer Verfügung, falls wir noch Fragen haben. Ihre Kontaktdaten liegen uns ja vor.«

»Ich könnte …«

»Genau, Sie könnten den ›Jägermeister‹ …«, er malt mit den Fingern ein Anführungszeichen in die Luft und deutet mit dem Kopf in Richtung Kälble, »nach Hause bringen. Das wäre sehr nett. Danke und einen schönen Abend.« Er dreht sich um und lässt mich stehen.

Seggl, denke ich. Wie soll i denn nach der Aufregung en scheena Obend hann?

Ich sage allerdings nichts mehr. Ich schnappe mir den Kälble und meinen Rucksack und schleppe beide zum Parkplatz. Der Supercop will sich auf dem Weg ständig hinsetzen, ich lasse ihn jedoch nicht. Kaum hat sein Hintern den Beifahrersitz des Polizeiautos berührt, schläft er wieder ein. Ich nehme hinter dem Steuer Platz und finde es gar nicht mehr so schlecht, dass ich den Kälble heimfahren muss.

Okay, Special Agent Nägele, dann zeig du mol, was du druff hasch!

Ich schalte die Musik an und öffne das Fenster. Dann starte ich den Motor, lass ihn kurz aufheulen und fahre mit quietschenden Reifen auf die Landstraße. Nach wie vor fehlt der Fuchsschwanz am Seitenspiegel, bemerke ich.

Fünf Minuten später komme ich bei Martha an, die ihren Sohn kopfschüttelnd in Empfang nimmt. Nun sollte ich eigentlich zum Jägerhof zurückkehren und den Wagen gegen unseren Kombi eintauschen. Eigentlich. Uneigentlich biege ich Richtung A81 ab. Wenn ich schon mal die Gelegenheit hab, ein Polizeiauto zu fahren, muss ich sie nutzen. Aber richtig! Ich finde den Knopf für die Sirene und trete aufs Gas. Die Strecke zwischen Stuttgart und Heilbronn schaffe ich mit Blaulicht und Vollgas in zwei Stunden acht Mal.

KAPITEL 4

Wieder steh ich im Paradies und suche nach Nachschub für meinen Patronengürtel. Da höre ich ein Klingeln. Ganz leise zuerst, dann immer lauter. Ich versuche zu orten, woher der Ton kommt. Anscheinend von Omas altem Küchenbuffet. Ich nähere mich dem Möbelstück, da klingelt es wieder. Diesmal gibt es keinen Zweifel. Das Klingeln kommt aus der Holzschatulle, die auf der Ablage steht. Ich drehe den Schlüssel im Schloss, der Deckel geht auf, und Rudi Lämmle springt mir mit starren Augen entgegen und schüttelt mich. Ich erschrecke zu Tode.

»Hey, Elvira, es hat geklingelt!«

Ich reiße die Augen auf und schnappe nach Luft. Erst jetzt merke ich, dass der BMVÄ mich rüttelt.

»Gugg doch mol, wer des isch, so früh am Morga!«, kommandiert er und dreht sich wieder um.

Es dauert eine Weile, bis ich mich zurechtfinde. Ich schaue auf den Wecker auf dem Nachttisch. Acht Minuten nach acht. An einem Sonntagmorgen. In dem Moment klingelt es wieder. Es ist die Türglocke.

»Komm, bei mir isch's geschtern spät worda. Gang du nonder ond gugg«, sag ich zum BMVÄ, aber der hat sich die Decke über den Kopf gezogen und schnarcht.

Mittlerweile klingelt der ungebetene Gast Sturm und klopft sogar an die Haustür.

»Ja, ich komm doch scho!«, rufe ich, während ich die Treppe hinuntertorkle.

Wieder ist das Klingeln und Klopfen zu hören. Langsam

beschleicht mich ein ungutes Gefühl. Gibt es irgendwo eine Feuersbrunst? Ein Erdbeben? Einen Terroranschlag? Ich reiße die Haustür auf.

»Vatter? Isch was passiert?«

»Des wellad mir di au grad froga«, entgegnet er, schaut sich neugierig um und drückt sich in seinem blauen Adidas-Trainingsanzug aus den Sechzigern an mir vorbei.

Ihm folgt eine weitere Gestalt mit grässlich verzerrten Gesichtszügen und rosa Hauspantöffelchen.

»Mutter? Komm doch rei ...«, gelingt es mir noch zu sagen, da stürmt sie auch schon ins Haus.

»Mädle, was isch denn los? Worom schdohd a Polizei-auto vor eurem Haus? Isch eibrocha worda?« Die Worte dringen nur schwer verständlich durch die Gesichtsmaske aus Tonerde.

Polizeiauto? Wieso Polizeiauto?

Da fällt mir ein, dass ich gestern in Anbetracht der vorge-rückten Stunde mit Kälbles Wagen heimgefahren bin. Beim Gedanken daran, dass ich ihm locker 400 Kilometer auf die Schlappen gefahren habe, muss ich grinsen.

»Noe, Mutter, bei ons isch net eibrocha worda. Dem Kälble war's gestern net so guat, deshalb hab ich ihn mit seim Auto heimgfahra und hab's dann bei uns abg'schtellt«, erklär ich meinen Eltern, die schon gemütlich am Esszim-mertisch sitzen.

Mutter hat ein Stück ihres berühmten Hefezopfs mitge-bracht, und während der Kaffee durchläuft, deck ich den Tisch für uns drei. Dann hakt Vater nach, und ich komm nicht drum herum, ihnen von Rudi zu berichten. Allerdings lasse ich ein paar Details lieber weg. Sie können das alles zuerst gar nicht glauben. Aber hallo? So was kann sich doch keiner ausdenken. Also erzähl ich die Geschichte noch ein-mal. Ganz langsam, damit sie's kapieren.

Kaum bin ich wieder an der Stelle angekommen, wo der Kälble die Bank mit der Wolle umwickelt hat, tritt der BMVÄ ins Zimmer. Der Kaffeeduft und die lebhafte Unterhaltung haben ihn wohl aus dem Bett gelockt. Er weiß noch nicht, was gestern passiert ist, denn als ich gestern heimgekommen bin, lag er schon im Bett. Deshalb berichte ich ein weiteres Mal von meinem Fall.

Als ich die zweite Kanne Kaffee aus der Küche hole, sehe ich vor dem Fenster eine Traube Menschen stehen. Sie unterhalten sich angeregt und zeigen abwechselnd auf das Polizeiauto und auf unser Haus.

»Was isch denn des für ein Auflauf? Henn die no nia en Eisatzwagen gsäh?«, murmle ich vor mich hin, aber die Eltern verstehen es als Aufforderung und rennen gleich ans Fenster.

Vater reißt es auf. »Alles in Ordnung!«, ruft er in die Menge. »Des isch em Kälble sei Auto. Der hat nemme kenna, ond d' Elvira hat …«

Mutter wirf mit steifen Mundwinkeln ein: »D' Elvira isch Zeugin von …«

Da zerre ich die zwei vom Fenster weg und muss fragen, ob sie noch alle Tassen im Schrank haben. »Zu laufende Ermittlunga derf mr doch nix saga! Ihr gugged doch au ›Tatort‹, do solltet ihr des doch wissa! Heidenei aberau!«

Betreten setzen sie sich wieder an den Tisch, aber Vater sagt, dass er draußen seinen Freund Emil gesehen habe. Der könnte doch eventuell, vielleicht reinkommen?

Ich schau noch einmal aus dem Fenster. Emil winkt mit einer großen Bäckertüte, wie gestern der Kälble.

»I glaub, der hat frische Brezla g'holt. No soll er halt reikomma«, lenke ich ein.

Vater springt auf und rennt zur Haustür. »Emil, komm, 's gibt Neuigkeita!«, schreit er seinem Kumpan entgegen.

»Ach, Alfa, du kannsch au glei mit!«, hör ich den Vater weiterreden.

»Vatter«, ruf ich, aber schon stürmen seine Freunde ins Haus, und im selben Moment verschwindet Mutter im Sprint ins Bad. Vermutlich wirken bei ihr die vier Tassen Kaffee, in die sie ihren Hefezopf eingetunkt hat.

Die drei alten Herren quetschen sich an unseren Esstisch, und das Frühstück artet geradezu aus. Alfa war schon in aller Herrgottsfrühe auf seinem Stückle, wo er mit seinem grünen Daumen in einem leicht illegal erstellten Gewächshaus allerhand Gemüse züchtet. Er hat frische Tomaten, Gurken und einen Becher Himbeeren mitgebracht und legt seine Ernte nun mit großer Geste auf den Tisch.

»Prego, zugreifen: pomodori, cetrioli e lamponi, tutto molto fresco und super buono”, präsentiert er seine Waren in seinem üblichen deutsch-italienischen Kauderwelsch.

Giovanni Angelo Monteleone, wie Alfa mit vollständigem Namen heißt, kam Anfang der 70er-Jahre als Gastarbeiter nach Steinheim und ist geblieben. Vater, Emil und Alfa sind seither beste Freunde. Das »Trio Infernal«, wie sie sich selbst nennen, trifft sich jeden Sonntagmorgen um 10 Uhr zum Stammtisch im Paradies. Heute haben die drei allerdings kurzerhand das Paradies in unser Esszimmer verlegt.

Während ich zum dritten Mal Kaffee mache, verteilt der BMVÄ Teller, Tassen und Besteck.

»Wo ista Barbarella?«, fragt Alfa und grinst Vater an.

Da kommt die Barbarella in ihren rosafarbenen Pantöffelchen schon herangeschwebt. Sie hat sich nicht nur die Tonerde abgewaschen und ihre Dauerwellen frisiert, sondern sich offensichtlich auch an meinen Schminkutensilien vergriffen. Und an meinem Parfüm. Als sie mit schwingenden Hüften in den Raum tritt, weht ein Duftorkan durch das Zimmer.

Alfa springt auf, reicht der Barbarella die Hand und führt sie an ihren Platz.

Vater und Emil schauen sich vielsagend an. »Italiener halt!«, raunen sie gleichzeitig und lassen es sich schmecken.

Meine Mutter Barbara sieht Alfa strahlend an und ich überlege mal wieder, ob sie es bereut, sich für Vater und nicht für den galanten Alfa entschieden zu haben.

Nachdem sich alle munter bedient haben, wollen Alfa und Emil natürlich ebenfalls lückenlos über gestern informiert werden. Diesmal muss ich jedoch nicht viel sagen, denn die anderen kennen die Vorkommnisse ja schon und übernehmen den größten Part. Allerdings muss ich mich doch ein bisschen wundern, wie sich die Geschichte innerhalb von zwei Stunden verändert hat. Ich frage mich, ob ich überhaupt dabei gewesen bin. Denn Emil und Alfa erfahren, dass Rudi an einen Baum gefesselt war und offensichtlich mit dem Bolzenschussapparat seines verstorbenen Vaters dahingestreckt wurde. Man wisse ja schließlich, dass es zwischen ihm und seiner gefühllosen Mutter immer wieder gekracht habe und der Rudi unter ihr gelitten habe. Und zutrauen würde man es der Löwenwirtin schon. Überrascht höre ich zu, habe aber so gar keine Lust, mich einzumischen, und mache mich lieber über die warmen Laugenbrezeln her.

Gerade als Kälbles Rolle bei der ganzen Angelegenheit diskutiert wird, klingelt das Festnetztelefon.

»Hallo, Herr Kommissar Lauer«, sag ich überrascht, da wird es am Tisch sofort mucksmäuschenstill.

Die Frühstücksgäste einschließlich BMVÄ geben mir durch Handzeichen zu verstehen, dass ich den Lautsprecher anstellen soll. Das mache ich natürlich nicht. Bei ermittlungsinternen Gesprächen dürfen Zivilisten nicht mithören. Das weiß man doch!

Der Kommissar fragt, ob am Tatort ein Handy gefunden wurde, als ich den Rudi mit den Yodas entdeckt habe.

»Nein, net dass i wisst. Also, romgläga isch nix.«

»Auch nicht, als Sie mit diesem Kalb…«

»Kälble.«

»Als Sie mit diesem Kälble dort waren?«

Am Tisch wird getuschelt.

»Still!« Ich lege den Finger an den Mund, bevor ich antworte: »Nein, tut mir leid, kein Handy.«

Dass ich die Leiche und den Tatort selbst schon eingehend nach Rudis Handy abgesucht habe, erwähne ich besser nicht.

Wieder Getuschel am Tisch. Ich werfe einen strengen Blick zu den anderen hinüber. In dem Moment hebt Vater die Hand und schnippt mit den Fingern wie ein Schüler, der dringend etwas loswerden muss.

»Vielleicht hat der Rudi mol sei Ruha wella ond hat gar keis dorbei g'hett«, gebe ich Lauer zu bedenken und ignoriere meinen Vater.

Emil fängt nun ebenfalls an, mit gestrecktem Arm zu schnippen. Dann beteiligt sich sogar Alfa an dem Blödsinn. Allerdings, ganz Italiener, schnippt er nicht, sondern hält den Daumen an den Mittelfinger. Gleich platzt mir der Kragen.

»Ja, was isch denn?«, ruf ich zum Tisch rüber. »Senn mir im Kendergarta?«

»Wie bitte?«, wundert sich der Kommissar.

»Äh, net Sie«, entgegne ich genervt. »Mei Bagahsch hier hat was zu melden.« Ich stell jetzt doch auf Lautsprecher, damit der Lauer mithören kann. »Also, Vatter«, fauche ich, »was gibt's denn so Wichtiges?«

»Man muss wissen, dass …«, setzt Vater an.

»Die immer Händel henn … äh, g'hett henn«, grätscht Emil dazwischen.

»Wer denn?«, höre ich den Lauer.

»Die Irmgard Lämmle und der Rudolf«, schreit Mutter, dass der Herr Kommissar sie auch ja hört.

»Aber nischda mita die Padre Rudolfo«, weiß Alfa und begleitet seine Worte mit lebhaften Gesten, die der Lauer natürlich nicht sieht.

»Welchem Pater?«, hören wir über den Lautsprecher.

»Neina, nischda diese Padre, die andere«, antwortet Alfa und trägt damit nicht gerade zur Aufklärung bei.

Die liefert Mutter: »Er meint den Rudolf Lämmle *junior!*«

»Sì, il figlio!«, bestätigt Alfa.

»Den Sohn«, schreit Mutter wieder, und ich verdecke schnell den Hörer mit der Hand.

»Ja, Mutter, des versteht der Herr Kommissar jetzt schon.«

»Es gab demnach Streit zwischen Frau Lämmle senior und Rudolf Lämmle junior, habe ich das richtig verstanden?«

»Oft!«, ruft Emil.

Mutter und die Altherren bekräftigen einander lautstark und sind sich sicher, einen entscheidenden Hinweis gegeben zu haben. Ich schalte den Lautsprecher wieder aus.

»Gut, das hilft uns nicht wirklich weiter«, knurrt der Kommissar. »Das kommt in den besten Familien vor. Es gibt also nichts Stichhaltiges zum Verbleib des Handys?«

»Nein, ich kann meiner Mannschaft hier aber gern sagen, sie sollet ausschwärmen und danach suchen«, erwidere ich ebenfalls missmutig. »Warum machet Se kei Handyortung wie beim Bodenseekrimi?«

»Wir sind dran«, höre ich Lauer, dann legt er auf.

Am Tisch schaut man mich erwartungsvoll an.

»Und, henn mir was zur Klärung beitraga kenna? Weiß mer jetzt, wer's war?«, fragt Mutter laut in Richtung Telefon, obwohl das Gespräch beendet ist.

»No net ganz, aber fascht«, antworte ich, um sie nicht zu enttäuschen.

Alle schauen sich zufrieden an und widmen sich dann wieder dem Essen. Mittlerweile ist es schon fast 11 Uhr und Simon, unser Jüngster, kommt ins Esszimmer geschlurft. Seitdem Tom und Leonie, seine älteren Geschwister, ausgezogen sind, genießt es der Junior in vollen Zügen, der einzige Spross im Haus zu sein. Nun murrt er, das Geschrei habe ihn geweckt. Zu nachtschlafender Zeit, wie er tadelnd hinzufügt. Er fläzt sich an den Tisch, schnappt sich eine Brezel und erkundigt sich nach dem Grund für die »frühmorgendliche Versammlung«.

Die glückliche Großmutter will dem Enkel gleich erklären, worum es geht, doch ich blocke ab. »Nix do! A weitere Version von derra G'schicht ertrag ich nicht! Und außerdem erfährt der des über TikTok und Instagram no früh gnuag. Des Frühstück isch jetzt beendet, und ihr könned euern Schtammtisch im Paradies weiterführa. Ich muss mei Auto holla.«

Zur Demonstration, dass ich es ernst meine, räume ich den Tisch ab und gebe dem BMVÄ ein Zeichen, dass er die Gäste zur Tür bringen soll. Simon greift schnell nach einer weiteren Brezel und verschwindet wieder im Bett.

Nachdem ich mich kurz zurechtgemacht habe, verlasse ich das Haus. Während ich mein Fahrrad aus der Garage hole, kommt Kälble die Straße entlang. Als er mich sieht, läuft sein kantiges Gesicht rot an wie ein Backstein.

Mit den Händen tief in den Hosentaschen seiner Uniform nuschelt er etwas wie: »Domm gloffa ... erschte Leiche ... danke fürs Fahra ... hab heut Sonntagsdienscht ... muss zur Befragung in dr Jägerhof ... äh, i briechd dr Autoschlüssel.«

»Wenn des so isch, kannsch du mi midnemma. I muss mei Auto holla.«

»Kei Problem«, sagt Kälble und setzt sich hinters Steuer. »Aber i muss, glaub i, vorher no zur Tankschtell«, stellt er dann mit einem Blick auf die Tankuhr verwundert fest.

Den Kilometerstand kontrolliert er zum Glück nicht.

KAPITEL 5

Als Kälble und ich am Jägerhof eintreffen, ist der Lauer mit seinem Team schon da. Sie haben den Konferenzraum des Hotels mit allerhand technischem Equipment in Beschlag genommen. Im Nebenzimmer des Restaurants wurde ein Befragungsraum eingerichtet. Davor stehen meine Yodas und schwatzen laut durcheinander.

Der Lauer steckt seinen Kopf durch die Tür und schimpft: »Geht's vielleicht leiser? Hier drin versteht man kaum sein eigenes Wort!«

Die Mädels sind sofort still und schauen sich erschrocken an. Kaum hat Lauer die Tür wieder hinter sich geschlossen, geht das Getratsche allerdings weiter, wenn auch im Flüsterton. Als sie mich entdecken, ist die Freude jedoch so groß, dass der Geräuschpegel von vorhin sogar übertroffen wird.

»Die Yvonne wird gerade verhört«, raunt mir Elfriede entgegen.

»Befragt«, korrigiere ich. »Zeugen werden befragt, Verdächtige verhört.«

Für mein Insiderwissen ernte ich die Bewunderung und einen erneuten Redeschwall der gesamten Gruppe. Der Lauer reißt die Tür wieder auf und verdreht die Augen, als er mich sieht. Er schickt uns alle auf die Terrasse.

Während eine Yoda nach der anderen von Kälble ins Befragungszimmer geholt wird, lassen es sich die anderen auf der Terrasse gut gehen und werden von Max ausreichend mit Aperol und Hugo versorgt. Ich bestelle vorsichtshalber nur ein Mineralwasser, ganz entgegen meiner

Gewohnheit. Jede Frau, die zur Gruppe zurückkommt, wird lautstark begrüßt und sofort von den anderen gelöchert. Dass die Polizei jedes Mal das Gleiche wissen will, wird schnell klar, hindert die Runde jedoch nicht daran, alles noch einmal bis ins Detail durchzukauen. Dass jede Befragung länger dauert als die vorherige, weil sich die Konzentration und das Sprachvermögen der Damen mit jedem Gläschen merklich verringert, merken allerdings nur ich und mit Sicherheit der Lauer. Mir ist das egal, ihm bestimmt nicht.

Nachdem die Hälfte der Gruppe befragt wurde, stürmt der Kommissar auf die Terrasse und verhängt ein absolutes Alkoholverbot für die Damen. Das ist gut gemeint, aber nutzlos, weil der bisherige Konsum geraume Zeit nachwirken wird. Ich wiederum nutze die fröhliche Stimmung, um ein paar Sachen herauszufinden. Zum Beispiel, ob jemand in der Nähe des Fundortes oder auf dem Weg zurück zum Waldhotel eine verdächtige Person bemerkt hat. Ob den Yodas vor oder nach der Jägermeisterin-Tour im Jägerhof etwas aufgefallen ist und ob sie am Vormittag Rudi dort begegnet sind.

Alle verneinen, nur Sandalen-Sigrid stottert ein bisschen herum. Ich bohre nach, und sie meint sich schließlich zu erinnern, den Toten, also diesen Rudi eventuell, möglicherweise gesehen zu haben.

»Wann und wo?«, hake ich gespannt nach.

»Vielleicht eine Viertelstunde bevor die Jägermeisterin-Tour angefangen hat. Da bin ich noch einmal aufs Klo …« Sigrid macht eine Pause.

Gut, dass Sigrid eine schwache Blase hat, ist jetzt nicht die Information, die ich mir erhofft hatte.

»Da hab ich ihn, glaub ich, gesehen.«

»Du hasch den Rudi auf dem Klo g'säha?«

»Ja, also nein. Nicht auf dem Klo, vielmehr im Büro ...
Hihi, das reimt sich.«

»Ja, Sigrid, das reimt sich. Aber in welchem Büro hasch
du den Rudi g'säha?«

»Im Büro vom Jägerhofchef.«

»Vom Jochen Bauer?«

»Ja, und die haben laut diskutiert.«

»Wer? Mensch, Sigrid, lass dir doch nicht alles aus der
Nase ziehen!«, mischt sich Yvonne ein, die offenbar ihrer
Rolle als Teamchefin gerecht werden möchte.

»Sag ich doch gerade! Der Herr Bauer mit diesem ... also,
mit der Leiche, als die noch lebte, und die mit dem Herrn
Bauer.«

»Bisch du dir do ganz sicher? Hasch du den Rudi richtig g'säha?«, hake ich nach.

»Also fast ... nicht ganz, weil er halb hinter der Tür stand.
Aber seinen Hut habe ich deutlich gesehen. Das war der-
selbe wie bei der Leiche, da bin ich mir inzwischen sicher.«

»Woran hasch denn des erkannt?«

»Na, an der schönen Feder und dieser Plakette.«

Na, wenn das keine wichtige Information war! Geht
doch!

Ich nehme Sigrid in den Arm. »Gut g'macht, Mädle!
Hasch des au dem Lauer g'sagt?«

Sie schüttelt den Kopf. »Nein, danach hat er nicht
gefragt!«

Der Kommissar kommt in diesem Moment aus dem
Nebenzimmer und erklärt die Befragung der Hotelgäste
und des Personals für beendet. Da alle Personalien vor-
liegen, dürfen die Zeugen nach Hause. Die Yodas gehen
geschlossen in die Hotellobby, wo sie ihre Koffer und Reisetaschen deponiert haben. Eine halbe Stunde später holt
sie ein Reisebus ab, und wir verabschieden uns mit gro-

ßem Tamtam auf dem Parkplatz. Ich winke den Mädels hinterher, bis der Bus außer Sichtweite ist, und gehe dann zurück auf die Terrasse. Jetzt ist mir auch nach einem Gläschen Alkohol.

Ich setze mich an einen freien Tisch und bestelle bei Max ein Viertele hauseigenen Riesling. Ich nehme einen großen Schluck und überlege, ob ich einen Wurstsalat essen soll. Da sehe ich Lauer, der gerade aus dem Restaurant tritt. Ich winke ihm zu, und er kommt an meinen Tisch.

»Zum Wohl, Frau Nägele«, sagt er und nickt mir zu. »So kann man's aushalten.« Er setzt sich zu mir und Max eilt herbei. »Ich nehme ein Weizenbier und einen Wurstsalat.«

Max nimmt die Bestellung auf und eilt in die Küche.

»Brengsch mir au en Wurschtsalat«, rufe ich ihm hinterher, bevor ich mich an den Kommissar wende: »Gibt es neue Erkenntnisse?«

»Aber, aber, Frau Nägele, Sie wissen doch, dass man über laufende Ermittlungen nicht sprechen darf.«

»Sie brauchen ja nicht darüber zu sprechen. Wir können doch einfach ein bissle drüber schwätza«, erwidere ich mit einem Grinsen, und er lächelt zurück. »Also ich dät sagen, es war kein Unfall, sondern a Mord«, nehme ich den Faden wieder auf, nachdem uns Max die Getränke gebracht hat.

»Wie kommen Sie darauf?«, möchte Lauer wissen und nimmt einen großen Schluck aus seinem Weizenbierglas.

»Als ich dem Rudi seine nassen Kleider bemerkt hab, hab ich zuerscht denkt, der müsst scho seit dem letschta Rega, also seit Freitagnochmittag, do sitza. Aber bis gestern Nochmittag hätt des doch älles wieder trocknet sei missa. Zumindescht zum gröschta Teil. Deshalb liegt die Vermutung nahe, dass der Rudi mitsamt seine Kleider im Wasser vom Gomba war, und des net lang bevor mir ihn gfonda henn.«

»Okay, und weiter?«

»Jetzt isch die Frage: War er freiwillig em Gomba oder nicht. Wenn der freiwillig bada geganga isch, dann doch wohl net mit de Kleider. Also war's unfreiwillig. Dann gibt's zwei Möglichkeita: Erstens, er hat sich beim Ins-Wasser-Falla die Platzwunde an einem von denne große Schtoe zuzoga. Dann gräbseld er aus dem Wasser raus, hoggd sich uff die Bank ond stirbt. Aber an was?«

»Und die zweite Möglichkeit?«

»Er verletzt sich zuerscht am Kopf, stürzt daraufhin in den Gomba, gräbseld raus, hoggd sich uff die Bank und stirbt. Wieder stellt sich die Frog: An was?«

»Wurstsalat«, sagt Lauer.

»An Wurschtsalat?« Ich schau ihn entsetzt an.

In dem Moment tritt Max an unseren Tisch und stellt zwei riesige Portionen vor uns ab.

»Ach so, Wurstsalat«, murmle ich etwas geniert und beobachte aus den Augenwinkeln, wie Lauer grinst.

Eine Weile reden wir nicht, sondern lassen es uns schmecken.

»Und drittens?«, erkundigt sich Lauer unvermittelt.

»Drittens? Es gibt no a andere Möglichkeit?«

»Vielleicht.«

Ich denke noch einmal nach.

»Der Schlag kommt zuerst«, hilft mir der Lauer.

»Ach, ein Schlag! Okay, peng!« Ich fuchtle mit meinem Messer in der Luft, um mir die Szene vor Augen zu führen. »Der Rudi wird ohnmächtig, fliegt ens Wasser ... und ... versauft.« Ich schaue Lauer erwartungsvoll an, der schweigend seinen Wurstsalat genießt. Ich überlege weiter laut: »Aber wie kommt der Rudi aus dem Wasser raus, wenn er scho tot isch?«

»Genau das ist die Frage.«

»Der, der ihm den Schlag verpasst hat, muss ihn wieder rausg'holt und auf die Bank g'setzt hann.«

»Möglich, es könnte ihn allerdings auch eine dritte Person herausgezogen haben.«

»Do muss mr aber ziemlich stark sei …«

»Vermutlich ein Mann. Der könnte ihn anschließend mit dem Hut auf der Bank drapiert haben.«

»Statt d' Polizei zum holla? Worom?«

Lauer zuckt mit den Schultern.

»Der Hut war net nass, gell?«

»Nein, die eine der Damen, die Sie durch den Wald geführt haben, war sich sicher, dass der Hut trocken war, als sie ihn der Leiche abgenommen hat. Lämmle ist also nicht mit Hut ins Wasser gefallen. Der kam folglich erst auf seinen Kopf, nachdem er aus dem Wasser geholt worden ist. Und da ist noch etwas.« Lauer macht eine dramaturgische Pause. Neugierig schau ich ihn an. »Nachdem Lämmle auf der Bank in Position gebracht worden ist, wurde er geküsst. Wir konnten im Gesicht Rückstände von Lippenstift sicherstellen.« Der Kommissar sieht mich plötzlich streng an. »Waren Sie das?«

»Geküsst?« Vor Überraschung verschlucke ich mich an meinem Wurstsalat. »Sciner Läbdag net! Ich küss doch keine Leiche!«

Während ich die Wurststückchen mit Riesling in die Speiseröhre zurückdränge, rufe ich mir Rudis Anblick am Gumpen in Erinnerung. Lippenstiftspuren habe ich nicht bemerkt. Vermutlich war ich von dem Foto in seinem Mund abgelenkt.

»Dem gehen wir nach. Zu Ihrer Entlastung bringen Sie für einen Abgleich in den nächsten Tagen alle Ihre Lippenstifte aufs Kommissariat«, ordnet der Lauer an, bevor er sich im nächsten Moment vor Lachen schüttelt.

Blödmann! Fast wäre ich darauf reingefallen. Auf den

Schreck nehme ich einen großen Schluck aus meinem Viertelesglas.

»Aber geküsst worden isch er, dr Rudi?«

»Ja, aber keine Sorge, Frau Nägele«, meint Lauer versöhnlich. »Nach unserem gegenwärtigen Kenntnisstand können wir Sie ausschließen.«

Das beruhigt mich zwar, heißt allerdings auch, dass diese Möglichkeit in Erwägung gezogen worden ist. Ein bisschen beleidigt bin ich schon, deshalb widme ich mich eine Weile stumm den Resten meines Wurstsalats. Lauer schließt sich dem Schweigen an.

Lange halte ich das jedoch nicht aus, und bevor ich es mir anders überlegen kann, höre ich mich sagen: »Wie viel Geld war eigentlich in dem Jägerhof-Kuvert em Rudi seiner Jackatasch?«

Lauer fällt die Gabel aus der Hand.

Wie bleed ka mr denn sei, frage ich mich im selben Augenblick und laufe rot an.

Lauer läuft ebenfalls rot an. »Sind Sie von allen guten Geistern verlassen? Sie haben doch nicht etwa …?«, brüllt er und schnappt nach Luft. »Finden wir Ihre Fingerabdrücke auf dem Kuvert oder auf den Scheinen?« Seine Stimme überschlägt sich, und alle anderen Gäste schauen zu uns herüber.

»Natürlich finden Sie keine Abdrücke von mir auf irgendwas!«, entgegne ich ebenso laut.

Da die Leute aber jetzt erst recht die Ohren spitzen, beuge ich mich zum Lauer und flüstere hinter vorgehaltener Hand: »I kenn me doch aus und hab bei dr Untersuchung der Leiche Einmalhandschuhe traga. Au wo ich des Foto rauszoga hab.«

»Sie haben das Foto …?« Lauer scheint kurz vor einem Kollaps.

»Ich hab's jo wieder neigschdeggd!«

»Sie haben was?«

Schnell bestelle ich bei Max einen doppelten Obstler. Für den Kommissar, nicht für mich. Es dauert eine Weile, bis Lauers Puls wieder unter die Explosionsmarke sinkt. Als er wieder gleichmäßig atmen kann, ordert er selbst noch einen Doppelten.

»Herr Kommissar, wissed Sie, des isch meine erste Leiche, do muss ich halt noch a bissle üba«, versuche ich ihn zu besänftigen.

Er schüttelt nur stumm den Kopf.

»Übrigens, bei dr Untersuchung von dr Leiche, also vom Rudi, war do kei Handy. Des weiß i gwiess.« Wieder Schnappatmung, ich warte einen Moment, bevor ich mich weiter vorwage. »Und Sie, Herr Kommissar, ich hätt da noch was.«

Entsetzt schaut Lauer mich an.

»Kei Angschd, nix Schlemms.«

»Was?«

»Also, die Sandalen-Sigrid ...«

Lauer blickt mich verständnislos an.

»Eine von denne Yogadamen halt, die hat mir verzählt, dass sie den Rudi im Jägerhof g'säha hat.«

»Was, worom weiß i denn do au nix dorvo? Schbennad denn älle, oder was?«

Der Lauer regt sich wieder auf. Jetzt uff Schwäbisch! Hab ich ganz deutlich gehört.

»Saged Se mol, Herr Lauer, kennet Sie richtig Schwäbisch schwädza, oder mached des die zwei doppelte Obstler?«

»Nadierlich kann i Schwäbisch. I komm aus Marbach. Marbach am Neckar, wohlgemerkt. Aber in meinem Beruf muss ich seriös wirken!« Er schaut mich streng an. »Wehe, Sie verrotat des äbber! No isch dr Deifl los, des garantier i Ihne!«

Ich muss es ihm schwören, und wir trinken einen Doppelten drauf. Nun gut, *ich* trinke einen, denn der Lauer besteht darauf, es bei den zwei Gläschen von vorhin zu belassen. Immerhin ist er im Dienst. Dafür möchte er genau wissen, was Sigrid gesagt hat.

»Sie hat eigentlich nicht den Rudi g'säha, sondern sein Hut.«

»Wie, seinen Hut?«

»Ja, den Hut halt, auf einem Kopf.«

Da Lauer nicht kapiert, gebe ich den genauen Wortlaut von Sigrids Beschreibung wieder.

»Brauner Hut mit Feder und Albvereinsplakette«, resümiert Lauer schließlich.

»Also ist davon auszugehen, dass Rudolf Lämmle vor der Tat im Jägerhof war.«

»Mei Red! Und das Kuvert mit dem Logo vom Jägerhof führt zur selben Spur! Sicher findet die Spusi entsprechende Fingerabdrücke.«

»Hat sie«, bestätigt Lauer. »Von Herrn Bauer.«

»Ja, dann dät ich doch sagen, der war's!«, rufe ich begeistert aus.

»Halt, halt, so schnell geht's auch wieder nicht. Was hätte der denn für ein Motiv?«

»Ja, was weiß denn ich? Aber Sie henn recht, wir müssen in alle Richtungen ermitteln.«

»Wir?« Lauer sieht mich durchdringend an.

»Ja … äh, Sie und Ihre Leut! Vielleicht kann ich ja des ein oder andere beitragen.«

»Frau Nägele, übertreiben Sie es nicht!«, warnt mich der Lauer, ruft Max herbei und zahlt. Alles zusammen.

Gugg, denk ich, doch kei ganzer Seggl.

Simon und der BMVÄ sind noch auf dem Sportplatz, als ich am späten Nachmittag heimkomme. Auch recht, dann hab ich eine Weile meine Ruhe und kann die Neuigkeiten des heutigen Tages verarbeiten.

Mit Block und Bleistift bewaffnet setze ich mich auf das Sofa und gönne mir ein Gläschen Prosecco. Damit denkt es sich einfach besser. Was haben wir?

- *Rudolf Lämmle junior ist tot*
- *Niedergeschlagen + ersäuft*
- *Wird aus dem Gumpen gezogen, auf die Bank gesetzt und geküsst. Von wem???*
- *Wieso war Rudolf Lämmle im Jägerhof?*
- *Wieso hatte er so viel Geld bei sich? Überhaupt, wie viel war es? Noch einmal bei Lauer nachhaken!*
- *Von wem hat er das Geld? Von Jochen Bauer? Von einem Gast?*

Ich schenke noch einmal nach. Der »Prosädscho«, wie meine Freundin Gisela immer sagt, ist einwandfrei. Also weiter:

- *Warum hat Jochen Bauer mit Rudolf Lämmle diskutiert?*

Außer der Tatsache, dass der Rudi nicht mehr am Leben ist, stehen da nur Fragen über Fragen. Ich hole eine neue Flasche Prosecco, damit der BMVÄ ein Gläschen mittrinken kann, wenn er heimkommt. Dann lese ich die Liste noch einmal durch.

Jetzt heißt es, Antworten zu finden. Aber wie? Natürlich durch gute Ermittlungsarbeit. Das weiß doch jeder Krimifan. Ich schreibe auf:

- *Im familiären Umfeld ermitteln*
- *Frau Lämmle junior befragen*

- *Frau Lämmle senior befragen*
- *Angestellte befragen - welche?*
- *Handydaten vom Provider auslesen lassen*
- *Lämmles Kontoauszüge einsehen*

Ich überlege und streiche die beiden Punkte am Ende. Das klappt wohl eher nicht. Obwohl, mein Schulkamerad Klaus arbeitet bei der Bank. Ich nehme den letzten Punkt wieder auf:

- *Lämmles Kontoauszüge einsehen. Warum eigentlich? Warum nicht!*

»Sssehr gut … also, der Prossssädscho!«, murmle ich. »Den mussss man sich merken.«

Ich gehe alles abschließend durch und notiere die Rückschlüsse, die ich kombiniert habe:

- *Rudolf Lämmle wurde ermordet!*
- *Von wem? Vom Mörder!*
- *Sind Jägermeisterinnen-Touren im Wald gefährlich?*
- *Hat die Mafia ihre Hände im Spiel?*
- *Nahm Rudolf Lämmle Drogen?*
- *Unbedingt das Luftgewehr von Lugge Hagenmaier konfiszieren - zur Verteidigung!!!!!!!*

»Hallole, mein kleiner Schschschatz«, nuschele ich, als Simon ins Wohnzimmer kommt.

Der verdreht die Augen und verschwindet gleich wieder.

»Hallole, mein grossser Schschschatz«, nuschele ich zum BMVÄ, der nicht verschwindet, sondern auf meinen Zettel schaut.

»Mafia. Drogen. Luftgewehr? Hasch du was gnomma?«
Er sieht die zwei Flaschen Prosecco auf dem Tisch. »Du
hasch was gnomma … Mädle, do mach i ons am beschta
zuerscht mol was Guads zum ässa. Wie wär's mit Wurschdsalat? Der saugt uff.«

»Au ja«, erwidere ich. »Do hab i arg Glischda druff. Hab
i scho lang nemme gässa. Glaub i … Soll i dr Tisch decka?«

Er schaut mich an. »Noe, liabr net. Bleib hogga ond ruah
de aus.«

»I sag's jo: dr beschde Ma von älle!«

KAPITEL 6

Der erstklassige BMVÄ-Wurstsalat rettete mich. Bis zum »Tatort« am Abend war die Wirkung des Alkohols größtenteils verflogen, allerdings konnte ich der Krimihandlung nicht so konzentriert folgen wie sonst, weil mich der tote Rudi beschäftigt hat. Entsprechend schlecht habe ich geschlafen, was an beidem gelegen haben mag, am Mord und an der lang anhaltenden belebenden Wirkung des Prosecco.

Ganz fit war ich daher auch heute Morgen nicht. Aber »Wer saufa kann, kann au uffschdanda!«, hat mein Vater schon immer gepredigt. Und deshalb sitze ich jetzt, um 7 Uhr, im Stadtarchiv und gehe meinem Brotberuf nach. Wie jeden Morgen sehe ich die digitale Ausgabe der Lokalzeitung durch, um Artikel über unseren Ort zu sammeln und für die Nachwelt zu erhalten. Nicht gerade meine Lieblingsaufgabe. Am heutigen Tag allerdings gerade die richtige, um in die Gänge zu kommen.

Ich hole mir eine große Tasse Kaffee und setze mich vor den Rechner. Die Weltpolitik kann ich vernachlässigen, ebenso die Fußballergebnisse der Regionalklasse. Die Meldung, dass eine neue Pumptrack-Anlage am Ortsrand gebaut werden soll, lege ich jedoch ordnungsgemäß ab. Ich blättere weiter, da springt mir eine Überschrift in fetten Lettern ins Auge: »Der Gumpenmörder schlägt zu!«

»Goht's eigentlich noch blöder? Des klingt ja, als ob der Gumpen ermordet worden wär«, ereifere ich mich laut.

Es kann nicht anders sein, der Verfasser des halbseitigen

Artikels ist Olaf Graf, der ebenso eingebildete wie unfähige Schreiberling des »Steinheimer Morgen«.

Ich zoome den Text heran. Das große Foto in der Mitte zeigt die Luftaufnahme eines Waldes. Es könnte unser Hardtwald sein, aber auch ein völlig anderer. Der Artikel beginnt mit einer langatmigen Bestandsaufnahme über den heimischen Forst, vertieft den regionalen Baumbestand und erörtert die steigenden Gefahren durch Borkenkäfer und zunehmende Trockenheit. Damit hat der Graf schon mal drei Spalten gefüllt. Über eineinhalb Spalten beschreibt er dann seine eigene Begehung des Hardtwalds auf den Spuren eines furchtbaren Verbrechens, um am Ende gerade mal zu erwähnen, dass es sich bei dem tags zuvor gefundenen Opfer, das unter grässlichen Umständen und völlig entstellt zu Tode gekommen sei, um »R. L. aus S.« handelt.

Ich schließe die Augen und atme tief durch. Der hatte offensichtlich keinerlei Fakten und wollte trotzdem unbedingt schon was raushauen. Ein Anruf bei mir hätte genügt, und der Graf hätte einen Eins-a-Artikel hingelegt. Mit Informationen aus erster Hand. Immerhin bin ich diejenige, die das Mordopfer gefunden hat! Also gleich nach der Sandalen-Sigrid. Ich habe immerhin den Tatort abgesperrt und alles für die Spusi vorbereitet, und ich habe mit Lauer die ersten Thesen erörtert. Wenn das nicht erste Hand ist. Das ärgert mich schon saumäßig!

»Nägele, sag's net!«, ermahne ich mich selbst und hole noch einmal tief Luft. »Ommmmmmmm … ommmmmmm … ommmmmmm.«

Es hilft nichts. Mir platzt der Kragen.

»Ja, so ein Granadaseggl, so ein granadamäßiger! Domm wia d' Nacht donkl! Dem g'hört doch dr Dibbl bohrt, dem Allmachtsjessas …«

Ich schimpf eine ganze Weile lautstark weiter, bis ich mich einigermaßen beruhigt habe und mir noch eine Tasse Kaffee hole.

Gut, Herr Graf, wer net will, hat g'hett!

Ich setze mich wieder vor den Monitor, als mein Blick erneut auf die Überschrift fällt. Da kommt mir plötzlich eine ähnliche Schlagzeile aus den 80er-Jahren in den Sinn: »Der Hammermörder«. Ich erinnere mich, dass damals auf einem Parkplatz bei Marbach am Neckar und ein halbes Jahr später auf dem Waldparkplatz in der Nähe vom Jägerhof Menschen umgebracht wurden. Wir durften als Teenager wochenlang nicht allein aus dem Haus.

Da muss ich doch gleich mal recherchieren, deshalb durchsuche ich den Index unseres Archivs. Tatsächlich werde ich fündig. Mit einer dritten Tasse Kaffee in der Hand rufe ich verschiedene Quellen auf und entdecke einen Artikel zu dem Fall aus dem Jahr 1985. Der Täter hatte sich beim Bau des Eigenheims in Strümpfelbach übernommen und war finanziell in Schwierigkeiten geraten. Daraufhin beging er im Raum Heilbronn-Ludwigsburg drei Raubmorde und vier Banküberfälle, bei denen er mit einem Vorschlaghammer die Scheibe der Schalter demolierte.

Jetzt bin ich Feuer und Flamme und durchsuche die Archivbestände nach weiteren Verbrechen rund um Steinheim. Meine Vermutung, dass nicht viele zusammenkommen werden, bestätigt sich nicht. Neben einem spektakulären Auftragsmord, der für das Jahr 1676 dokumentiert ist, stoße ich unter anderem in einer Geschichtssammlung auf einen Bericht über einen Kindsmord aus dem Jahr 1689 und auf das tragische Ende des Hirschwirtes in Kleinbottwar, der 1720 von einem wütenden Oberst erschossen wurde.

Do gugg na. Tatort Bottwartal!

Auf dem Heimweg kaufe ich Saitenwürstle, denn der BMVÄ kocht heute Linsen und Spätzle zum Abendessen. Darauf freu ich mich total. Gar nicht freu ich mich hingegen auf den von Mutter am Nachmittag angesetzten Kondolenzbesuch bei Rudis Mutter Irmgard und seiner Witwe, der Melanie. Aber die Barbarella hat da ihre ganz eigenen Ansichten.

»Des g'herd sich so, und do gibt's kei Widerred! Ich schreib eine Trauerkarte, do kennad ihr au onderschreiba, und dann holsch du mich um halb drei ab.«

Also stehe ich pünktlich um halb drei vor ihrem Haus. Bevor ich den Klingelknopf betätigen kann, geht die Tür auf und Mutter steht in vollem Ornat vor mir. Aufgetakelt wie eine Operndiva, in Schwarz und Silber, von den hochhackigen Schuhen, die sie trotz ihres fortgeschrittenen Alters immer noch trägt, bis hinauf zum Hütchen mit Spitzenband, das kokett auf ihrer getönten Dauerwelle sitzt.

»Mutter, mir mached doch kein Staatsbesuch! Mir ganged en Löwa zum Kondoliera. Wenn du jetzt scho so ufftakelt bisch, was willsch denn du zur Beerdigung aziaga?«

Sie geht gar nicht auf meinen Einwand ein, hält mir stumm ein Kuvert und einen Stift entgegen. Ich ziehe die Trauerkarte aus dem Umschlag und sehe, dass fünfzig Euro beigelegt sind. Gut, sie hat für uns den Trauerobolus gleich mit eingelegt.

Ich unterschreibe die Karte, indem ich sie gegen die Haustür drücke. Die Schrift wird krakelig, aber das ist halt jetzt so. Ich will die Kondolenzkarte mitsamt Kuvert an Mutter zurückgeben, doch die schaut mich auffordernd an.

»Uff was wartesch?«, frag ich.

»Uff's Geld!«

»Uff was für Geld?«

»Die Beerdigungsbeihilfe, die mr zur Karte dorzua duad.«

»Die isch doch scho drenn.«

»Unser Teil. Eurer fehlt no.«

»Echt jetzt?«

Schweigen.

Seufzend hole ich einen Zwanziger aus dem Geldbeutel, doch Mutter reißt mir das Kuvert aus der Hand und sieht mich streng an.

»Mutter, isch des dei Ernscht?«

Schweigen – und ein noch strengerer Blick.

Ich stecke den Zwanziger zurück in den Geldbeutel und strecke ihr widerwillig einen Fünfziger entgegen. Mutter legt den Schein dazu, schiebt die Karte ins Kuvert, fährt mit der Zunge über den Klebestreifen und verschließt den Umschlag ein für alle Mal.

»Also weisch, hundert Euro! Missad mir die Beerdigung alloe zahla?«, protestiere ich ein letztes Mal.

»Das gehört sich einfach so. Und außerdem bin ich das meiner Arbeitgeberin schuldig«, erklärt Mutter in reinstem Hochdeutsch. Sie schließt die Haustür und stöckelt auf dem Gehweg Richtung Ortsmitte.

Ich mache die Augen zu, atme kurz durch, denke an zwei Rostbraten mit Bratkartoffeln, zweimal Vanilleeis mit Himbeeren und zwei Viertele Lemberger, für die die hundert Euro locker gereicht hätten. Moment mal, hat sie Arbeitgeberin gesagt?

Ich setze an, um nachzufragen, doch Mutter ist bereits um die Ecke verschwunden, und ich renne ihr wie ein Kind hinterher.

Als wir kurze Zeit später beim Löwen ankommen, öffnet uns Melanie mit verweinten Augen die Tür. Nickend nimmt sie unsere Kondolenzbezeugungen entgegen. Sie führt uns allerdings nicht, wie erwartet, in ihre Wohnung im Obergeschoss, sondern in die Gaststube. Zugegeben, ich bin etwas enttäuscht, denn ich hätte ja schon gerne Rudis Privaträume in Augenschein genommen. Natürlich nicht, weil ich neugierig bin, sondern einfach so, aus reinem Interesse.

Irmgard Lämmle, die Löwenwirtin, thront an der Stirnseite des Stammtisches. Sie trägt Schwarz und wirft uns einen ebenso düsteren Blick zu. Obwohl wir offensichtlich die einzigen Kondolenzbesucher sind und kein Platzmangel herrscht, weist sie uns unsere Stühle genau zu. Mutter darf sich neben Irmgard setzen, daneben ist mein Platz, und Melanie soll sich ans andere Ende des Tisches begeben. Der alte Festus, das Faktotum im Löwen, sitzt zusammengesunken auf der Eckbank und hält ein Nickerchen.

Eigentlich hätten der BMVÄ und Vater ebenfalls mitkommen sollen, aber beide haben sich mit fadenscheinigen Ausreden entschuldigt. Der eine hat einen wichtigen Termin, der andere plötzliche Probleme mit der Bandscheibe. Da konnte auch Mutters »Des g'herd sich so!« nichts ausrichten. Für die Männer scheinen manche Gesetze nicht zu gelten. Ich glaube allerdings, dass der eigentliche Grund für ihre Abwesenheit die ausgeprägte Abneigung gegen Irmgard Lämmle ist, die sie mit vielen aus dem Ort teilen. Allgemein gilt die Löwenwirtin als herrschsüchtig und bösartig. Bei einer anderen Familie hätten sich Vater und mein BMVÄ nicht geweigert mitzukommen, da bin ich mir sicher, denn bei so einem Kondolenzbesuch wird gerne mal das eine oder andere Gläschen Wein ausgeschenkt. Oft setzen sich dann die Herren der Schöpfung zu wichtigen Gesprächen zusammen, und bei zunehmender Geselligkeit kommen schließlich die Binokelkarten auf den Tisch. Das ist allerdings bei Irmgard Lämmle nicht zu erwarten. Nicht das Gläschen Wein und schon gar nicht die Karten.

Was ich ebenfalls nicht erwartet hätte, ist, dass Irmgard, nachdem wir kondoliert haben, nicht ihre Trauer zum Ausdruck bringt, sondern sich wortreich über ihren Sohn

Rudolf beschwert. Sie habe ihm gleich gesagt, er könne doch am Samstagnachmittag nicht einfach davonrennen, die Platten müssten noch gerichtet werden. Aber ihrem undankbaren Sohn sei ja schon immer alles egal gewesen. Vor allem seine Mutter, die sich nun wieder allein um alles kümmern müsse. Bei diesen Worten wischt sie theatralisch mit einem Taschentuch über die tränenlosen Augen, während die Melanie ihre Tränen nicht mehr zurückhalten kann und schluchzend aus dem Raum stürmt.

Ihre Schwiegermutter haut wütend mit der Faust auf den Tisch und Festus erschrickt so sehr, dass er fast von der Eckbank fällt. Er schaut sich verwirrt um und scheint nicht gleich zu wissen, wo er ist. Irmgard befiehlt ihm, die »Prinzessin auf der Erbse« zurückzuholen. »Aber dalli!«

Doch ehe er aufstehen kann, springe ich auf und biete an, nach Melanie zu sehen. Irmgard wehrt zuerst ab, doch Mutter legt ihre Hand auf die der Löwenwirtin und schaut sie eindringlich an. Die nickt nur kurz, und ich gehe raus.

Melanie finde ich an der Treppe. Sie sitzt auf einer Stufe und hält sich ein Taschentuch vor die Augen. Anscheinend hat sie sich wieder etwas beruhigt. Ich nehme neben ihr Platz und ergreife stumm ihre Hand, um ihr äußerlich wie innerlich ein wenig Halt zu geben. Doch genau das klappt nicht. Melanie wird wieder von heftigen Weinkrämpfen geschüttelt. Ich nehme das Häufchen Elend in den Arm und drücke es fest. Sintflutartig fließen die Tränen, mein T-Shirt bemüht sich allerdings, die Wassermassen aufzunehmen.

»Im Streit ... auch auf dem Jägerhof ... große Liebe ... umgebracht ... Ich hab sie gesehen ... Irmgard, die Hexe ... auf der Terrasse ... das Kind ...«, brechen einzelne Satzfetzen aus Melanie hervor.

Für sie ergibt die wirre Geschichte sicherlich einen Sinn. Für mich nicht. Noch nicht.

Ich streichle ihr sanft über den Rücken. Nach und nach kommt sie zur Ruhe. Da dringt aus der Wohnung über der Gaststätte Babygeschrei zu uns ins Treppenhaus.

Melanie befreit sich aus meiner Umarmung, schnäuzt in ihr Taschentuch, was dringend nötig ist, streicht damit schnell über meine Schulter, was wohl ebenfalls nötig ist, und geht rasch die Stufen hinauf. Vor der Tür dreht sie sich noch einmal um und fragt: »Möchtest du mit reinkommen? Ich mache uns einen Tee.«

Gerne folge ich ihr, weil ich sie in ihrem Kummer nicht allein lassen will und, ja, auch aus Neugier. Auf die Wohnung, auf das Baby und auf die Geschichte, die ich vielleicht noch einmal im Klartext zu hören bekomme. Kurz überlege ich, ob ich Mutter Bescheid sagen soll. Doch dann erinnere ich mich, dass ich erwachsen und ihr keine Rechenschaft schuldig bin. Außerdem wird sie mit Irmgard sicher das eine oder andere zu tratschen haben.

Die Wohnung ist modern und gemütlich eingerichtet. Der Grundriss sei zwar nicht optimal, erklärt Melanie, aber ihre Schwiegermutter habe einen Umbau strikt abgelehnt. Immerhin habe sie nach langen Kämpfen wenigstens ihren Wunsch durchgesetzt, neue Möbel und eine schicke Küche anzuschaffen. Die Einrichtung ist hell und luftig. Spielsachen, die in schönen Körben aufbewahrt werden, zeugen davon, dass Kinder im Haushalt leben.

Während Melanie die kleine Lara auf dem Arm wiegt, biete ich mich an, das Wasser aufzusetzen. Dann lassen wir uns im gemütlichen Esszimmer nieder, ich mit einer Tasse Kräutertee in der Hand, Lara mit einem Fläschchen Fencheltee in Melanies Arm.

»Wo habt ihr euch denn kennengelernt?«, frage ich schließlich.

Melanie antwortet nicht gleich. Sie schaut dem Baby zu,

wie es genüsslich nuckelt. Aber dann erzählt sie, wie sie und der fast fünfzehn Jahre ältere Rudi sich das erste Mal getroffen haben. »Es war Liebe auf den ersten Blick«, flüstert sie leise und ein Lächeln umspielt ihre Lippen.

Doch weil Irmgard gegen ihre Beziehung war, haben sie heimlich geheiratet und die Schwiegermutter vor vollendete Tatsachen gestellt. Melanie beklagt, dass Rudi sich nie gegen seine herrschsüchtige Mutter habe durchsetzen können oder wollen. Und Irmgard habe ihr das Leben von Anfang an so schwer wie nur möglich gemacht. Melanie habe gehofft, dass es besser werden würde, wenn erst ein Kind da wäre. Als die kleine Lea schließlich geboren wurde, war Irmgard jedoch tief enttäuscht. Sie hatte einen Stammhalter erwartet und drängte auf weiteren Nachwuchs. Melanie fühlte sich allerdings mit dem Baby, der anstrengenden Arbeit im Löwen und der Schwiegermutter, der sie nichts recht machen konnte, überfordert. Zunehmend nahm sie Rudi seine passive Haltung seiner Mutter gegenüber übel und zögerte eine erneute Schwangerschaft hinaus. Doch vier Jahre später war sie wieder guter Hoffnung. Schon früh wusste sie, dass es erneut ein Mädchen werden würde, sie behielt ihr Wissen jedoch für sich. Aus Angst vor der Reaktion der Schwiegermutter, aber auch vor der ihres Mannes. Er liebte Lea von Herzen, doch als die kleine Emma geboren wurde, war auch er enttäuscht. Melanie geriet noch stärker unter Druck und wurde von Irmgard immer mehr schikaniert.

»Hat der Rudi dich denn gar net in Schutz g'nomma?«, hake ich erstaunt nach.

»Das eine oder andere Mal hat er es schon versucht, und es kam zu handfesten Wortgefechten zwischen ihm und seiner Mutter. Doch zu guter Letzt hat sie sich immer durchgesetzt, und Rudi hat klein beigegeben. Einmal habe ich gehört, wie sie ihm hinterhergeschrien hat: ›Deine hochdeutsche Kanaille kannsch zum Deifl schicka!‹. Seither habe ich immer wieder mit dem Gedanken gespielt zu gehen. Aber so einfach ist das eben nicht.«

Ich freue mich, dass Melanie derart offen mit mir spricht, und wage mich vorsichtig noch ein Stückchen weiter. »Aber es hat sich dann wieder eing'renkt? Immerhin ist jetzt die Lara auf der Welt.«

Ich streiche der Kleinen zart über den Rücken. Lara hat genug getrunken, ordnungsgemäß an der Schulter ihrer Mama Bäuerchen gemacht und wird von Melanie wieder ins Bettchen zurückgelegt.

»Eingerenkt kann man nicht sagen. Ich habe Rudolf die Pistole auf die Brust gesetzt.« Sie merkt, dass diese Formulierung aktuell nicht ganz passend ist. »Also im übertragenen Sinn natürlich. Entweder seine Mutter oder die Mädchen und ich. Er hat dann tatsächlich gegen Irmgards vehementen Protest durchgesetzt, dass ich ein Vierteljahr von der Arbeit im Löwen ›freigestellt‹ werde.« Mit den Fingern malt sie Anführungszeichen in die Luft. »Das war meine schönste Zeit hier. Rudolf und ich waren uns wieder so nah wie am Anfang unserer Beziehung.«

»Und du bisch wieder schwanger worda.«

»Ja, nur ein gutes Jahr nach Emma. Und wieder mit einem Mädchen. Diesmal konnte ich das aber nicht bis zur Geburt geheim halten. Von Irmgard werde ich seither wie eine Aussätzige behandelt, und Rudolf hat sie so sehr zugesetzt, dass er gar nicht mehr wusste, wie er sich mir gegenüber verhalten sollte.«

»Worom hasch du dir des denn g'falla lassa?«

»Das hab ich nicht. Nicht mehr. Allein um der Kinder willen nicht. Ich habe angefangen, mich zu wehren. Wir haben oft gestritten, unter vier Augen oder zu dritt. Oft genug auch vor Gästen. Alle haben darunter gelitten. Am meisten Lea und Emma. Dass meine kleine Lara die schwierigen Umstände während der Schwangerschaft so gut weggesteckt hat und ein ausgeglichenes Kind geworden ist, grenzt an ein Wunder! Aber mir hat es endgültig gereicht! Vier Wochen vor Laras Geburt hatte ich einen Mietvertrag in der Hand, den ich nur noch unterschreiben hätte müssen. Für eine Wohnung in meinem Heimatort. Den hab ich Rudolf unter die Nase gehalten, als letzten Warnschuss …«

Wieder wird ihr die unglückliche Formulierung bewusst, und Tränen kullern über ihre Wangen.

»Wie hat er reagiert?«

»Er hat versprochen, Himmel und Erde in Bewegung zu setzen, um mich zu halten«, wimmert Melanie. »Er könne sich ein Leben ohne mich und die Kinder nicht vorstellen, und wenn ein Leben im Löwen nicht möglich sei, würden wir gemeinsam ein neues beginnen.«

Melanie sitzt am Tisch, den Kopf in die Hände gestützt. Ihre Tränen tropfen jetzt ungebremst auf die Tischplatte. Unter Schluchzen erzählt sie weiter, wie Rudi sie eindringlich gebeten hat, den Mietvertrag nicht zu unterschreiben und ihm noch etwas Zeit zu geben, um ihren Neustart vorzubereiten. Seinen fünfzigsten Geburtstag wollte er noch hier feiern und danach alles endgültig hinter sich lassen. Sie solle niemandem etwas darüber verraten. Irmgard schon gar nicht.

»Und dann?«

»Und dann? Dann hat der Idiot alles wieder kaputtgemacht!« In Melanies Augen blitzt unterdrückte Wut auf.

Gerade will ich mich nach dem Grund erkundigen, da klopft es an der Wohnungstür und der alte Festus bringt Lea und Emma herein, die er vom Turnen und der Kita abgeholt hat. Er kümmert sich rührend um die beiden Mädchen und schaut auch gleich nach Baby Lara im Stubenwagen. Der

Alte ist wohl der einzige Mensch, der der kleinen Familie etwas Halt gibt.

Als ich nach einer halben Stunde wieder in den Gastraum komme, schaut mich die Löwenwirtin böse an. Ich ignoriere sie, denn eins ist nach dem Gespräch mit Melanie klar: Die Irmgard hat es bei mir ein für alle Mal vergeigt. Ich dränge zum Aufbruch und gehe voraus. Auf dem Gehweg warte ich, bis Mutter mich eingeholt hat, und hake sie unter, damit sie mit ihren Pumps auf dem inzwischen regennassen Pflaster nicht ins Rutschen gerät.

Als wir am großen Tor vorbeikommen, sehe ich Festus auf dem Hof hantieren. Eigentlich auf den Namen Wilhelm Blank getauft, hat er schon vor ewigen Zeiten von Rudolf Lämmle senior seinen Spitznamen verpasst bekommen, angelehnt an den gleichnamigen Deputy aus »Rauchende Colts«. Während der kauzige Festus Haggan in der Westernserie die rechte Hand des Sheriffs ist, spielt der alleinstehende Wilhelm seit jeher im Löwen die Rolle des Mädchen für alles. Und da er als Einziger der Wirtin Paroli bieten kann, ist er auch nach dem Tod des Seniors vor gut zwanzig Jahren geblieben. Mittlerweile gehört er mit seinen fast 80 Jahren quasi zum Inventar.

Trotz seines Alters trägt er scheinbar mühelos Bierfässer im Hof hin und her. Ich halte ihm zur Anerkennung den erhobenen Daumen entgegen, was er mit einem Lächeln quittiert.

Inzwischen hat der Wind aufgefrischt und ein Regenschauer jagt den anderen.

»Mutti, auf goht's, mir isch kalt.«

Sie möchte nicht, dass ich mich erkälte, und trippelt schneller. »Wo hasch den dei Jäggle?«, fragt sie besorgt.

»Des hanne bei dr Melanie vergässa.«

Dass ich es absichtlich dort gelassen habe, sage ich ihr nicht.

KAPITEL 7

»Hallo, i benn wieder do«, rufe ich, als ich nach Hause komme.

Keine Antwort, dafür anhaltendes Bassgewummer aus dem ersten Stock. Ich gehe nach oben, tausche meine nassen Kondolenzkleider gegen ein trockenes T-Shirt und eine Jogginghose und schau bei Simon ins Zimmer. Er sitzt mit Kopfhörern auf dem Bett und sieht fern. Warum Kopfhörer, wenn ich in Disco-Lautstärke mithören kann? Und warum Musik, wenn er gleichzeitig fernsieht? Das wird auch weiterhin ein Rätsel bleiben, denn ich widerstehe meinem Impuls zu fragen und mache stattdessen die Tür hinter mir wieder zu.

Ein Blick in die Küche sagt mir, dass es heute keine Linsen und Spätzle gibt. Auf dem Küchentresen liegt ein Zettel vom BMVÄ, der mich darüber informiert, dass er heute etwas länger weg sein wird. Sein Freund Paul hat ihn zum Schnuppertraining ins Fitnessstudio abgeholt, und anschließend gehen sie noch was trinken. Ein gemalter Smiley soll mich trösten. Tut er aber nicht, denn ich habe Hunger.

Gut, dann mach ich mir halt ein Paar Saitenwürstle warm. Im Kühlschrank finde ich allerdings nur die leere Metzgertüte. Ich renne wieder nach oben in Simons Zimmer.

»Wo senn denn die Saitawürschdla nakomma?«

Keine Reaktion.

Ich reiß meinem Sohn die Kopfhörer herunter, und Simon fällt vor Schreck fast vom Bett.

»Sag, wo senn die Saitawürschdla?«

»Welche Saitawürschdla?«

»Welche wohl? Die vergoldete nadierlich!«

»Echt jetzt?«

»Mensch, Simon! Die im Kühlschrank.«

»Ach die. Die hab ich gässa. Dr Vatter kocht jo heid net.«

»Du hasch sechs Paar Saitawürschdla gässa?!«

»Zählt hab ich se net«, antwortet er und setzt die Kopfhörer wieder auf.

Ratlos schüttle ich den Kopf und geh wieder in die Küche hinunter. Offensichtlich hat Simon die Saitenwürstle mit dem halben Laib Brot unterfüttert, der heute Morgen noch da war, denn der Brotkasten ist auch leer.

»Wo duad der des älles na?«, überlege ich laut.

In der Vorratskammer finde ich Dosenravioli. Das ist allerdings keine Alternative. Ich schau noch einmal in den Kühlschrank. Der gibt außer einer Flasche Tannenzäpfle nicht viel her. Also setze ich mich mit ihr an den Küchentresen und knabbere Erdnüsse, die ich als Notreserve in der Anrichte versteckt habe.

Währenddessen lasse ich das Gespräch mit Melanie noch einmal Revue passieren. Nicht gut, die ganze Geschichte, gar nicht gut. Wäre ich an Melanies Stelle, hätte ich bei den Lämmles schon längst aufgeräumt. Und den feigen Rudi … Plötzlich schaltet sich mein kriminalistischer Spürsinn ein, und ich überlege ernsthaft, ob Melanie wohl den Rudi auf dem Gewissen hat. Der hat sie immerhin ganz schön im Stich gelassen.

»Der Idiot«, murmle ich Melanies Worte vor mich hin.

Ich muss unbedingt herauskriegen, was da noch vorgefallen ist. Vielleicht ergibt sich daraus ein Mordmotiv? Wie ich ja aus dem »Tatort« weiß, geschehen die meisten Kapitalverbrechen innerhalb der Familie oder im näheren Bekanntenkreis. Man darf da die Ehefrau nicht ausschließen. Allerdings hat Boerne mal gesagt, dass Frauen eher mit Gift arbeiten als mit Gewalt. Oder stammt das vom Batic? Jedenfalls wurde der Rudi niedergeschlagen, das deutet eher auf einen Mann als Täter hin. Wobei, wenn ich eine richtige Wut im Bauch hab, da kann ich schon Bärenkräfte entwickeln. Allerdings ist der Rudi am Ende ertrunken. Ach, alles gar nicht so einfach!

Wenn man also das soziale Umfeld von dem Rudi ins Visier nimmt, käme außer den beiden Frauen auch Festus in Betracht. Aber ich mag ihn, deshalb streiche ich ihn gleich wieder von meiner Täterliste. Er ist ausgesprochen lieb zu den Kindern. Andererseits hat er womöglich für Melanie Partei ergriffen und sie von Rudi befreien wollen. Hm, lieber wieder drauf auf die Liste.

Anderes Personal kann man wirklich ausschließen, denn es gibt im Löwen keins. Nur ein paarmal im Jahr brauchen sie bei größeren Gesellschaften Aushilfsbedienungen. Um einen dauerhaften Job reißt sich bei einer Arbeitgeberin wie der Irmgard niemand. Da fällt mir wieder Mutters Andeutung ein, sie sei ihrer Arbeitgeberin ein großzügiges Geldgeschenk schuldig. Mutter wird doch nicht …

Ich leere das Tannenzäpfle und mach mich sofort auf den Weg zu ihr. Der ist nicht weit, denn meine Eltern wohnen direkt neben uns. Das hat Vorteile, aber auch … Na ja, das würde jetzt zu weit führen.

Als ich vor die Tür trete, gießt es in Strömen. Dennoch renne ich nur in Hausschuhen rüber. Ich klingle Sturm, doch niemand macht auf. Ich nestle meinen Schlüsselbund aus der Hosentasche, und bevor ich endlich ins Haus trete, bin ich von oben bis unten nass. Mal wieder.

»Hallo, isch äbber do?«

Statt einer Antwort dröhnt eine Bohrmaschine durchs Haus. Ich schaue ins Wohnzimmer. Vater steht auf der Leiter und bearbeitet in einer bemerkenswert akrobatischen Haltung die Zimmerdecke. So viel zu seinen plötzlichen Rückenschmerzen heute Nachmittag. Mutter werkelt in der Küche. Ihr Handy, in rosafarbener Schutzhülle, hängt an einer rosafarbenen Kordel um ihren Hals. Rosa Stöpsel stecken in ihren Ohren. Die Hüfte schwingend tänzelt sie in einem rosafarbenen Overall aus Nickistoff hin und her und summt leise vor sich hin.

Auf dem Herd brodelt eine wunderbar duftende Fleischbrühe. In einer Schüssel entdecke ich die Zutaten für einen Spätzlesteig. Wie hat sie das in der kurzen Zeit nach unserem Besuch im Löwen geschafft? Sich umziehen, Siedfleisch und geschnittenes Gemüse für die Fleischbrühe aufsetzen, den Teig vorbereiten? Doch nicht umsonst gilt Mutter als eine der besten Köchinnen weit und breit. Nur der BMVÄ kann es mit ihr aufnehmen, und bei Familienfesten tragen die beiden regelmäßig kleine Wettbewerbe aus.

»Saged amol, senn ihr taub!«, schreie ich und fuchtle mit den Armen, während ich den Boden im Flur mit Wasser flute, das von meiner Kleidung tropft.

Mutter sieht von ihrem Schneidbrett auf und winkt mit einem großen Küchenmesser. Auch ein schöner Empfang.

»Bisch du scho em Schlofazug?«, möchte ich von ihr wissen.

Sie nimmt die Stöpsel aus den Ohren und sieht mich fragend an.

»Ob du scho em Schlofazug bisch?«

»Wieso Schlofazug? Des isch ein Tino-Moretti-Soft-Textile-Jumpsuit!« entgegnet sie entrüstet und spricht jedes Wort genau so aus, wie man es schreibt.

»Isch in Ordnung. Aber sei so guad ond gang mid dem Jumpsuit«, ich imitiere ihre eigenwillige Aussprache, »nicht uff d' Gass, sonscht streit ich ab, dass ich dei Tochter benn.«

»Das sagt die Richtige!«, blafft Mutter auf Hochschwä-
bisch zurück, wie immer, wenn sie verärgert ist oder was
Wichtiges mitzuteilen hat. »Du solltescht dich einmal im
Spiegel angucken, wie du bei deinen Führungen rumläufscht!
Und hab ich jemals abgestritten, dass ich deine Mutter bin?«

Ja, hat sie! Darauf will ich jetzt allerdings nicht eingehen.
Ich spekuliere nämlich auf einen Teller Wurstspätzla, die sie
offensichtlich gerade zubereitet. Deshalb hole ich ein großes Handtuch aus dem Bad, mit dem ich zuerst mich und
danach den Flurboden trocken reibe. Anschließend biete
ich an, ihr zur Hand zu gehen.

Sie blickt skeptisch, weil sie meine Kochkünste kennt.
Aber schließlich deutet sie mit dem Kopf auf die geräuchte
Schinkenwurst, die auf einem Schneidbrett bereitliegt.
»Haut abzieha ond in kleine Würfel schneida!«, kommandiert sie und kümmert sich dann wieder um den Spätzlesteig, den sie nie – niemals! – mit der Küchenmaschine rührt,
sondern immer von Hand, um die richtige Konsistenz zu
spüren. Danach steckt sie die Stöpsel wieder in die Ohren
und schneidet routiniert Petersilie und Zwiebeln, offenbar im Takt der Musik, die sie gerade hört. Zum Takt von
Vaters Bohrmaschine, die immer noch im Wohnzimmer
lärmt, schneide ich weniger routiniert die Schinkenwurst
in ungleichmäßige Würfel.

Endlich sitzen wir am Tisch und genießen das typisch
schwäbische Gericht. Zumindest Vater und ich tun das.
Mutter moniert die viel zu großen, unansehnlichen Schin-
kenwurstbrocken. Alles andere hätte mich auch gewundert.

Nach dem Essen verzieht sich Vater ins Wohnzimmer
und schaut die Landesschau im SWR.

»Bleib ruhig sitza«, sage ich zu Mutter und trage das
Geschirr zurück in die Küche, räume die Spülmaschine ein
und die Küche sogar auf. Zugegeben nicht ganz selbstlos.

Vielmehr möchte ich Mutters Stimmung aufhellen, um Antworten auf Fragen zu erhalten, die mir unter den Nägeln brennen. Deshalb hole ich aus der Speisekammer den Kirschlikör, den Mutter hinter den Nudelpackungen versteckt, und stelle ihn mit zwei Gläschen auf den Esstisch.

»Was willsch wissa?«, fragt sie sofort mit einem Grinsen im Gesicht.

Ich werde ein bisschen rot, weil ich das Gefühl habe, dass sie mir direkt ins Gehirn gucken kann. Also erkundige ich mich ohne Umschweife, was es mit Irmgard als Arbeitgeberin auf sich hat. Und als ich mich nach zwei Stunden und einer halb geleerten Flasche Kirschlikör verabschiede, habe ich dann doch eine Menge erfahren. Nämlich Folgendes:

Während jede andere Mutter nach dem Tod ihres Kindes in Trauer versunken wäre, war Irmgards größtes Problem, dass mit Rudi auch der Koch des Löwen das Zeitliche gesegnet hatte. Folglich musste schnell Ersatz her, für den Koch. Und da Mutter, wie gesagt, für ihre Kochkünste bekannt ist, lag es für Irmgard natürlich auf der Hand, bereits am Sonntagnachmittag, also nur einen Tag nach dem Tod ihres Sohnes, ihre einstige Schulkameradin Barbara anzurufen und ihr eiligst den Job anzutragen.

»Mutter, du hasch aber nicht …?«, fragte ich alarmiert mit der Likörflasche in der Hand.

Während sie beherzt nach ihrem Glas griff, versicherte sie, sie habe sich aus Pietätsgründen selbstverständlich geweigert. Andererseits …

»Andererseits?«, hakte ich nach.

»Ich kann doch mei alde Schulfreundin in ihrem schwera Schicksal net alloe lassa. Außerdem wär des jo bloß vorübergehend, bis a g'lernter Koch g'fonda isch.« Vorsichtshalber blickte sie mir bei dieser Erklärung nicht in die Augen.

Natürlich wusste ich gleich, dass Mutter das Angebot der Löwenwirtin sofort und völlig ohne Pietät angenommen hatte. Immerhin konnte sie nun allen demonstrieren, was sie in der Küche draufhat.

»Mutter, i glaub's net!« Kopfschüttelnd leerte ich mein Likörgläschen. »Trausch du dir des überhaupt zu, ganze Busladunga zu bekocha, wie se em Löwa eikehred?«

»Für solche Fäll hab i scho a erschtklassige Hilfe organisiert«, wehrte Mutter meinen Einwand ab, bevor sie auf meine Nachfrage hin kleinlaut zugab, dass es sich dabei um Alfa handelte, den italienischen Gigolo.

»Weiß des dr Vatter?«

»Ähhh … no net.«

»Mutter! Du sagsch ihm des sofort!«

Sie versprach knapp, das noch an diesem Abend nachzuholen, und plapperte drauflos, um ja von ihrer gemeinsamen Küchenkarriere mit Alfa abzulenken. Auf diese Weise erfuhr ich, dass die Löwenwirtin beim Kondolenzbesuch kein gutes Haar an Melanie gelassen hatte. Von Anfang an habe Irmgard gewusst, dass »die Hochdeutsche« nicht die Richtige für ihren Rudolf sei. Aber man habe ja unbedingt heimlich heiraten müssen! Hätte sie im Vorfeld davon erfahren, hätte sie das zu verhindern gewusst! Und die Mädchen? … Mädchen halt! In Irmgards Augen hätte der Löwe einen männlichen Erben gebraucht.

»Rudolf der Dritte«, zitierte Mutter die Wirtin und verdrehte dabei die Augen.

Im Übrigen hatte Irmgard betont, dass ihr die Schwiegertochter ein Klotz am Bein sei, denn mit drei kleinen Kindern am Hals könne man sie als Arbeitskraft vergessen. Erst recht in der Küche.

Angesichts solcher Bosheit blieb mir die Spucke weg. Deshalb schenkte ich Mutter und mir stumm ein weiteres

Gläschen Kirschlikör ein. Anschließend redeten wir über den armen Rudi.

»Wieso hasch du eigentlich nix von dem Foto verzählt, des mr im Rudi seim Mund g'fonda hat?«, fragte Mutter ein bisschen vorwurfsvoll.

»Nicht ›man hat's g'fonda‹, *ich* hab's g'fonda!«, korrigierte ich. »Aber aus ermittlungstechnischen Gründen hab ich nix saga derfa. Wieso weisch du des überhaupt?«

Mutter lächelte süffisant. »Der Kommissar Lauer hat's der Irmgard verzählt und die mir.«

Sie berichtete, dass die Wirtin über das Foto in Rudis Mund schockiert gewesen sei. In Irmgards Heimatort hatte es vor etwa dreißig Jahren nämlich einen ähnlichen Fall gegeben. Damals war der Chef eines Textilunternehmens ermordet worden. Man hatte ihn mit eingeschlagenem Schädel in seiner Weberei in Kuchen aufgefunden, quasi eingeflochten in die Kettfäden eines großen Webstuhls, und er hatte auch ein Bild im Mund gehabt.

»Was war druff? Hat se des gwissd?«

»Sie hat nix g'sagt, ond i hab net g'frogt.«

Ein Fehler, wusste ich sofort. Das werde ich auf alle Fälle mit Lauer besprechen müssen.

»Mr hat die Täter nie g'fasst. A paar jonge Leut senn domols zwar verdächtigt worda, aber des hat sich net bestätigt. Bis heid weiß mr net, wer des war. Zumindescht weiß d' Irmgard nix drieber.«

»Worom kommsch denn du eigentlich so guat mit derra alda Hex aus?«, wollte ich wissen.

Eine Weile erwiderte Mutter nichts, bevor sie seufzend zu erzählen begann: »Die Irmgard Sausele, wie se mit Mädchennama hieß, isch Afang der 50er-Johr mit ihre Eltern noch Schdoena komma ond mit mir eig'schualt worda. Die Familie hat in ärmliche Verhältnis am Ortsrand g'läbt und kaum Aschluss g'fonden. D' Irmgard ond i henn ons ag'freundet, aber außer en dr Schual bloß heimlich Kontakt g'hett, weil dr Irmgard ihre Eltern niemanden im Haus g'wellt henn.«

Weiter erfuhr ich, dass die Irmgard als Teenager sehr hübsch gewesen war und die Kerle am Ort ein Auge auf sie geworfen hatten. Aber sie war damals schon hochnäsig und vor allem ehrgeizig. Deshalb ließ sie jeden abblitzen, und nur der Vater von Rudi, also der Rudolf Lämmle senior, hatte eine Chance bei ihr. Denn Irmgard war schnell klar: Wer zu der Gastwirtfamilie gehörte, genoss Geld und Ansehen.

Mutter nahm einen Schluck, bevor sie mich grinsend anschaute. »Wenn dei Vatter net schneller g'wesa wär, hett der Rudolf durchaus au bei mir Chancen g'hett.«

Ich verdrehte die Augen.

Meine Mutter ignorierte meine Reaktion. »D' Irmgard hat sich also om dr Rudolf bemüht, aber seine Eltern henn se als ›Auswärtige‹ genauso abg'lehnt wie d' Irmgard jetzt die Melanie. Dann hat sich allerdings Nochwuchs akündigt, und mr hat uff kein Fall en Skandal wella. Die alte Lämmles henn derra Heirat wohl oder übel zug'schtimmt. Ond die Sauseles wared mehr als z'frieda mit dr Partie ihrer Tochter, vor allem ihr Vatter, der alte Friedrich. Andererseits ...«

»Andererseits?«, drängte ich.

»Des Kendle isch sicher nicht aus Versäha passiert.«

»Du meinsch, die Irmgard hat's druff akomma lassa und die Heirat mit dr Schwangerschaft provoziert?«

Mutter nickte. »Dr Rudolf hat eigentlich zu dem Zeitpunkt scho a anders Mädle em Aug g'hett.«

»Do gugg na, so a falscha Hubba!«

»Ja, ond ...« Mutter druckste herum.

»Ond?«

»Dass ausg'rechnet die Irmgard … Wenn die den Rudolf net uff Deifl komm raus g'wellt hett … Also, grad sie hett kei Kendle austraga missa, des se net hett wella.«

Irritiert schaute ich meine Mutter an. »Worom?«

»Ja, also …«

»Mutter, jetzt sag scho!«

»Mr hat vermutet …«

In dem Moment erschien Vater in der Tür. »Babs, jetzt sag's ra halt!« Ich blickte ihn fragend an, und da seine Frau weiterhin schwieg, rückte er selbst mit der Sprache raus: »Mr hat nicht nur vermutet, mr hat genau g'wisst, dass dr Irmgard ihr Mutter a Engelmacherin war. So!«

Bitte was? Entsetzt starrte ich meinen Vater an. Das saß!

Vater holte sich ebenfalls ein Glas, setzte sich zu uns und gab die nächste Runde Kirschlikör aus. Eine ganze Weile redeten wir nicht. Vater schenkte schließlich wieder allen nach, stand auf und hob sein Glas, als wollte er eine Rede halten.

»Bevor ich weiter Fernsäh gugg, hab ich no zwei Sacha zum saga. Erschtens, ich kann die alt Hex vom Löwa leida wie Spitzgras. Deshalb verrot ich dir jetzt au, dass mr vermutet, dass au die Irmgard, wo se alt gnuag war, ihrer Mutter beim ›Kindles-Geschäft‹«, er malte Anführungszeichen in die Luft, »zur Hand ganga isch.«

Mir entglitten fast die Gesichtszüge. »Und zweitens?«, hakte ich nach, nachdem ich ein paarmal tief Luft geholt hatte.

»Zweitens isch mir scho bekannt, dass dei Mutter«, er schaute streng zu ihr hinüber, »meinen Freund Alfa als Küchenhilfe im Löwa eiplant hat. Ganz bleed benn i au net!«

Da entgleisten Mutter die Gesichtszüge. Vater drehte sich um, und im letzten Moment sah ich, wie ein Grinsen über seinen Mund huschte, bevor er den Raum verließ.

82

Mutter und ich brauchten auf den Schock noch ein Gläschen, und danach wollte ich schnell heim, weil mir der Kopf schwirrte. Ob von den Neuigkeiten oder vom Alkohol, würde sich noch zeigen.

KAPITEL 8

Heute müsste ich im Archiv eigentlich Fotos für eine Gemeinderatsvorlage scannen, doch die können warten. Zuerst muss ich mehr darüber erfahren, was es mit Engelmacherinnen auf sich hat. Und ob ich vielleicht sogar Informationen über die Irmgard und ihre Mutter finde. Das Thema lässt mir keine Ruhe.

Ich fahr den Computer hoch und beginne, im Internet zu recherchieren. Was ich zunächst entdecke, ist allgemein bekannt. Dass neben Hebammen und Ärzten auch Laien illegale Schwangerschaftsabbrüche vorgenommen haben. Dass diese oft unter medizinisch fragwürdigen Bedingungen stattfanden. Dass dabei das Leben der Frauen ohne Skrupel aufs Spiel gesetzt wurde. Dass sie aus Angst vor Verachtung und sozialem Elend das Risiko dennoch in Kauf genommen haben oder dazu gezwungen wurden. Eine Quelle weist allerdings darauf hin, dass in einer Zeit, in der den meisten Menschen die Vorgänge bei der Entstehung einer Schwangerschaft unbekannt waren, so was wie gezielte Verhütung kaum möglich war.

»Deshalb wurde die Geburtenregulierung oft auch nachträglich betrieben«, lese ich laut, »zum Beispiel durch Vernachlässigung, Nahrungsentzug oder mangelnden Schutz bei Kälte.«

Da läuft es mir kalt über den Rücken. Ich brauche eine Pause und fange an, die Fotos für die Vorlage im Gemeinderat herauszusuchen. Lange kann mich das nicht ablenken, meine Neugier zieht mich wieder zurück an den PC. Da sehe ich, dass bis ins 20. Jahrhundert »Engelmacherinnen« aktiv waren und es vielleicht heute noch sind. Wo sollten die Frauen auch hin? Immerhin waren Abtreibungen bis in die späten 70er-Jahre ganz verboten und sind bis heute rechtswidrig, aber innerhalb der gegebenen Frist immerhin straffrei. »Trotz Aufklärung, medizinischem Fortschritt und neuen Verhütungsmitteln blieb vielen Frauen bis in unsere Tage nichts anderes übrig, als sich den Risiken eines illegalen Schwangerschaftsabbruchs zu unterziehen. Und sei es nur, um der Familie die ›Schande‹ zu ersparen«, zitiere ich laut.

Was für ein Irrsinn! Nun würde es mich schon interessieren, ob im Bottwartal auch etwas zu diesem Thema aktenkundig geworden ist. Aber ... will ich das überhaupt wissen?

»Ja, nadierlich willsch du des wissa!«, feuere ich mich an und greife nach dem Findbuch, in dem die Archivalien aus unseren Beständen aufgelistet sind.

In der Übersicht stoße ich auf die Rubrik »Gesundheitswesen und Gesundheitspolizei«. Das klingt doch interessant, vor allem Letzteres. Ich schlage die entsprechende Seite auf und entdecke einen Hinweis auf eine Akte mit dem Titel »Hebammen 1927-1957«.

»Was hat d' Mutti gsaggd, wann die Irmgard mit ihre Eltern nach Schdoena komma isch?«, führe ich mein Selbstgespräch weiter. »Anfang der 50er-Jahre? Des däd bassa ... Mh, was isch die Irmgard noch mol für a Geborene? Sanwald, Seither? ... Jetzt hab ich's wieder: Sausele!«

Doch unter den drei Hebammen, die ich in den Akten finde, ist keine dieses Namens. Eine gelernte Geburtshelferin war die alte Sausele demnach schon mal nicht, zumindest war sie als solche nicht offiziell in Steinheim tätig.

Mein Spürsinn ist geweckt. Unter Umständen kommt noch was Aufschlussreiches in den Polizeiprotokollen zum Vorschein. Das Findbuch nennt mir die Akte »A218«. Viel ist leider nicht drin, nur ein dünnes, verschnürtes Aktenbündel mit Berichten aus den Jahren 1955 bis 1970. Ich schau die Blätter durch. Festgehalten wurden Vergehen wie Fahrradfahren ohne Licht, nächtliches Lärmen auf der Straße und Beleidigungen unter Nachbarn. Enttäuscht will ich die Papiere schon wieder zurückstecken, da rutscht eins aus dem Stapel und flattert zu Boden. Sofort springt mir ein fett gedruckter Name ins Auge. Der von Irmgards Vater.

»Ach, jetzt guck!«, ruf ich überrascht aus.

Ein eifriger Wachtmeister hat in den späten 60er-Jahren vermerkt, dass vor dem Haus von Friedrich Sausele in regelmäßigen Abständen auffällig viele Fahrzeuge mit ortsfremden Nummernschildern gesehen wurden, die zum Teil nicht ordnungsgemäß abgestellt worden sind.

»Des isch natürlich a Kapitalverbrechen!«, murmle ich, doch dann bleibt mein Blick an einer detaillierten Liste hängen.

Zwischen den Jahren 1965 bis 1971 hat der emsige Beamte immerhin siebenundzwanzig unterschiedliche Kennzeichen erfasst. Das sind doch ganz schön viele. So viele Freunde und Bekannte wird Irmgards Familie nicht gehabt haben. Hat Mutter nicht gesagt, dass die Eltern eigenbrötlerisch waren und niemanden im Haus haben wollten? Jedes Nummernschild ist auch immer nur mit einem Datum notiert, es ist also bei einem einmaligen Besuch geblieben, zumindest soweit das der Polizist mitgekriegt hat. Die meisten Wagen kamen aus Stuttgart oder Heilbronn, aber auch aus Vaihingen an der Enz, Ulm oder Göppingen, einer sogar aus Frankfurt. Weiter sind die Beobachtungen des Wachtmeisters allerdings nicht gegangen. Zumindest hat er nichts weiter vermerkt.

»Schad, der hett jo au a bissle mehr ermittla könna.«

Erik Ode alias Kommissar Keller in der Kultkrimiserie »Der Kommissar« hätte schon in den 70er-Jahren eine Halterabfrage gemacht. Aber halt nicht der Ortsbüttel von Steinheim.

KAPITEL 9

Auf dem Heimweg fahre ich heute nicht beim Metzger vorbei, sondern beim Bäcker und kaufe eine Auswahl süßer Stückle, weil sich unsere Tochter Leonie angekündigt hat. Bis zu ihrem Besuch habe ich noch gut drei Stunden Zeit. Simon hat heute Nachmittag Unterricht und bleibt über Mittag in der Schule, und der BMVÄ ist mit einem befreundeten Kollegen bis abends unterwegs. Ich nutze die freie Zeit und mache es mir mit einer Schneckennudel und einem Krimi auf dem Sofa gemütlich.

Die Kommissarin im Buch, eine ehemalige Terroristenjägerin, ist nach einem Attentat, bei dem sie schwer verletzt wurde, in ihr Heimatdorf in Südfrankreich zurückgekehrt. Mit allerhand Sonderbefugnissen ausgestattet und einem exzentrischen wie liebenswerten Assistenten klärt sie die kompliziertesten Verbrechen auf. Neben Miss Marple ist sie aktuell meine absolute Lieblingsermittlerin, und ich wünschte, ich wäre ebenso clever und tough wie sie. Dann würde ich den Fall »Tod im Gumpen«, wie ich den Mord an Rudi gedanklich tituliere, vollständig an mich reißen. Mit nur einem Anruf würde mir Lauer die Halter aller relevanten Autokennzeichen nennen. Ich stelle mir vor, wie ich am Edelstahltisch stehe und die Obduktion der Leiche beobachte, mit der Pathologin die Untersuchungsergebnisse bespreche und mich dann zu Befragungen aufmache. Ich sehe mich vor der Tür der Engelmacherin stehen und die Klingel betätigen. Ein Dreiklang ertönt, aber im Haus rührt sich nichts. Wieder höre ich den Dreiklang ... und wieder ... und wieder ...

Ich reiße die Augen auf. Es klingelt tatsächlich, allerdings bei uns. Ich eile in den Flur und öffne die Haustür. Draußen steht nicht wie erwartet Leonie, sondern Melanie Lämmle. Ich bitte sie schnell herein, weil es schon wieder wie aus Kübeln schüttet.

»Ich bin auf dem Weg zur Kita, um Emma abzuholen, und möchte dir nur schnell deine Jacke zurückbringen«, sagt Rudis Witwe. »Die hast du gestern bei uns vergessen.«

Mein Plan hat also funktioniert.

»Hasch du no Zeit für en schnella Kaffee?«

Nach einem kurzen Zögern nickt Melanie und folgt mir in die Küche. Ich biete ihr eines der süßen Stückle an, sie lehnt jedoch ab, dabei könnten ihr ein paar Pfund mehr auf den Rippen nicht schaden. Sie war schon immer schlank, aber seit Rudis Tod wirkt sie geradezu abgehärmt. Ich zögere ebenfalls, doch dann greife ich beherzt nach einer zweiten Schneckennudel.

Da mir offenbar wenig Zeit bleibt, rücke ich sofort mit meiner dringlichsten Frage heraus: »Du, bevor mir geschtern unterbrocha worda senn, hasch du doch g'sagd, der Rudi, der Idiot, hätt wieder älles kaputtg'macht. Wie hasch du des g'moint?«

Wider Erwarten nimmt mir Melanie meine Neugier nicht übel. Im Gegenteil, ich habe den Eindruck, sie ist froh, mit jemandem reden zu können.

»Ich hatte ja den Mietvertrag schon in der Tasche, aber weil mir Rudi versichert hat, dass er sich einen Neuanfang für unsere Familie wünscht, habe ich nicht unterschrieben. Ich wollte einfach glauben, dass alles gut wird, wenn wir wegziehen, und ich liebte ihn ja nach wie vor. Doch er meinte, die Vorbereitungen würden dauern, und er wollte seinen Fünfzigsten unbedingt noch im Löwen feiern. Warum auch immer ...«

»Und was isch dann passiert?«, hake ich nach, als sie verstummt und in die Leere starrt.

»Er hat es an seiner Geburtstagsfeier mit einer anderen getrieben!«, platzt es aus Melanie heraus und sie fängt an, herzzerreißend zu schluchzen.

Da fehlen selbst mir die Worte, und das kommt selten vor. Wobei, innerhalb von 24 Stunden ist das schon das zweite Mal. Der Fall macht mich fertig!

Ich greife nach Melanies Hand. »Mit wem?«, erkundige ich mich vorsichtig, nachdem sie sich wieder etwas beruhigt und die Tränen weggewischt hat.

»Mit dieser ... dieser roten Rapunzel!«, presst sie zwischen den Zähnen hervor.

»Wie hasch du, also, wie bisch ...?«

Meine Güte, jetzt fange ich auch noch an zu stottern. Meiner französischen Terroristenjägerin würde so was nicht passieren!

Melanie errät dennoch, was ich wissen will. »Irmgard ging an dem Abend gegen zehn Uhr zu Bett. Das war ein Segen, denn ohne sie konnte ich mich tatsächlich etwas amüsieren. Aber gegen halb zwei in der Nacht war für mich auch Schluss, weil ich einfach nicht mehr konnte. Die Geburt von Lara ist erst ein paar Monate her, viele schlaflose Nächte mit dem Baby, der ewige Streit mit der Schwiegermutter, die Vorbereitungen für den Geburtstag, nebenher die alltäglichen Pflichten ...«

Melanie blickt mich unsicher an, als ob sie sich entschuldigen wollte.

Als ich ihr verständnisvoll zunicke, erzählt sie weiter: »Wie auch immer, als ich nach oben gegangen bin, waren vielleicht noch zehn oder zwölf Gäste da. Kurz bevor ich eingeschlafen bin, habe ich gehört, wie sich die letzten verabschiedet haben. Dann wachte Lara auf und wollte unbedingt ihren Schnuller. Ich konnte ihn jedoch nicht finden und ging nach unten in die Küche, wo ich immer ein paar Ersatzschnullis habe.« Melanie muss wieder eine Pause machen. Ich schenke ihr Kaffee nach, und sie fährt stockend fort: »Im Vorbeigehen habe ich einen Blick in den Gastraum geworfen. Da brannte noch Licht. Und da habe ich die beiden gesehen!« In ihren Augen blitzt unterdrückte Wut auf. »Rudi lehnte am Stammtisch, er musste sich mit beiden Händen an der Tischkante festhalten, weil er hackedicht war. Die Schlampe im superkurzen Rock drückte sich an ihn und streichelte sein Gesicht. ›Du und ich, ja, nur du und ich‹, hat sie immer wieder gesäuselt.« Melanie holt tief Luft. »Ich musste mich an der Kommode festhalten, sonst wäre ich umgekippt. Dabei habe ich eine Vase umgeworfen. Rudi ist erschrocken aufgesprungen und hat die rothaarige Tussi weggedrückt. Die hat ihn am Arm festgehalten, aber er hat sich losgerissen und ist auf mich zugetorkelt.«

»Und dann?«

»Hat mich eine wahnsinnige Wut gepackt. Ich hab die Haustür aufgerissen, Rudi an den Schultern genommen und die Stufen in den Hof runtergestoßen. Die blöde Kuh ist an mir vorbeigerannt und wollte ihm helfen, doch er hat sie beiseitegeschoben und sich selbst wieder aufgerappelt. Vor seiner Nase habe ich die Tür zugeschlagen, abgeschlossen und den Schlüssel innen stecken lassen. Sollten doch beide verschwinden oder am besten gleich verrecken.«

Wieder eine recht ungeschickte Wortwahl von der Melanie, denk ich mir und reiche ihr ein Taschentuch, denn wieder fließen Tränen.

»Er hat an die Tür gehämmert, ich hab aber nicht aufgemacht«, schluchzt Melanie. »Dann hab ich gehört, wie sich die beiden gestritten haben, ich hab allerdings nicht verstanden, was sie gesagt haben, und es war mir auch egal.

Ich bin nach oben gegangen, hab die Wohnungstür verriegelt und gepackt. Für mich war das Maß voll!«

»Aber ihr henn dann doch nomol drüber g'schwätzt, oder? Was hat Rudi zu derra ganza Geschichte g'sagt?«

»Am nächsten Morgen saß er in der Gaststube, als ich runtergekommen bin. Festus hatte ihn wohl reingelassen. Rudi hat immer wieder beteuert, dass er zu viel Alkohol intus hatte und das Luder seinen Zustand ausgenutzt hat.«

»Wer war denn des? Kennsch du die?«

Melanie nickt. »Ja, sie heißt Silvia Renner.«

»Des sagt mir nix. Kommt die aus Steinheim?«

»Sie ist vor Kurzem hergezogen. Sie ist Sportlehrerin an Leas Schule.«

»Und die war eig'lada?«

»Sie stand nicht auf der Gästeliste, und bevor ich nach oben gegangen bin, habe ich sie auch nicht auf der Feier gesehen. Die beiden haben ihr Stelldichein gut geplant!«

»Du meinsch, des war zwischa ihra und dem Rudi abg'sprocha?«

»Er hat es abgestritten. Und er hat darauf beharrt, dass auch nichts passiert sei. So weit hätte er es nicht kommen lassen, meinte er. Er würde nichts von der wollen. Wer's glaubt, wird selig!«

»Du hasch ihm aber schließlich doch glaubt?«

»Nicht wirklich. Mir war alles zu viel, und ich hatte keine Kraft mehr. Zu guter Letzt war es einfacher, seine Beteuerungen hinzunehmen als dagegen anzukämpfen. Die Alternative wäre ein Leben als alleinerziehende Mutter gewesen, mit drei kleinen Mädchen und ohne Job ...«

Wieder schaut sie mich verlegen an.

»I verschtand des guad«, beeile ich mich zu sagen. »I hann jo selber drei Kender. Ihr henn euch also wieder versöhnt?«

»Arrangiert.«

»Und du hasch die Koffer wieder auspackt.«

Sie nickt. »Ein paar Wochen ging es gut. Aber dann …«

»Isch wieder was passiert?«, rate ich.

»Letzten Samstagnachmittag«, erwidert Melanie zögernd, »war ich kurz beim Jägerhof, weil ich Festus zu einem Schulkameradentreffen gefahren habe. Da hab ich sie wieder gesehen.«

»Wen?«

»Beide.«

»Beide?«

»Rudi und seine rothaarige Geliebte!«

»Zusammen?«

»Ja, nein … also, nicht miteinander. Rudi kam aus dem Gebäude und ist im Wald verschwunden. Und die Renner hab ich auf der Terrasse entdeckt. Das war doch kein Zufall, das kann mir keiner weismachen! Ist doch eindeutig, dass die sich dort verabredet haben! Und in dem Moment ist Rudi für mich ein für alle Mal gestorben …«

Ich zucke unwillkürlich zusammen. Melanie hat wirklich ein unglückliches Händchen bei ihren Formulierungen.

»Und diese Silvia Renner hat rote Haare, sagsch du?«, hake ich nach und folge dabei meinem Bauchgefühl.

»Feuerrot.«

Vor meinem inneren Auge sehe ich wieder die hübsche Frau mit dem geflochtenen roten Zopf auf der Terrasse vom Jägerhof, die ich während der Vorstellungsrunde mit den Yodas beobachtet habe. Keine Frage, das muss sie gewesen sein. Schade, dass ich am Samstag nicht pünktlich gewesen bin, ansonsten hätte ich sie vielleicht zusammen mit Rudi gesehen.

»Du bisch deim Mann net zufällig in dr Wald nochg'loffa und hasch …?«, platze ich heraus, ohne nachzudenken.

»Nein, natürlich nicht!«, entgegnet Melanie entrüstet, und ich merke, wie sie sich versteift.

Sie scheint innerlich auf Abstand zu gehen, daher werfe ich schnell ein: »Klar, tut mir leid.« Doch mein ureigener Ermittlerinstinkt gewinnt die Oberhand. »Isch dir sonschd was uffg'falla? Isch irgendwas Besonderes passiert?«

Melanie steht abrupt auf. »Nicht, dass ich wüsste. Hat mich aber auch nicht interessiert. Ich wollte nur noch heim und endgültig packen.« Sie wirft mir einen vorwurfsvollen Blick zu. »Schade, ich habe wirklich gedacht, wenigstens du würdest mich verstehen und mich nicht für alles verantwortlich machen.«

»Des mach i net, Melanie, au wenn du des jetzt net glauba kannsch. Du derfsch de emmer an mi wenda, wenn was isch.«

Melanie schaut mich kurz skeptisch an, bevor sie seufzend einlenkt: »Ich dank dir, Elvira. Ich muss jetzt aber los, Emma wartet.« Im Hausflur dreht sie sich noch einmal um. »Falls es dich interessiert: Auf dem Jägerhof am Samstag hat mich Jochen angesprochen. Rudi war wohl kurz vorher bei ihm im Büro gewesen und hatte seinen Hut dort vergessen. Jochen fragte mich, ob ich ihn nicht mitnehmen könne. Ich hab abgewunken und bin davongeeilt, bevor mir die Tränen kamen. Warum sollte ich mich auch um diesen bescheuerten Hut kümmern – oder überhaupt noch um irgendwas von Rudi?« Sie spannt ihren Schirm auf und geht eilig davon.

Und ich frag mich, wie der Hut dennoch in den Wald gekommen ist.

Nicht lange nachdem Melanie gegangen ist, klingelt es wieder, und Leonie steht klitschnass vor der Tür.

Hat die zugnomma, seit ich se zledschd g'säha hab, frage ich mich. Isch die etwa …?

Doch als meine Tochter in den Flur tritt, erkenne ich, dass sie eine Stofftasche unter ihre Strickjacke gestopft hat. Leonie legt die Jacke ab und steht wie immer rank und schlank vor mir.

»Mutti, ich hab die Zeichnungen fertig«, sagt sie und strahlt mich an. »Das hat richtig Spaß gemacht! Falls du noch welche brauchst, sag Bescheid!«

»Mädle, du kannsch dorheim ruhig Schwäbisch schwädza, wie früher au. Oder hasch des verlernt?«

»No, kei Angschd, i ka's no«, erwidert meine hübsche Tochter lachend. »Aber sag mol, riachd's do noch siaße Stiggla? I hab einen Mordshonger.«

Wenig später habe ich neuen Kaffee aufgesetzt und wir sitzen gemütlich am Tisch. Während Leonie die süßen Stückle verschlingt, erkläre ich ihr wieder einmal, wie wichtig es ist, seinen Dialekt zu pflegen.

»I weiff, Mudder!«, unterbricht sie mich mit vollem Mund und verdreht die Augen. »Deffhalb helf ich dir jo au.«

Dafür bin ich ihr sehr dankbar, denn der BMVÄ hat mich zur »Aktion Mundart« in unserer Grundschule angemeldet, ohne mich zu fragen. »Die brauched dringend Leut und des schaffsch du scho!«, war sein einziger Kommentar, als ich mein Veto einlegen wollte. Aber »Schwäbisch schwätza« und »Schwäbisch lehren« sind zwei Paar Stiefel, und ich bin daher etwas aufgeregt, weil ich keine Ahnung habe, was mich morgen im Klassenzimmer erwartet.

Für meine erste Unterrichtsstunde hat Leonie schöne Zeichnungen gemacht, um den Kindern schwäbische Begriffe näherzubringen. Auf einem Papier ist ein Mädchen zu sehen, auf einem anderen ein Junge, und ihre Körperteile und Kleidungsstücke sind jeweils mit den entsprechenden Ausdrücken im Dialekt beschriftet: »Ohrlabba«, »Zengka«, »Hemmadle«, »Strompfhosa«. Auf andere Blätter hat Leonie kleine Mundartgedichte geschrieben und mit sehr viel Sorgfalt illustriert.

»Isch des goldich, vielen Dank! Mr merkt halt, dass du a künstlerische Ader hasch«, lobe ich meine Tochter.

»Sag des amol meim Prof an der Kunstakademie. Der sieht des älles net ganz so.«

»Der wird sich no omgugga, wenn du als große Künstlerin berühmt wirsch.« Ich schau die laminierten Zeichnungen noch einmal durch. »Die Kunschdwerke heb ich uff, ond dann kannsch du se mol für deine Kinder verwenda.«

»Guad, dann kann i se jo glei widder midnemma«, bemerkt Leonie grinsend.

Ich versteh nicht und schau sie fragend an.

»I benn schwanger.«

Klar, typisch Leonie! Unbekümmert und immer zu einem Scherz aufgelegt. Ich muss lachen, schiebe die Blätter zusammen und verstaue sie wieder in der Stofftasche.

Leonie ergreift meinen Arm. »Willsch du nix dorzua saga?«

»Wie jetzt?«

»Mutti! Ich hab's doch grad g'sagt, i benn schwanger.«

»Wie jetzt?«

Vor lauter Überraschung ist mein Wortschatz offenbar auf zwei Worte geschrumpft.

»Wie jetzt?«, äfft Leonie mich grinsend nach. »Muss ich dir erklära, wie des gohd?«

»Du bisch schwanger?«, hake ich unnötigerweise nach.

»Ja, Mutter. Schwanger. Bienlein, Blümlein, Kindlein.«

»I werd Oma?«

Auch diese Frage ist in diesem Zusammenhang nicht nobelpreisverdächtig.

»So sieht's aus.«

Wieder einmal verschlägt es mir am heutigen Tag die Sprache.

Und da sich meine Gedanken sowieso beim besten Willen nicht sortieren lassen, drücke ich meine Tochter vor Rührung stumm an mich. Leonie spricht ebenfalls nicht, was aber eher daran liegt, dass sie in meinen Armen nicht atmen kann. Deshalb befreit sie sich nach angemessener Zeit wieder und schnappt nach Luft.

»Wenn du so weiterdrücksch, erleb ich die Geburt aber net«, murmelt sie, schiebt mich zu meinem Stuhl zurück und nimmt sich noch ein süßes Stückle.

In meinem Kopf jagt derweil ein Gedanke den anderen. So jong a Kind. Babywolle für a Jäggle kaufen! Was wird aus dem Studium? Stubenwaga richten! Wo isch onser alter Kenderwagen, der Laufschtall …? In dem Moment fällt mir ein, dass Leonie das Kind sicherlich nicht alleine hinbekommen hat.

Vorsichtig erkundige ich mich: »Äh, wer isch eigentlich dr Vatter?«

»Also, am eheschten der Jonas«, antwortet Leonie knapp und beißt in eine Apfeltasche.

»Am eheschten?« Ich bin kurz vor einer Panikattacke.

»Mutti! Des war a Witzle. Nadierlich dr Jonas, wer soll's denn sonscht sei?«

Wenigschtens des, denk ich, und atme auf.

»Freut sich der Jonas au?«

»Nadierlich freut der sich«, erwidert meine Tochter kauend. »Mir hen zwar beide noch guad sechs Semester zu studiera …«

Erneut springt mein Adrenalinspiegel in die Höhe.

»… aber mir schaffed des.«

Abfall des Adrenalins auf mittleres Niveau mit Ausschlägen nach oben und unten.

»Ich muss erscht no en Schwangerschaftstest macha. Aber als Frau spürt mr doch glei, was los isch«, betont mein Kind, das in meinen Augen erst vor Kurzem eingeschult wurde. Dann schnappt sich Leonie die Tüte mit den restlichen beiden Nussecken. »So, liebe Mutti, ich muss wieder gehen. Der Vater meines Kindes wartet«, ergänzt sie in reinstem Hochdeutsch, nur um mich ein bisschen zu ärgern. »Er will mich heute ins Kino einladen.«

»So, liebes Kind«, erwidere ich ebenso gestelzt, »richte dem Vater meines Enkelkindes viele Grüße aus, und wenn das Kleine nicht Schwäbisch lernt, gehört euch der Dippel gebohrt!«

Lachend öffnet Leonie die Haustür und stößt fast mit dem BMVÄ zusammen. »Tschüss, Opa«, ruft sie ihm zu und rennt im strömenden Regen zu ihrem Auto.

»Äh, Opa?«, wundert sich der BMVÄ.

»Komm erschd mol rei«, entgegne ich. »Es gibt a bissle was zum verzähla.«

Und der »beschte Mann von älle« macht im Laufe des Abends seinem Namen alle Ehre. Nachdem er wunderbare Spaghetti alla puttanesca gezaubert hat, hört er sich bei einem Gläschen Wein geduldig an, was ich von Melanie erfahren habe. Anschließend diskutiert er mit mir das Für und Wider von Leonies Schwangerschaft, und gemeinsam machen wir erste Pläne, wie wir das Dachgeschoss ausbauen und die kleine Familie bei uns aufnehmen können. Ja, und zum Schluss begleitet er mich wie bei »Dinner for one« mit den Worten »I'll do my very best« nach oben. Und ich kann nur sagen: »He did.«

KAPITEL 10

Die Nacht war schön, aber leider nicht länger als sonst, deshalb hasse ich meinen Wecker, als er um zehn vor sechs klingelt und mich aus meinen Träumen reißt.

Nach zwei Tassen Kaffee und einer Schale Müsli fängt mein Gehirn langsam an zu arbeiten. Doch die vielen Informationen der letzten Tage schwirren leider noch ziemlich unkoordiniert in meinem Kopf herum. Deshalb greife ich wieder zu Block und Bleistift, zeichne zwei Spalten und versuche, Ordnung ins Chaos zu bringen.

Privat	»Tod im Gumpen«
· Leonie ist schwanger (vermutlich) · Mutter arbeitet im Löwen! · Alfa auch!! · Brot einkaufen · Übermorgen Müllabfuhr	· Melanie ist angeschlagen · Wollte Rudi verlassen · Versöhnung → Enttäuschung · Erwischt Rudi und die Rothaarige (Renner) - tatsächlich in flagranti? · Rudi beteuert Unschuld → Melanie glaubt ihm nicht wirklich, bleibt aber · Melanie sieht Rudi im Jägerhof → war sie tatsächlich wegen Festus da oder ist sie Rudi hinterher? · Melanie sieht Renner im Jägerhof → hat die sich mit Rudi dort getroffen? · Renner hat sich auf der Terrasse immer umgesehen → gewartet? Auf wen? Auf Rudi? · Todesfall vor 30 Jahren in Irmgards Heimatort → Foto im Mund → Zusammenhang? · Irmgards Mutter war Engelmacherin! · Irmgard hat assistiert!! · Irmgard ist abgebrüht, eiskalt, böse, hochnäsig, herrschsüchtig, eine arrogante Kuh → hat sie ihren eigenen Sohn umgebracht?

Meine Liste zeigt eindeutig, dass ich mich gedanklich momentan eher in dunklen Gefilden bewege. Muss ich mir da Sorgen machen? Krampfhaft überlege ich weitere Punkte für die linke Seite. Vergebens. Ich lese die rechte noch mal durch. Gut, beim letzten Punkt mit Irmgard ist mir vielleicht ein bisschen der Gaul durchgegangen. Aber ich lasse das dennoch mal so stehen. Als Ermittler braucht man schon auch Bauchgefühl, Intuition.

Doch welchen Grund hätte Irmgard gehabt, ihren Sohn und Koch umzubringen? Nein, das ist doch recht unwahrscheinlich. Eher hätte sie Melanie als Opfer gewählt. Die verhasste Schwiegertochter. Allerdings hätten sich Rudi und Irmgard in dem Fall um drei kleine Kinder kümmern müssen. Das hätte die Wirtin um keinen Preis gewollt, da bin ich mir sicher. Stattdessen wäre es in ihrem Interesse, wenn Melanie mit den Töchtern verschwindet. Und jetzt, nach Rudis Tod, ist die Wahrscheinlichkeit groß, dass das auch passiert.

Ich muss meine Ermittlungsergebnisse unbedingt mit Lauer besprechen. Doch zunächst muss ich unbedingt zur Arbeit, denn die Uhr zeigt schon kurz vor sieben. Es pressiert, mal wieder. Ich schnappe mir meine Tasche und Jacke und stürme aus dem Haus.

Um 7.17 Uhr stemple ich an und um 7.21 Uhr wähle ich Lauers Nummer. Der sei noch nicht im Büro, erklärt mir eine Dame von der Zentrale, an die mein Anruf weitergeleitet wurde. Ob ich es später noch einmal versuchen wolle, fragt sie mich. Nein, ich möchte es später nicht noch einmal versuchen. Lauer solle sich bitte bei mir melden, es gebe wichtige Ermittlungsergebnisse zu besprechen, erwidere ich und lege auf.

Offensichtlich ist Lauer ein Langschläfer, denn um 9 Uhr, als ich bereits die erste Kaffeepause mache, hat er immer noch nicht angerufen. Eine halbe Stunde gebe ich ihm noch. Vergeblich. Gut, dann rufe ich halt wieder an. Es klingelt eine gefühlte Ewigkeit. Klar, gleich ist wieder die Zentraldame dran, denke ich, als der Anruf entgegengenommen wird.

Ohne den üblichen Sermon abzuwarten, rücke ich umgehend mit der Sprache raus: »Hier isch noch mol d' Frau Nägele. Saged Se mol, was isch denn des bei eich für ein Schlofwagaverei! Wieso isch der Lauer net im Haus? Warum ruft der net z'rigg? Es gibt wichtige Ermittlungsergebnisse!«

Super, Nägele, genau den richtigen Ton getroffen! Wie der verantwortliche Staatsanwalt.

»Was heißt hier Schlafwagenverein?«, braust es da aus dem Telefon. »Der Lauer ist im Haus, und zwar seit 5.47 Uhr! Aber man glaubt es kaum: Er ermittelt! Und zwar parallel in drei verschiedenen Fällen. Er führt Befragungen durch, er telefoniert, er schreibt Berichte, er bringt die Kollegen auf den neuesten Stand, er erkundigt sich in der Pathologie über die neuesten Erkenntnisse und informiert die Staatsanwaltschaft. Da allerdings Herr Staatsanwalt Schwarzmeier zuständig ist und nicht Frau Staatsanwältin Nägele, hat er sich bisher noch nicht bei ihr gemeldet!«

Immer lauter schreit es mir ins Ohr, und ich merke schon, dass das der Lauer selbst ist, der sich da so echauffiert. Dabei hat er gar keinen Grund, sich so aufzublasen. Ich hab ja nur im Guten gefragt. Besser, ich sag jetzt mal gar nichts.

Das denkt sich der Herr Kommissar offenbar ebenfalls, denn ich hör ihn nur schnaufen. Allerdings scheint er sich langsam zu beruhigen, denn seine Schnappatmung geht in normale Atemzüge über. Ich bleibe lieber noch eine Weile still.

»Frau Nägele, sind Sie noch dran?«, erkundigt sich Lauer nach einer langen Pause.

»Ja. Ond bei Ihne? Goht's wieder?«

Lauer holt tief Luft, bevor er fragt: »Was gibt es denn für wichtige Ermittlungsergebnisse?«

»Also, Herr Lauer, des isch so ...«, antworte ich schnell, denn ich muss endlich loswerden, was ich weiß. Ich fasse knapp die Punkte zusammen, die ich in meiner Tabelle in der rechten Spalte aufgelistet habe.

»Ach, da schau her!«, rutscht es Lauer heraus, als ich ihm erzähle, dass Melanie den Rudi mit der Silvia Renner überrascht hat. »Das hat sie mir nicht verraten, als ich ihr am Samstag die Nachricht vom Tod ihres Mannes über-bracht habe.«

»Do isch derra jonga Frau sicher was andres wichtiger g'wäsa, als die Polizei über ihre Eheverhältnisse zu infor-miera«, nehme ich sie in Schutz.

»Ihnen hat sie es doch auch erzählt«, wehrt Lauer ab.

»Ich bin ja auch eine Frau und außerdem sogar die Frau Nägele! Ich hab da so meine Befragungstechniken«, ent-gegne ich mit einem gewissen Stolz, doch Lauer stöhnt nur. »Wie au emmer, die Melanie hat sich sicher g'schämt, dass ihr Mann sie betroga hat.«

»Und genau das ist ein Motiv für einen Mord. Frau Nägele, Sie können das nicht wissen, doch die meisten Mordfälle werden von Familienangehörigen begangen. Und oft ist Eifersucht der Grund.«

Da kann ich nur milde lächeln. Als ob ich das nicht wüsste!

Dass Melanie am Samstag auf dem Jägerhof war und dort nicht nur Rudi, sondern auch dessen Geliebte gesehen hat, weiß Lauer ebenfalls noch nicht. Er ist ziemlich angefres-sen und will am Nachmittag gleich noch mal in den Löwen, um Melanie in die Mangel zu nehmen. Er will zudem unbedingt wissen, wer diese Silvia Renner ist, denn man müsse jeder Spur nachzugehen.

»Die isch vor Kurzem nach Steinheim zoga und schafft do als Sportlehrerin an dr Grundschul.«

»Woher wissen Sie das?«

»Ermittlungsarbeit« antworte ich lapidar. »Was meinad Se, gehört Silvia Renner zu de Verdächtige? Welches Motiv soll die denn hann? Die war jo henter dem Rudi her.«

»Frau Nägele, lassen Sie das mal unsere Sorge sein! Außerdem hab ich nicht gesagt, dass sie verdächtigt ist. Wir müssen jedem Hinweis nachgehen. Und sollte diese Frau Renner wirklich eine Affäre mit Herrn Lämmle gehabt haben, müssen wir sie dazu befragen.«

»Also, für mi kommed do andere eher infrog. Sie saged jo selber, dass die Täter oft aus dr Familie kommed. Die Irmgard, die isch doch viel näher dra. Ond die isch jo wirklich …«

»Frau Lämmle senior hat ein Alibi«, unterbricht mich Lauer. »Sie war den ganzen Tag im Löwen. Das können mehrere Gäste bezeugen.«

»Schade!«, rutscht es mir heraus. »Aber der Festus, der war am Tattag ja auf dem Jägerhof.«

»Grrr«, tönt es aus dem Hörer, und ich spüre, wie Lauer Anlauf für einen Wutausbruch nimmt, weil er auch darüber nicht informiert ist.

»Ich muss mir im Löwen offensichtlich nicht nur die Witwe, sondern auch Wilhelm Blank vorknöpfen«, bemerkt er zähneknirschend. »Und nun raus mit der Sprache: Was weiß ich noch alles nicht?«

»Was Sie nicht wissen, kann ich Ihnen leider nicht sagen, aber was i weiß, sag ich Ihne natürlich gern«, erwidere ich mit Genugtuung und berichte dem Kommissar von der Geschichte mit dem Toten im Webstuhl, die Irmgard meiner Mutter erzählt hat.

»Der hat au a Foddo im Mund g'hett, als mr den g'fonda hat. Des war in Kuchen bei Geislingen. Und wissed Se was? Die Irmgard Lämmle stammt aus Kuchen. Womöglich gibt es da Verbindungen. Eventuell ein Serienmörder!«

»Frau Nägele!«

Ich sehe den Lauer förmlich vor mir, wie ihm Qualm aus den Ohren dampft.

»Mein Team wird sich darum kümmern und den Informationen nachgehen. Und Sie halten sich mit Ihren Theorien dringend zurück! Kein Wort zu niemandem! Verstanden?«

»Isch jo guad. Aber vielleicht könnte das Team ja eruieren, ob's in de letschte Johr weitere Todesfälle mit dem gleicha Muschter gäbba hat. Des wär dann wie bei der Lena Odenthal …«

»Aufhören!« Lauer atmet geräuschvoll durch die Nase ein, bevor er in einem kühlen Ton weiterspricht: »Frau Nägele, vielen Dank erst mal für die Informationen über Frau Renner und das Zusammentreffen mehrerer Beteiligter auf dem Jägerhof.«

Mehrerer Beteiligter auf dem Jägerhof, äffe ich ihn gedanklich nach.

»Wir übernehmen ab hier die Ermittlungen in eigener Regie. Sie können sich wieder Ihrer Familie und Ihrem Tagesgeschäft widmen. Der Fall ist bei uns in den besten Händen.«

»Isch in Ordnung, Herr Lauer. Aber beschweret Se sich net, wenn ich no was Wichtiges rausfend und Sie des dann net mitgriaged. Schließlich will ich die Polizei nicht beläschdiga. Obwohl so ein Austausch jo ganz neue Blickwinkel eröffna dät. Für beide Seiten, wenn Sie verschtanded, was ich mein ...«

Der Kommissar zögert kurz, bevor er in den Hörer brummt: »Gut, Sie melden sich, sobald Sie was erfahren. Wir hören voneinander!« Dann legt er auf.

Also, geht doch!

KAPITEL 11

Ich kann's kaum fassen. Ich bin tatsächlich mal zu früh. Viel zu früh. Ganze zwanzig Minuten vor der Zeit steh ich auf dem Schulhof, um ja nicht die erste Stunde von »Mundart in der Schule« zu verpassen. Ich fühl mich, als stünde meine eigene Einschulung bevor, und bin ganz aufgeregt. Glücklicherweise fällt mir rechtzeitig ein, dass ich heute quasi die Lehrerin bin, und meine Anspannung legt sich ein bisschen.

Immer mehr Kinder eilen nun ins Schulhaus. Das finde ich schon komisch. Wir hatten es immer nur eilig hinauszukommen. Kurz vor 14 Uhr trete auch ich durch die große Tür und halte nach Zimmer 3A Ausschau.

»Sie sind bestimmt Frau Nägele«, spricht mich eine Frau von hinten an.

Ich dreh mich um und stehe einer hübschen Mittvierzigerin im Trainingsanzug gegenüber. Die eng anliegende Sportkleidung bringt ihre Figur gut zur Geltung. Üppiger Busen, kleine Pölsterchen an den Hüften, allerdings ein flacher Bauch, durchtrainierte Oberarme und Schenkel. Man könnte direkt neidisch werden. Was jedoch an der Erscheinung der Frau am meisten ins Auge sticht, das sind ihre Haare. Die hat sie zu einem langen Zopf geflochten, der ihr fast bis zum Po reicht. Und dieser Zopf ist feuerrot.

Die rothaarige Silvia, fährt es mir sofort durch den Kopf, es kommt mir aber zum Glück nicht über die Lippen.

Stattdessen stottere ich herum: »Äh, ja, also ...«

»Mein Name ist Silvia Renner«, übernimmt die Frau das Gespräch und streckt mir die Hand entgegen. »Ich bin Deutschlehrerin und wurde mit ihrem Mundartunterricht betraut. Ich werde ihn begleiten und bin schon sehr gespannt, wie die Kinder darauf reagieren.«

»Nägele, Elvira Nägele«, schaffe ich es zu sagen und bemerke ihren festen Händedruck.

»Bitte entschuldigen Sie meine legere Kleidung. Ich unterrichte auch Sport und hatte nach der letzten Stunde nicht die Möglichkeit, mich umzuziehen. Ich hoffe, das stört Sie nicht?«

Ich schüttle den Kopf und versuche, all die Gedanken zu sortieren, die mir gleichzeitig durch mein Hirn jagen. Sie hatte ein Verhältnis mit Rudi! Hatte diese freundliche Person wirklich eine Affäre mit einem verheirateten Mann? Warum hat sie das der Melanie angetan? Kann sie das überhaupt irgendeiner Frau antun? Sie war auf dem Jägerhof. War sie allein dort? Hat sie auf Rudi gewartet? Hatte sie ihn bereits getroffen, als ich sie gesehen habe? Vielleicht hat sie eine Doppelgängerin?

»Kommen Sie doch einfach mit, ich zeige Ihnen das Klassenzimmer«, fordert Silvia Renner mich auf und erlöst mich damit aus meiner Erstarrung. »Die Kinder sind schon ganz aufgeregt und freuen sich auf ihre neue Lehrerin.«

Ah, Lehrerin hat sie mich genannt. Das bringt ihr bei mir gleich ein paar Pluspunkte ein. Verhältnis mit Rudi hin oder her.

Als wir das Klassenzimmer betreten, springen die Kinder schnell auf ihre Plätze. Jedes stellt ein selbst geschriebenes und bemaltes Namensschild auf den Tisch.

»Marie, Tim, Yussuf, Hanna, Selim, Lars, Samira …« Ich lese jeden der dreiundzwanzig Namen vor und weiß jetzt schon, dass ich mir nicht alle merken kann.

Die Silvia, also Frau Renner, bemerkt meinen Anflug von Unsicherheit. »Legen Sie ruhig los«, flüstert sie mir ins Ohr.

»Die Kinder werden viel Spaß an den schwäbischen Ausdrücken haben.« Sie lächelt mir aufmunternd zu.

Was für eine reizende Person. Kein Wunder, wenn der Rudi sich zu ihr hingezogen gefühlt hat.

Ich lege los und bin bald in meinem Element. Die Schultische schieben wir beiseite, holen Kissen und Polster aus der Kuschelecke. Ja, es gibt in heutigen Klassenzimmern tatsächlich Kuschelecken! Wie die Mädchen und Jungs mache ich es mir auf dem Boden gemütlich. Schließlich hole ich meine laminierten Blätter hervor. Leonies Zeichnungen sind eine große Hilfe. Die Kinder amüsieren sich über Wörter wie »Göschle«, »Ohrlabba« oder »Hausschläbbla« und zeigen begeistert auf ihre »Gurgel«, »Knui« oder »Knechla«, je nachdem, welche Körperteile ich auf Schwäbisch ausrufe. Einige sind schon richtige Profis, andere müssen die Aussprache noch etwas üben. Wir lachen viel, und selbst Frau Renner fällt zeitweise ins Schwäbische. Ihren Dialekt verorte ich Richtung Schwäbische Alb, was sie mir noch sympathischer macht.

Da ertönt auch schon die Pausenglocke, und die erste Mundartstunde ist vorbei. Alle dreiundzwanzig Kinder verabschieden sich persönlich von mir. Dreiundzwanzig Mal höre ich in unterschiedlicher Klangfarbe: »Ade, Frau Nägele.« Dreiundzwanzig Mal erwidere ich den Abschiedsgruß.

Als Letztes Kind tritt mir ein zierliches blondes Mädchen gegenüber. »Ade, Lea, sag deiner Mama en scheena Gruß von mir!«

Lea Lämmle nickt und rennt ihren Schulkameraden hinterher. Aus den Augenwinkeln bemerke ich, wie sich Silvia Renners Kiefer anspannt.

»A liabs Mädle, die Lea, gell?«, frage ich, den Blick fest auf die Lehrerin gerichtet.

»Ähm, ja, ich weiß nicht« Silvia Renner hüstelt verlegen, wie mir scheint, bevor sie erklärt: »Ich kenne sie nicht gut, ich unterrichte die Klasse normalerweise nicht.«

»Des arme Deng ka eim richtig leid doa. Ihr Vatter isch ombrocht worda, des wissed Se, gell?«, erkundige ich mich betont beiläufig, während ich meine Sachen zusammenpacke.

»Äh, ja. Was man so hört halt. Gerüchte.«

»Aber Sie henn den Herrn Lämmle kennt?«

»Ja, nein, ich meine … nur vom Löwen her.«

Neugierig schau ich sie an und lege nach. »Der Arme. No so jong ond hat scho sterba missa! Erscht vor Kurzem ischer fenfafuffzig g'worda …«

»Fünfzig. Rudi ist drei Jahre älter als ich … äh, war …« Mit großen Augen schaut sie mich an. »Glaub ich zumindest … vielleicht … Ach, was weiß ich!« Sie wendet sich ab und sammelt die restlichen Blätter ein.

O Mädle, du bisch wirklich in die Falle dappt. Also doch du und dr Rudi …

»Ich hab noch einen Termin und bin etwas in Eile.« Als sich Silvia Renner wieder umdreht, scheint sie mit den Tränen zu kämpfen. »Auf Wiedersehen, wir sehen uns dann nächste Woche«, sagt sie mit bebender Stimme und verlässt eilig den Klassenraum.

Ich trete ebenfalls auf den Flur und schaue ihr hinterher. »Frau Renner«, rufe ich, einer plötzlichen Eingebung folgend. »Eine Frage noch: Wo sind Sie eigentlich genau her? Ich hab Ihren Dialekt net eindeutig erkannt.«

Sie wirft mir einen Blick über die Schulter zu. »Aus Kuchen.«

»Bei Geislingen?«

»Genau.« Sie hebt kurz die Hand, verschwindet im Lehrerzimmer und die Tür fällt laut hinter ihr ins Schloss.

Jetzt gugg na, Nägele, do musch drableiba.

KAPITEL 12

Schnell noch die E-Mail ans Kreisarchiv abschicken und dann ab ins Wochenende. Ich fahr den Rechner runter, mach die Lichter aus und schließe ab. Nach der ereignisreichen Woche freue ich mich auf meinen Mädelsabend heute. Seit, nun ja, zugegebenermaßen vielen Jahren treffe ich mich manchmal freitags mit Erika und Waltraud im Café Schwamm. Die Ablenkung wird mir guttun. Nach dem aufschlussreichen Mundartunterricht am Mittwoch hab ich mir gestern den ganzen Tag den Kopf über den Fall zerbrochen. Wer Rudis Affäre war, weiß ich jetzt. Und dass die rothaarige Silvia aus Kuchen kommt, auch. Aber hat das was zu bedeuten? Und hat Irmgard mit alldem was zu tun?

Ich werde aus meinen Überlegungen gerissen, als ich auf unsere Einfahrt zusteuere, denn die ist mit einer großen Transportpalette blockiert. Toll! Ausgerechnet heute, da ich Besorgungen gemacht und einen Kofferraum voller Lebensmittel habe. Auch die Straße ist zugeparkt, und ich muss das Auto schließlich drei Häuser weiter abstellen. Mit der schweren Gemüsekiste vor dem Bauch gehe ich zurück zum Haus und drücke mich an der Palette vorbei. Sie ist großzügig mit Folie umwickelt, sodass ich die Ladung nicht erkennen kann. Sicherlich hat Tom, unser Ältester, wieder Material für seine Schreinerei bestellt, und die Spedition hat keinen besseren Platz gefunden als vor unserer Garage. Gut, das kann man schon mal machen, aber bitte nicht heute!

Als ich endlich die letzte Tüte meines Wocheneinkaufs

zum Haus schleppe, werfe ich noch mal einen Blick auf die Palette und entdecke den Lieferschein, der hinten an der Folie klebt. Die Palette ist an meinen Vater adressiert!

»Wieso denn des?«, rede ich mit mir selbst. »Was bschtellt dr Senior denn palettaweis?« Ich suche den Absender. »Monteleone Im- und Export, Catania, Sizilien.«

Monteleone wie der Alfa? Sizilien? Ich zerre und zupfe an der Folie, bis ich was erkennen kann. Kartons. Weinkartons? Eine Palette Weinkartons? Das muss ich sofort klären. Addiere ich die Übermengen an Alkohol, die im Paradies lagern, und die aktuelle Lieferung, mache ich mir ernsthaft Sorgen um meinen Vater. Weniger um seine Gesundheit als um seinen Leumund!

Ich klingle bei den Eltern Sturm. Keine Reaktion. Ich versuch es noch einmal. Nichts. Wo sind die denn schon wieder? Andere bleiben in dem Alter gerne zu Hause. Meine Eltern nicht. Im Gegenteil.

»Und ich kann mich jetzt um den Scheiß kümmra! Des gibt a Donnerwetter!«

Ziemlich wütend stapfe ich heim und verstaue meine Einkäufe in der Küche. Dabei beobachte ich durchs Küchenfenster, ob die Eltern endlich heimkommen. Das tun sie aber nicht. Ein Zettel, den der BMVÄ auf der Flurablage hinterlassen hat, verrät mir, dass der wiederum mit Tom auf Montage ist. Den kann ich also auch nicht fragen, was es mit der Palette auf sich hat. Okay, dann bleibt das Zeug halt da stehn. Vielleicht wird's ja geklaut. Isch mir egal. Ich geh erscht mal unter die Dusche und mach mir einen schönen Abend mit den Mädels!

Als ich nach längeren kosmetischen Restaurierungsarbeiten schließlich im Begriff bin, aus dem Haus zu gehen, schlurft Simon die Treppe herunter.

»Kann i mitfahra?«, möchte er wissen.

»Wo na?«

»Zum Marvin.«

»Der wohnt doch glei oms Eck, do kannsch doch laufa.«

»Des dauert z' lang.«

»Wie, des dauert z' lang? Des dauert höchschtens zwei Minudda. Ond wenn du's eilig hasch, kannsch jo dei Rad nemma!«

»Komm, Rad fahra. Des isch doch total uncool.«

»Dann bisch halt amol uncool. I kann de nemlich gar net midnemma, weil i heut lauf. Des isch xond«, erklär ich, die verantwortungsbewusste Mutter.

Des isch sicher, denk ich, die Prosecco-Liebhaberin.

Maulend macht sich unser Jüngster mit mir zu Fuß auf den Weg. Doch mein Kind geht zehn Meter hinter mir. Noch uncooler als Radfahren ist es nämlich für einen Siebzehnjährigen, mit seiner Mutter in der Öffentlichkeit gesehen zu werden.

Waltraud und Erika sitzen bereits an unserem Stammplatz, als ich im Café Schwamm ankomme. Wie es zu dem Zusatz »Café« im Namen gekommen ist, ist mir schleierhaft. Falls je einer auf die Idee kommen sollte, in dieser Kneipe einen Kaffee zu bestellen, könnte Margit, die Wirtin, maximal ihre alte orangefarbene Mitropa-Maschine anschmeißen. Kuchen gibt's natürlich ebenfalls nicht. Dafür alles an Alkohol, was das Herz begehrt. Die Palette an verschiedenen Prosecco-Sorten ist legendär. Um einschlägigen Abstürzen vorzubeugen, bietet Margit eine kleine Auswahl an Speisen wie Kartoffelpuffer, Maultaschen und den populären »Schwamm«, drei Scheiben Bauernbrot mit Zwischenlagen aus Leberwurst mit Senf und Backsteinkäse mit Zwiebeln. Wenn man das runterkriegt, ist entweder alles wieder okay oder sowieso alles zu spät.

Das kulinarische Angebot ist daher nicht der Grund, warum wir der Kneipe seit Jugendtagen die Treue halten. Genauso wenig das Interieur, das nach wie vor größtenteils aus Stragula, der strapazierfähigen Auslegeware aus den 50er-Jahren, und Resopal in Holzoptik besteht. Letzteres überschwänglich verarbeitet an Tischen, Theke und Wandverkleidungen. Beide Materialien sind nicht schön, aber praktisch, weil abwaschbar. Theoretisch. In der Praxis hält Margit nichts von hausfraulichem Übereifer. Sie ist allerdings auch keine Schwäbin. Das muss man wissen. Auf einigermaßen saubere Gläser kann man im Café Schwamm dennoch hoffen, da die Wirtin ihre langen Plastikfingernägel nicht dem Spülwasser aussetzen will, sondern lieber den Dienst einer neuzeitlichen Gläserspülmaschine in Anspruch nimmt.

Was Waltraud, Erika und mich also immer wieder in unsere Stammkneipe zieht, ist einzig und allein die Jukebox, aus der permanent Schmachtfetzen und Schlager dröhnen. Von »Mendocino« über »Tür an Tür mit Alice« bis hin zu »Atemlos durch die Nacht«.

»'n Obend midnander«, begrüße ich meine Freundinnen und bemerke, dass die Mädels bereits eine Flasche Prosecco geordert und auch fast geleert haben.

»Margit, breng nommol so a Fläschle«, schreie ich deshalb lauter als die südamerikanischen Rhythmen von »Tipitipitipso« in Richtung Theke. »Ond a Portion g'röschte Maultascha.«

Es wird wohl kein Fehler sein, erst einmal eine gute Grundlage für weiter Prosecco-Einheiten zu schaffen.

Das neue Fläschchen kommt und dann geht's los. Die Mädels quetschen mich sofort über Rudis Tod aus. Mittlerweile hat sich herumgesprochen, dass ich am Leichenfund beteiligt war. Und Teil des Ermittlungsteams bin. Meine wichtigste Aufgabe ist daher zunächst, all die hanebüchenen Gerüchte aus der Welt zu schaffen, die sich in den letzten Tagen wie ein Lauffeuer verbreitet haben. Nein, man hat Rudi nicht mit einer Lupara erschossen. Nein, die Russenmafia hat ihm keinen Finger abgeschnitten. Nein, er wurde nicht schon vier Wochen lang vermisst. Und nein, der Gumpen, wo seine Leiche entdeckt worden ist, war nicht bis an den Rand mit Blut gefüllt. Aus den Mädels schießen die Fragen heraus wie aus einem Maschinengewehr. Dazwischen hab ich kaum Zeit, ein Schlückchen Prosecco zu trinken, geschweige denn meine Maultaschen zu essen.

Als die erste Neugier befriedigt ist, muss Waltraud auf die Toilette. Auf dem Rückweg wirft sie eine Münze in die Jukebox und drückt »Deine Spuren im Sand«.

»Eine Gedenkminute für Rudi«, sagt sie rührselig und setzt sich wieder an unseren Tisch.

Wir wiegen uns leicht im Rhythmus der Musik. Den Refrain singen wir sogar mit. Zuerst leise, dann immer lauter. Als die Gedenkminute vorüber ist, stoßen wir klirrend an. Anschließend erzähle ich hinter vorgehaltener Hand von Rudis Liebesgeschichte mit der rothaarigen Silvia. Die vorgehaltene Hand hätte ich mir allerdings sparen können, denn jetzt läuft »Marmor, Stein und Eisen bricht« von Drafi Deutscher in voller Lautstärke und ich muss schreien, was die Stimmbänder hergeben, damit mich die Mädels überhaupt verstehen.

»Der Rudi hat a Affäre g'hett? Meine Güte, des isch ja wie im Fernsehen!«, ruft Erika aufgeregt und ordert ein weiteres Fläschchen.

Wir diskutieren die einzelnen Aspekte und konzentrieren uns schließlich auf den polizeilichen Ermittlungsstand. Ich informiere meine Freundinnen über die Fakten. Zwar sollte ich das vermutlich nicht tun, aber vielleicht können die beiden etwas Erhellendes beitragen. Waltraud ist immerhin studierte Apothekerin!

»Wer den Rudi auf die Bank g'setzt und küsst hat, isch noch nicht bekannt«, beende ich schließlich meinen Bericht und schiebe den leeren Teller von mir.

Es dauert einen Moment, bevor die Mädels gleichzeitig aufkreischen. »Geküsst?«

Hab ich mir doch gedacht, dass diese Information einschlägt.

»Des däd ich nie! Eine Leiche küssa!« Waltraud schüttelt sich und bestellt auf den Schreck einen Obstler.

»I au net!« Erika verzieht das Gesicht und erhöht die Bestellung auf zwei Kurze.

»I au net!« Solidarisch schließe ich mich an, und Margit bringt drei Gläschen. Zur Desinfektion quasi.

Und während bei mir der 45-prozentige-Alkohol direkt aufs Sprachzentrum schlägt, bewirkt er bei Waltraud einen Geistesblitz. »Dass der Rudi geküsst wurde, konnte man vermutlich an Lippenstiftspuren feststellen, oder?«, hakt sie in astreinem Apothekerdeutsch nach. Kurz überlegt sie, bevor sie eine Frage aufwirft: »Warum kam man zur Erkenntnis, dass der Kuss nicht *vor* Rudis Tod erfolgt ist?« Sie schaut uns fragend an.

Ich fühle mich wie bei einem Test in der Schule. Mein Sprachzentrum ist jedoch immer noch blockiert, und ich zucke nur mit den Schultern. Erika hat ebenfalls keine Erklärung.

»Ich verrate es euch: Weil der Lippenstiftabdruck sich noch klar abgezeichnet haben muss, als die Spusi oder die Pathologie die Leiche untersucht hat. Andernfalls hätte das Wasser die Spuren sicherlich verwischt. Das liegt doch auf der Hand!«

Ein bisschen nervt es mich, dass die Waltraud jetzt auch anfangen will zu ermitteln. Wenn überhaupt, dann ist das meine Aufgabe! Klar, ich hab vorhin Insiderwissen rausgerückt, aber ich bin doch überrascht, dass bei den Mädels tatsächlich etwas Konstruktives rumkommt. Andererseits ist ein Ermittler nur so gut wie sein Team. Das hat mal einer beim »Polizeiruf 110« gesagt. Oder war's bei »Soko Stuttgart«? Und warum sollte ich das Wissen meiner Assistentinnen nicht für meine Recherche nutzen?

»Weiß man eigentlich, ob die Lippenstiftspuren genügend Material für einen Gentest geliefert haben?«, legt Waltraud nach. »Und konnte man eventuelle Ergebnisse bereits mit anderem Genmaterial abgleichen?« Sie sieht mich eindringlich an.

»Ich kümmere mich drum«, hör ich mich sagen und will zum Telefonhörer greifen, wie die Nadeshda bei Kommissar Thiel.

In dem Moment merke ich, dass ich erstens nicht im Kommissariat sitze. Und zweitens wäre ich nicht die Hilfskraft, sondern die Chefermittlerin!

Die beiden Damen am Tisch brechen in schallendes Gelächter aus. Nägele, Nägele, ermahne ich mich gedanklich und überlege, das Lokal umgehend zu verlassen. Doch schließlich reißt mich die ausgelassene Stimmung mit, und wir glucksen und prusten, dass sich die anderen Gäste nach uns umdrehen.

»I frog morga mol den Lauer, ob's do neue Erkenntnisse gibt«, verkünde ich, als ich wieder Luft bekomme, und bestelle bei Margit per Handzeichen eine Runde Aperol. »A andre Sach isch des mit dem Kuvert. Der Lauer hat beschtätigt, dass mr do die Fingerabdrücke vom Jochen g'funda hat. Könned ihr eich vorschdella, warum der dem Rudi so viel Geld gäbba hett solla?«

Erika blickt uns mit hochgezogenen Augenbrauen an, bevor sie sich verschwörerisch vorbeugt. »Bei mir im Salon isch jo des Gerücht romganga, dass der Jochen ... dass der ... mit Männer ... also vom andera Ufer ...«

»... und vielleicht hat ihn der Rudi dormit erpresst«, übernimmt Waltraud, jetzt wieder auf Schwäbisch, »weil er Geld braucht hat, für seine Affäre mit der Silvia?«

Ich beschließe, mir diese Möglichkeiten durch den Kopf gehen zu lassen. Dann erzähle ich zu guter Letzt vom Foto, das ich in Rudis Mund gefunden hab, was ich bislang wohlweislich verschwiegen hab. Wie erwartet, geraten die Mädels völlig aus dem Häuschen.

»Du hasch einer Leiche im Mund romg'werkelt?« Erika sieht mich entsetzt an.

»Noe, a Eckle von dem Foddo hat rausguggd, und do hab ich halt dra zoga. Aber mir war glei klar, dass der Lauer des net gut findet. Deshalb hab ich's wieder z'rückg'schdopft.«

Waltraud nickt verständnisvoll, Erika verzieht das Gesicht. Schweigend warten wir, bis Margit die Aperol-Gläser austeilt, die sie soeben auf dem Tisch abgestellt hat.

»Wie ist denn der Lauer so?«, erkundigt sich Erika, als die Wirtin wieder verschwunden ist. »Eher wie Kommissar Thiel oder eher ein Schimanski?«

»Eher a Ballauf, aber ohne X-Fiaß.«

Waltraud beginnt wieder zu lachen. Sie kichert und gluckst, bis die Tränen kullern.

»Vielleicht wär's bei dir Zeit für en Schwamm?«, frage ich sie und gebe Margit per Handzeichen Bescheid.

Nur wenige Minuten später eilt sie mit einer Portion herbei und stellt sie vor Waltraud ab. Ist wohl auch in ihrem Interesse, dass sich meine Freundin wieder einkriegt. Waltraud ist die nächsten Minuten mit Essen beschäftigt und Erika und ich mit unserem Aperol.

»Komm, sag, wie sieht der Kommissar aus?«, hakt Erika nach.

Trotz intensiver Suche bei Tanzkursen, Single-Urlauben und Internetportalen hat es bei ihr mit dem Mann fürs Leben noch nicht geklappt. Und das obwohl sie als Coiffeur-Meisterin, nicht Friseur-Meisterin, wie sie immer betont, einen äußerst gut gehenden Salon betreibt und von Haus aus über üppige Kurven und ebensolche Konten verfügt.

»Kurze grau melierte Haare, schlank, sportlich, Jeans und kurzärmeliges Hemd, also eher salopp. Und …«

»Und?«, drängt Erika.

»… scheene graublaue Auga mit lange Wimpra.«

»Elvira, Elvira, du wirsch doch nicht …?« Erika schaut mich grinsend mit erhobenem Zeigefinger an. »Was wird da dein BMVÄ saga?«

»Nix, weil der no kei Personabeschreibung vom Lauer verlangt hat. Ond außerdem: Gugga derf mr! Proscht!«

KAPITEL 13

Die Mädels und ich sind wirklich keine Teenies mehr, denke ich, als ich die Augen zögerlich öffne oder es zumindest versuche. Licht! Viel zu viel Licht. Ich mach die Augen gleich wieder zu und zieh mir die Decke über den Kopf. So döse ich noch eine Weile, aber wirklich nur eine Weile, weil ich wegen der Alkoholdämpfe unter der Decke an Sauerstoffmangel leide und mir zudem meine Blase sagt, dass es dringend Zeit ist aufzustehen.

In den Badspiegel schaue ich lieber nicht. So viel Tapferkeit kann ich am frühen Morgen noch nicht aufbringen. Allerdings stimmt das mit dem frühen Morgen nicht ganz. Es ist Viertel nach zehn.

Vorsichtig steige ich die Treppenstufen hinunter, um meinen Kopf zu schonen. Einen solch heftigen Mädelsabend hatten wir lange nicht mehr. Sehr lange nicht.

»Nie wieder Alkohol!«, wiederhole ich bei jeder Stufe mein neues Mantra. Gut, dass heut Samstag ist.

Mit einem starken Kaffee setze ich mich an den Tisch. Ich höre, wie die Haustür aufgeschlossen wird. Der BMVÄ war auf keinem Mädelsabend und ist topfit. Seinen Joggingklamotten nach zu urteilen, war er bereits eine Runde laufen, und die Tüte in seiner Hand verrät mir, dass er auf dem Rückweg warme Brezeln mitgebracht hat. Die Freude am morgendlichen Sport teile ich nicht mit ihm, die an den warmen Brezeln durchaus.

Simon schläft noch, und wir genießen die Stille im Haus beim gemütlichen Frühstück. Langsam gewinnt in meinem

Körper der Kaffee die Oberhand über den Alkohol, und ich bin bereit, Pläne für den Tag zu machen.

»Hettsch bei dem schöna Wetter Luscht uff a Radtour durchs Bottwartal?«, fragt der BMVÄ.

Nein, habe ich definitiv nicht, allerdings möchte ich mich für das Brezelfrühstück revanchieren.

»Au, des isch a super Idee! Des hab ich mir scho lang g'wünscht.«

Das war jetzt doch ziemlich dick aufgetragen, und der BMVÄ sieht mich grinsend von der Seite an.

»Gut, mir mached bloß a kleine Tour und ich lad dich zu Kaffee und Kuchen in dr Jägerhof ein, was meinsch?«

Als Antwort bekomme er einen dicken Kuss.

Wir räumen den Frühstückstisch ab und bereiten uns auf den Ausflug vor. Der BMVÄ zwängt sich in schicke, aber mittlerweile ziemlich enge Profiradklamotten mit gepolstertem Hinterteil. Ich mag es lieber etwas legerer und wähle mein gutes altes Hard-Rock-Cafe-T-Shirt, das ich vor … vielen Jahren in London gekauft habe, und eine Jogginghose. Polsterung am Hinterteil ist bei mir von Natur aus genügend vorhanden.

Der BMVÄ holt sein Rennrad vom Deckenhaken in der Garage, ich muss mein Zwölfgang-Trekkingrad hinter allerlei Gerümpel im Keller zuerst mal suchen. Ja, so oft ist es nicht im Einsatz, das gebe ich zu. Wenigstens sind die Reifen in Ordnung, was der BMVÄ nach eingehender Untersuchung feststellt, allerdings sind sie ziemlich platt. Darum holt er seine Hightech-Fahrradpumpe aus dem Werkzeugschrank und drückt sie mir in die Hand.

»Uff dr Boda naschdella, uff die zwei Lascha dabba, den Schlauch ans Ventil akobbla ond bomba«, weist er mich an.

Schade. Ich hatte gehofft, er würde das für mich machen.

Als die Reifen schließlich wieder mit Luft gefüllt sind,

könnte ich mich vor Erschöpfung schon wieder hinlegen. Aber der BMVÄ ist in seinem Element und radelt schon vom Hof. Die Strecke an der Bottwar entlang schaffe ich dann aber ohne größere Probleme, beim Anstieg zum Jägerhof hinauf muss ich das Rad allerdings schieben.

Am frühen Nachmittag erreichen wir schließlich das Restaurant und finden auf der Terrasse ein nettes Plätzchen mit herrlichem Ausblick über die Weinberge und hinüber zum Wald. Meine Gedanken schweifen sofort zum Fall ab, doch bevor ich lange grübeln kann, kommt Max an unseren Tisch und nimmt unsere Bestellung auf. Bei Cappuccino und Käsesahnetorte geraten wir richtig in Urlaubsstimmung. Doch mein Ermittlerinstinkt macht keine Pause. Nach einer Weile erzähle ich dem BMVÄ von den Gerüchten, die in Erikas Friseursalon über den Jägerhofwirt kursieren.

»Ach, glaub's doch net!«, wehrt der BMVÄ ab.

»Worom isch der dann net verheiratet, so hübsch wie der isch?«

»So, du findesch, dass der hübsch isch?«

»Ja, also ich net, aber die Mädels henn's geschtern gsaggd«, weiche ich aus. »Unhübsch isch er auf alle Fälle nicht. Ond Fraua gäb's jo gnuag em Hotel!«

»Vielleicht isch ihm die Auswahl z' groß ond er kann sich net entscheida? Oder vielleicht will er bloß sei Ruh, oder er hat irgendwo a Braut ond mr weiß des bloß net.«

»Vielleicht, vielleicht. Vielleicht isch er aber halt doch schwul.«

»Ond, wen interessiert des?«

»Vielleicht einen möglichen Erpresser.«

»Willsch du ihn erpressa?«, fragt der BMVÄ feixend.

»Nadierlich net!« Ich muss ebenfalls grinsen.

Da der BMVÄ offensichtlich im Fall »Tod im Gumpen« nicht auf dem neuesten Stand ist, setze ich ihn ins Bild.

»… und es ist nicht auszuschließen, dass der Rudi den Jochen erpresst hat und der ihn deshalb …« Ich schlage mit einem imaginären Prügel durch die Luft.

Als Reaktion erhalte ich einen kritischen Blick. Der BMVÄ ist offenbar der Ansicht, ich solle diese Theorie nochmals überprüfen.

Ich widme mich wieder meiner Torte. Das letzte Stückchen spüle ich gerade mit einem Schluck Cappuccino hinunter, als ich den Jägerwirt an der Terrassentür entdecke. An seiner Seite eine junge Frau, mit dem Rücken zu mir gewandt. Er berührt ihren Arm und führt sie ins Haus.

Isch des net die Melanie, denk ich und springe auf.

»Was isch denn los, wo willsch denn na?«, erkundigt sich der BMVÄ erschrocken.

»Äh … Ich muss dringend uffs Klo«, rufe ich über die Schulter, während ich auf den Eingang zuspurte. Alle anderen Gäste auf der Terrasse wissen damit jetzt auch Bescheid.

In der Gaststätte sehe ich Jochen und seine Begleitung nicht, deshalb pirsche ich Richtung Treppenhaus. Ein Schild weist den Weg zu den Toiletten. Obwohl ich natürlich nicht muss, schleiche ich den Gang entlang und höre Jochens Stimme hinter einer angelehnten Tür, auf der »Büro« steht.

Sofort fällt mir wieder Sandalen-Sigrid ein. In dem Raum muss sie Jochen und Rudi gesehen haben. »Nicht auf dem Klo, vielmehr im Büro«, habe ich ihr Gekicher noch im Ohr.

»Ich will endlich wissen, was zwischen dir und Rudolf gelaufen ist!«, höre ich eine weibliche Stimme, die eindeutig Melanie gehört. »Der Kommissar hat mich nach dem Kuvert gefragt, das man bei ihm gefunden hat. Aber ich hatte keine Ahnung davon. Seid ihr in krumme Geschäfte verwickelt? Woher stammt das viele Geld?«

Ich drücke die Tür einen minimalen Spalt auf und starre

auf den Rücken von Melanie, die mit den Händen wild gestikuliert.

»Gib's zu, Rudolf wollte mit der Kohle abhauen, gemeinsam mit dieser rothaarigen Schlampe, und du hast ihm dabei geholfen!«

Die Witwe schlägt auf Jochen ein, der vor ihr steht. Doch der hält sie an den Handgelenken fest, bis sie sich wieder etwas beruhigt hat. Dann führt er sie zu einem Sessel an der Wand. Behutsam drückt er Melanie hinein, setzt sich auf die Lehne und legt einen Arm um ihre Schulter. Die beiden wirken sehr vertraut, und ich überlege, ob jetzt auch noch die beiden etwas miteinander haben.

»Wie kommst du denn auf so dumme Gedanken? Woher das Geld stammt, kann ich dir gerne verraten.« Der Jägerhofwirt streicht mit der Hand besänftigend über Melanies Oberarm. »Als im letzten Winter unsere Heizung kaputt gegangen ist, wollte mir die Bank keinen Kredit für eine neue geben. Ich hatte erst kurz zuvor den Anbau finanziert. Rudi ist eingesprungen und hat mir rund fünfzigtausend Euro vorgestreckt. Das sollte allerdings unter uns bleiben, damit Irmgard nichts davon erfährt. So wie ich eben konnte, habe ich ihm dann immer wieder etwas zurückgezahlt. Bar natürlich. Knapp dreißigtausend standen am Ende noch aus, und die konnte ich nicht einfach aus dem Ärmel schütteln. Ich musste ihn eine Weile hinhalten, als er anfing, darauf zu drängen. Er wollte das Geld schnellstmöglich, damit er ...«

»Damit er mit seiner Geliebten die Biege machen kann«, fauchte Melanie.

»Nein, damit er mit dir und den Kindern neu anfangen kann.«

Melanie sieht unsicher zu Jochen Bauer auf.

»Ja, er wollte mit euch ein neues Leben aufbauen«, bekräftigt er.

»Ach, das hat er so oft versprochen und es doch nie gehalten«, winkt Rudis Witwe ab.

»Melanie, ich hab auch nie verstanden, warum er sich nicht gegen seine Mutter behauptet und sich ganz auf deine Seite gestellt hat. Wenn du dich damals anstatt für ihn für mich entschieden hättest ...«

Also wirklich ein Techtelmechtel! Da verliert man ja völlig den Überblick, wenn jeder mit jedem rumpoussiert. Auf alle Fälle weiß ich jetzt, dass der Jochen nicht schwul ist.

»Jochen, bitte ...«, murmelt Melanie.

»Ist ja schon gut. Rudi ist – oder war – trotzdem mein Freund. Und ich weiß, dass er dich und die Kinder wirklich geliebt hat. Er wollte alles hinter sich lassen. In einer Woche sollte es losgehen. Dass es länger gedauert hat, liegt vielleicht daran, dass ich ihm das Geld nicht sofort zurückzahlen konnte.«

»Du lügst mich nicht an?«

»Nein, du weißt, dass ich das nie tun würde.«

»Und warum hat er an seinem Geburtstag ...?« Melanie schluchzt auf.

»Melanie, da war nichts. Als Rudi letzten Samstag das Geld abgeholt hat, hat er mir alles erzählt. Er hat sich über sich selbst geärgert, weil er an der Feier so betrunken gewesen ist. Rudi kannte die Renner wohl flüchtig aus seiner Jugendzeit. Sie hatten sich aber viele Jahre nicht mehr gesehen, bis sie plötzlich als Lehrerin an Leas Schule aufgetaucht ist. Seither hat sie sich wohl immer wieder an ihn rangemacht.«

»Und Rudi ist darauf eingegangen.«

»Nein! Er hat mir felsenfest versichert, dass da nichts lief. Im Gegenteil. Rudi fand diese Renner aufdringlich und hat immer versucht, ihr aus dem Weg zu gehen. An seinem Geburtstag hatte er zu viel intus, um sich zu wehren. Er hat nicht mal richtig geschnallt, was los war, bis du aufgetaucht bist. Irmgard hatte ihn wohl sogar vor ihr gewarnt. Sie sei schon als Teenager auf alles losgegangen, was bei drei nicht auf den Bäumen gewesen sei. Und das sei schon damals übel ausgegangen.«

»Was hat sie damit gemeint?«, hakt Melanie nach.

Jetzt wird's interessant, erkenne ich und rücke noch ein Stückchen näher an die Tür, um kein Wort zu verpassen.

Doch bevor ich Jochens Antwort vernehmen kann, knallt mir etwas in den Rücken, mein Kopf donnert gegen das Türblatt und ich werde mit Karacho ins Büro geschleudert. Eine Furie rennt an mir vorbei, und aus den Augenwinkeln sehe ich, wie ein roter Zopf hin und her schwingt. Silvia Renner!

Sie stürzt sich auf Jochen und Melanie. »Das ist alles gelogen!«, schreit sie wie von Sinnen. »Ich kann nichts dafür, dass die Männer *mir* hinterherjagen! Ich bin das Opfer!« Ihr gesamter Körper bebt vor Zorn.

Der Jägerhofwirt springt erschrocken auf und stemmt sich der hysterischen Frau entgegen. Silvia Renner stößt ihn kraftvoll zur Seite. Er gerät ins Straucheln und stürzt zu Boden. Die Rothaarige richtet ihren starren Blick auf Rudis Witwe, die sich in der Zwischenzeit hinter dem Sessel verschanzt und die Arme schützend um ihren Kopf geschlungen hat. Bevor die Furie Melanie erreichen kann, habe ich mich jedoch wieder aufgerappelt und reiße sie an ihrem langen Zopf zurück. Silvia Renner stolpert nach hinten und greift sich jaulend in die Haare. Wutentbrannt dreht sie sich zu mir um.

Die ist ja total von der Rolle! Oje, oje, das ist nicht gut, schießt es mir durch den Kopf, da stürmen zwei Männer in den Raum und ergreifen Silvia Renner an den Armen. Die Rothaarige leistet Gegenwehr und versucht, sich zu befreien, doch schließlich gibt sie auf. Offensichtlich merkt sie, dass das nichts bringt. Erschöpft lässt sie die Schultern sinken.

Glück g'habt, denk ich und bin froh über unsere Rettung.

Auf der einen Seite von der Angreiferin steht der BMVÄ, auf der anderen der Lauer. Ich bin stolz wie Oskar auf meinen Mann. Wieso der Lauer allerdings auch da ist, frage ich mich schon. Aber egal, Hauptsache, die Situation ist entschärft.

Auf den Schreck hin könnte ich ein Schnäpschen gebrauchen, doch das würde jetzt vermutlich nicht so gut ankommen. Und dann ist da ja noch mein Vorsatz von heute Morgen: Nie wieder Alkohol!

Eine Viertelstunde später sitzen wir alle in Jochen Bauers Büro. Der Kommissar platziert den Jägerhofwirt, Melanie, die Renner und mich mit möglichst viel Abstand zueinander auf Stühle. Der BMVÄ, der offensichtlich von Lauer kurzerhand ins Ermittlerteam aufgenommen worden ist, setzt sich vor das Fenster und Lauer nimmt neben der Tür Platz. Sicherlich, um die Fluchtwege abzuschneiden.

Der Kommissar schaut erwartungsvoll in die Runde, doch es bleibt erst mal still. Gut, dann fang ich halt an!

Ich hole Luft, um meine Version des Geschehens zu erzählen, doch Lauer kommt mir zuvor. »Frau Nägele, Sie erst mal nicht! Sie sind später dran!«, fährt er mich an.

Gut, dann halt nicht! Ich dreh demonstrativ meinen Stuhl zur Wand hin. In der Bewegung seh ich gerade noch, wie sich Lauer und der BMVÄ vielsagende Blicke zuwerfen. Hat der Kommissar etwa mit den Augen gerollt? Mir doch egal!

»Frau Lämmle, was hat Sie hierhergeführt?«, richtet Lauer das Wort an Melanie.

Die nestelt an einem Taschentuch herum, das Jochen ihr gegeben hat, und braucht eine Weile, bis sie dem Kommissar erzählen kann, dass ihr das Geld im Kuvert keine Ruhe gelassen hat und sie sich deswegen unbedingt bei Jochen, also Herrn Bauer, erkundigen wollte. Aber das habe sich ja nun aufgeklärt.

»Was hat sich aufgeklärt?«, hakt Lauer nach.

Melanie möchte nichts weiter dazu sagen und schaut Jochen unsicher an, darum richtet der Kommissar seine Frage jetzt an den Jägerhofwirt. Der berichtet, was er Melanie bereits unter vier Augen erzählt hat, na ja, gut, sechs Augen. Aber dass er in Melanie verliebt ist, das verrät er nicht.

Ich will Lauer diese Info nicht vorenthalten und wende mich ihm wieder zu.

»Still!«, bremst mich der Kommissar aus, bevor auch nur eine Silbe meine Lippen verlässt, und schaut mich durchdringend an.

Ich dreh mich wieder zur Wand. Meine Hilfe ist offenbar nicht erwünscht!

»Sie empfinden viel für Frau Lämmle, nicht wahr?«, wendet sich Lauer wieder an Jochen, und ich bin überrascht, dass er das plötzlich weiß, obwohl ich doch gar nichts gesagt hab.

»Ja«, gibt Jochen zu. »Melanie hat allerdings Rudi geliebt, und der war mein Freund. Da hätte ich nie dazwischengefunkt.«

Aus den Augenwinkeln beobachte ich, wie er die junge Frau neben ihm treuherzig anschaut, während sie verlegen den Blick senkt.

»Und welche Rolle spielen Sie in dieser Geschichte?« Lauer sieht Silvia Renner mit ernster Miene an.

Die starrt auf den Boden und presst die Lippen zusammen.

Lauer kann warten. Ich auch. Denn wir wissen beide,

dass sie es auf Rudi abgesehen hatte. Doch Lauer weiß noch nicht, dass der Rudi es nicht auf die Renner abgesehen hatte. Wenn der Jochen sich nicht getäuscht hat.

Melanie hält die Warterei jedoch nicht aus. Sie beschimpft ihre Rivalin wortreich: »Die Schlampe hat sich an seinem Geburtstag an Rudi rangemacht!«

»Schlampe? Wart, ich …« Die rothaarige Silvia springt auf und will sich auf die Witwe stürzen, aber der BMVÄ und Lauer sind sofort an ihrer Seite und drücken sie auf ihren Sitz zurück.

Ich nutze den Zwischenfall, um mich mitsamt Stuhl wieder richtig herum hinzusetzen. Die Wand hab ich jetzt lange genug inspiziert. Jochen nutzt die Gelegenheit ebenfalls, rückt dicht an Melanie heran und ergreift ihre Hand.

»Scheiße!«, schreit die Renner. »Alles dreht sich immer nur um die, und keinen interessiert es, wie es mir geht!«

»Doch, Frau Renner, mich interessiert das«, bemerkt Lauer mit sanfter Stimme. »Erzählen Sie mir von sich. Ich höre zu.«

Dann wartet er, bis Silvia Renner tatsächlich anfängt zu reden: »Ich stamme aus einem kleinen Ort am Fuße der Alb.«

»Aus Kuchen«, füge ich hinzu, weil ich das ja schon ermittelt habe.

Lauer schaut mich mit hochgezogenen Augenbrauen an. »Frau Renner ist dran!«

Die rothaarige Silvia ignoriert mich und spricht mit starrem Blick weiter: »Ich lernte Rudolf schon als Jugendliche kennen, als ich in Steinheim zu Besuch war. Schon damals habe ich mich in ihn verliebt, aber unsere Wege haben sich danach getrennt.«

»Bis Sie als Lehrerin nach Steinheim zurückgekehrt sind«, ergänzt Lauer. »Davor haben Sie mehrfach die Schule gewechselt. Warum?«

Silvia Renner hebt abrupt den Kopf. »Spionieren Sie mir nach?«

»Wir spionieren nicht, wir ermitteln!«, kläre ich auf und ernte von Lauer wieder einen strengen Blick.

Er zieht ein Notizbuch aus der Tasche. »Sie waren in Lauffen am Neckar, in Metzingen, Herrenberg, Schwäbisch Hall und jetzt sind Sie in Steinheim.«

Der Kommissar hat seinen Job offensichtlich gemacht und die Zeit genutzt, nachdem ich ihn über das Techtelmechtel zwischen Rudi und der Renner informiert habe. Zufrieden nicke ich ihm zu, sage aber nichts.

»Um Erfahrungen zu sammeln und unterschiedliche Ansätze kennenzulernen«, erklärt die rothaarige Silvia. »Schließlich möchte ich eine gute Lehrerin und ein Vorbild für die Kinder sein.«

»Pah! Vorbild!«, ruft Melanie dazwischen.

Lauer schaut kurz zu ihr rüber, und die Witwe nestelt wieder an ihrem Taschentuch herum.

»Warum wollten Sie nicht in Schwäbisch Hall bleiben?«, wendet er sich wieder an Silvia Renner.

»Es war einfach Zeit für etwas Neues.«

»Und warum ausgerechnet Steinheim? Wegen Herrn Lämmle?«

»Nein, das war reiner Zufall. Eine Sportlehrerin ging in Mutterschutz, die Stelle war vakant, und weil ich keine eigene Familie habe und keine weiteren Verpflichtungen hatte, fiel die Wahl auf mich und ich wurde hierherversetzt.«

»Und Herrn Lämmle haben Sie dann zufällig wieder getroffen?«

Sie antwortet nicht.

»Frau Renner?«, hakt Lauer nach.

»Ganz zufällig nicht«, lenkt sie ein. »Ich dachte, es wäre

nett, sich über die alten Zeiten zu unterhalten, und habe Kontakt zu ihm aufgenommen.«

»Ohne dass Frau Lämmle etwas davon wusste?«

»Ich habe ihm nicht verboten, es ihr zu erzählen.« Sie wirft Melanie einen geringschätzigen Blick zu. »Wenn die beiden Dinge voreinander verheimlichen, kann ich nichts dafür.«

Schnauben kommt aus Melanies Richtung, aber Lauer sieht sie wieder nur kurz an, und sie bleibt stumm.

»Und Sie haben sich wieder in ihn verliebt?«

»Ja, und er sich in mich!«

»Das stimmt doch nicht!«, schleudert Melanie jetzt ihrer Gegenspielerin entgegen. »Jochen, sag, wie es war!«

Der Jägerhofwirt erzählt also noch einmal, was Rudi ihm über die Renner berichtet hat, und lässt auch Irmgards Bemerkung nicht außen vor. Die rothaarige Silvia regt sich darüber derart heftig auf, dass der Lauer und der BMVÄ schon wieder eingreifen müssen. Was damals übel ausgegangen sein soll, kann zu meiner Enttäuschung im Anschluss nicht geklärt werden, denn Irmgard hat wohl nichts weiter erwähnt, und deshalb kann Jochen jetzt auch nichts dazu sagen. Und die Silvia macht gar keine Anstalten, sich dazu zu äußern, und betont lediglich lautstark, dass sie das Opfer bösartiger Verleumdungen sei.

Lauer lässt die Sache schließlich auf sich beruhen, immerhin hat der Kommissar Frau Lämmle senior kennengelernt und wird sicherlich wissen, dass der Frau so einiges zuzutrauen ist. Und ich muss Mutter unbedingt bitten, ihre neue Arbeitgeberin mal darauf anzusprechen, was damals passiert ist. Das will ich schon noch wissen.

»Gut, ich danke Ihnen«, beendet Lauer die Befragung. »Ich denke, wir sollten jetzt alle nach Hause gehen und uns beruhigen. Ich nehme an, dass wir die Handgreiflichkeiten von vorhin zu den Akten legen können?« Mahnend blickt er in die Runde.

Da sich keiner weiter dazu äußert, stehen die Anwesenden auf. Offensichtlich sind alle erleichtert, die Angelegenheit abhaken zu können.

»Eins interessiert mich zum Schluss noch«, ergänzt Lauer, der bereits in der Tür steht.

Deutlich sehe ich in diesem Moment Inspektor Columbo vor mir. Der hat das bei seinen Fällen auch immer so gemacht. Alles wiegt sich in Sicherheit und – zack! – dreht er sich ein letztes Mal um und stellt die entscheidende Frage.

»Wie kam Herrn Lämmles Hut vom Jägerhof auf den Kopf der Leiche?« Lauer schaut einen nach dem anderen an. »Kann mir jemand was dazu sagen?«

Stille. Alle weichen dem bohrenden Blick des Kommissars aus, wie ich interessiert beobachte.

Schließlich ergreift Melanie leise das Wort: »Jochen wollte ihn mir letzten Samstag mitgeben, nachdem ich Festus hier abgeliefert hab. Doch ich habe mich geweigert, Rudi seinen Hut hinterherzutragen.«

Lauer sieht jetzt Jochen Bauer direkt in die Augen und erwartet offenbar eine Antwort.

»Ich hatte viel zu tun, wie immer am Wochenende, und hätte gar keine Zeit gehabt, ihm den Hut nachzutragen. Aber ...« Der Jägerhofwirt zögert.

»Aber?« Lauer lässt nicht locker.

»Frau Renner war an dem Tag ebenfalls hier und hat angeboten, den Hut für Rudi mitzunehmen. Ich habe mich zwar kurz gewundert, woher sie Rudi kannte, mich dann aber nicht weiter darum gekümmert. Wie gesagt, samstags ist hier die Hölle los. Als ich ihr mitteilte, dass Rudi erst kurz zuvor aufgebrochen ist und zu Fuß durch den Wald nach Hause wollte, hat sie den Hut an sich genommen und ist hinausgerannt.«

Sieh an, das war nun tatsächlich eine überraschende Neuigkeit.

»Und warum waren Sie überhaupt auf dem Jägerhof, Frau Renner?« Lauer nimmt die Lehrerin wieder ins Visier, die ihn mit großen Augen ansieht. »Raus mit der Sprache!«

»Ist ja schon gut«, murmelt sie. »Ich hatte eine Verabredung, die ist aber nicht aufgetaucht. Schließlich wollte ich heim, musste zuvor aber noch auf die Toilette. Als ich hier am Büro vorbeigekommen bin, habe ich gehört, dass die da …«, sie macht eine abschätzige Kopfbewegung in Richtung Melanie, »Rudolfs Hut partout nicht mitnehmen wollte. Als sie weg war, habe ich mich aus Höflichkeit angeboten. Und weil der«, wieder eine Kopfbewegung, diesmal zu Jochen, »mir gesagt hat, dass Rudolf in den Wald gegangen ist, bin ich ihm schnell nach …«

»Weiter!«, fordert Lauer und ich halte den Atem an.

»An diesem Wasserloch …«

»Dem Gomba!«, werfe ich ein.

Lauer dreht den Kopf ruckartig in meine Richtung.

»Da hab ich ihn gesehen.«

»Wo genau?«

»Er saß auf dem … also … auf …«, kommt sie ins Stottern.

»Auf?«, hilft Lauer nach.

»Auf … der Bank«, beendet Silvia Renner schließlich den Satz und verleiht ihren Worten mit einem Kopfnicken Nachdruck, als ob sie sich selbst überzeugen müsste.

»Was hat er da gemacht?«

»Ich dachte zuerst, er schläft, und habe ihn leise angesprochen.«

»Aber er hat nicht geschlafen.«

»Nein. Er war tot.«

Melanie schluchzt auf.

»Wie haben Sie das bemerkt?«

»Weil er mir nicht geantwortet hat, habe ich ihm den Puls gefühlt.«

»Am Handgelenk?«

»Äh ... ja ....«

Die Silvia kommt wieder aus dem Tritt, das merke ich gleich, und ich frage mich, warum es für den Herrn Kommissar wichtig ist, wo sie den Puls gefühlt hat.

»Was war dann?«, forscht Lauer weiter.

»Er hatte keinen Puls, und da wusste ich, dass er tot ist.«

»Warum haben Sie nicht die Polizei geholt?«

»Das ... äh ... Ich war so schockiert und hatte Angst.«

»Wovor?«

»Dass der Mörder noch in der Nähe sein könnte.«

»Warum sind Sie von einem Mord ausgegangen? Herr Lämmle hätte auch eines natürlichen Todes gestorben sein können. Schlaganfall, Herzinfarkt.«

Gugg dir den Lauer an, denk ich. Des isch a Käpsele!

»Ich weiß nicht. Bauchgefühl?«

Das klingt jetzt doch sehr unsicher, und Lauer schaut die Renner skeptisch an.

»Sie waren also panisch und wollten nur weg?«

Silvia nickt heftig.

»Aber warum haben Sie sich dennoch die Zeit genommen, der Leiche den Hut aufzusetzen?«

»Und sie zu küssen?«, füge ich ein wichtiges Detail hinzu und freue mich selbst über meine messerscharfe Kombinationsgabe.

Lauer schaut diesmal nicht böse drein, sondern nickt bestätigend.

»Ich hab ihn doch geliebt ...« Sie bricht in Tränen aus und lässt ihnen unter lautem Schluchzen ihren Lauf.

Melanie steht ihr in nichts nach und beginnt ebenfalls, herzzerreißend um ihre verlorene Liebe zu weinen. Bevor ich vor Rührung auch anfange und Jochens Büro geflutet wird, nimmt mich der BMVÄ an der Hand und führt mich aus dem Raum. Mein Retter.

KAPITEL 14

»Goht a Ma'le a Bergele nuff, do hoggds na, gohd a Stiggle weiter nuff, do klingelts a.« Der Kindervers klingt vielstimmig durch das Klassenzimmer, und ich bin sehr zufrieden mit dem heutigen Mundartunterricht.

Begeistert haben die Kinder schwäbische Abzählreime und kurze Verse gelernt und sie mit entsprechenden Gesten oder Bewegungen untermalt. Nun ist die Stunde zu Ende, doch ich höre sie noch immer im Treppenhaus und auf dem Schulhof die schwäbischen Verse aufsagen. Ich fühle mich glücklich, aber auch geschafft, immerhin war ich heute mit der Klasse ganz allein. Frau Renner sei die gesamte Woche krank, hat mir die Schulleiterin Frau Ellwanger-Meinrad vor dem Unterricht mitgeteilt und dann nur ein paarmal kurz zu uns ins Klassenzimmer hereingeschaut.

Ich packe die Arbeitsmaterialien zusammen, die Leonie für mich erstellt hat, und nehme mir fest vor, mich heute Abend bei der werdenden Mutter zu melden. Dann überlege ich, warum Silvia Renner sich wohl krankgemeldet hat. Geht es ihr wirklich nicht gut? Am Samstag schien sie körperlich fit. Wie es allerdings in ihrem Kopf aussieht, kann man nicht wissen. Und der Lauer hat sie bestimmt weiter in die Mangel genommen, nachdem sie ihre Liebe zum Rudi vor aller Augen gestanden hat. Fast könnte sie einem leidtun. Fast, denn ich kann mich noch lebhaft an ihr überaus ruppiges Verhalten auf dem Jägerhof erinnern. Die schmerzende Beule an der Stirn ist mir als Andenken geblieben. Trotzdem sagt mir mein Bauchgefühl, dass ich mich nach ihr erkundigen sollte. Während ich auf den BMVÄ und Melanie offenbar auf den Jochen zählen kann, schien die Silvia recht einsam zu sein.

Mein Entschluss steht. Ich bin schon auf dem Schulhof, mache auf dem Absatz kehrt, gehe ins Gebäude zurück und schlage den Weg Richtung Rektorat ein. Denn man hat ja schon eine gewisse Verantwortung für seine Mitmenschen!

»Nägele, dua net so hälenga! Du willsch doch bloß wieder rumschnüffla, gäb's zua!«, murmle ich vor mich hin.

Und dann denk ich mir: Warum eigentlich net?

Ich klopfe an die Tür der Schulleiterin.

»Ja bitte?«, höre ich und trete ein.

»Hallo, Frau Ellwanger-Meinrad«, grüße ich höflich und fühle mich zurückversetzt in meine eigene Schulzeit. »Ich würde Frau Renner gerne die heutigen Arbeitsmaterialien vorbeibringen. Können Sie mir sagen, wo sie wohnt?«

Das ist wirklich nur ein klitzekleines Bisschen geschummelt.

Frau Ellwanger-Meinrad sieht mich streng über ihre Brille hinweg an. »Sie können die Unterlagen dalassen, ich lege sie in ihr Fach.«

»Äh, das ist lieb. Aber ich würde ihr auch gleich die Blätter für die nächste Stunde geben, damit sie sich darauf vorbereiten kann. Bis dahin ist sie sicher wieder gesund.«

Die Rektorin zögert. »Eigentlich geben wir keine Daten raus …«

»Das ist mir bewusst, aber Silvia und ich wollten uns ohnehin treffen, um ein weiteres Mundartprojekt vorzubereiten. Nur ist uns jetzt ihre Krankheit zuvorgekommen, und Silvia konnte mir ihre Nummer noch nicht geben.«

Jetzt beschleicht mich doch ein schlechtes Gewissen, wie damals als Schülerin.

»Also die Telefonnummer kann ich Ihnen auf gar keinen Fall nennen!«

»Die Adresse reicht vollkommen«, beeile ich mich zu sagen und lächle ihr aufmunternd zu.

Frau Ellwanger-Meinrad seufzt und schaut in ihrem Computer nach. Mit schnellen Bewegungen notiert sie Silvia Renners Anschrift auf ein kleines Blatt Papier und überreicht es mir. Ich verabschiede mich brav und mache fast noch einen Knicks. Es ist erschreckend, welche Spuren die Schulzeit hinterlässt.

Silvia Renner wohnt in einem Mehrfamilienhaus in einem der Neubaugebiete, die man in Steinheim in den letzten Jahren aus dem Boden gestampft hat. Wie hat es meine Freundin Waltraud vor Kurzem richtig ausgedrückt: »Die arme Baura, die ihre Obstbaumwiesla und Äckerla als teures Bauland verkaufa henn müssa, könned eim scho leiddoa. Vor ällem, wenn se em Gemeinderat sitzed.«

Ich suche nach dem Klingelschild. Gerade als ich draufdrücken will, öffnet sich die Haustür und eine alte Frau mit Rollator schiebt sich mühsam heraus. Ich halte ihr die Tür auf und erkundige mich, ob sie weiß, auf welcher Etage Frau Renner wohnt.

»Isch des die mit dem langa rota Zopf?«

»Ja, genau die.«

»Sia, die kann ich net leida. Des kann ich Ihne saga. Die könnt a bissle freundlicher sein. Die hat mir noch nie die Tür uffg'halta! Ond wissed Se ...«

Bevor die Dame mir ihre Lebensgeschichte erzählt, frage ich noch mal nach dem Stockwerk.

»Im zweiten Stock!«, blafft die Alte und eilt mit ihrem Rollator davon.

Ich husche ins Gebäude und nehme ganz sportlich die

Treppen. Oben angekommen, brauche ich die richtige Tür gar nicht erst zu suchen, denn die rothaarige Silvia tritt in dem Moment mit einem vollen Mülleimer ins Treppenhaus und rennt mich fast um. Schon wieder.

»Sie henn's aber pressant!«, ergreife ich das Wort und bringe mich strategisch zwischen der Renner und der offenen Wohnungstür in Stellung. »Anscheinend senn Se wieder fit? Was hat Ihne denn g'fehlt?«

»Äh, ja, also, ich … Migräne …«, stottert sie herum und weiß nicht, wohin, weder mit sich noch mit dem Mülleimer. »Was machen Sie denn hier?«

»Die Frau Ellwanger-Meinrad hat mir g'saggd, dass Sie krankg'meldet senn, ond da hab i denkt, i guck mol, wie's Ihne goht.«

»Das ist nett, danke. Es geht mir wieder besser«, erwidert sie und will sich mit gesenktem Kopf an mir vorbei zurück in ihre Wohnung drücken.

Ich versperre ihr aber den Weg, gelernt ist gelernt. »Und i hab außerdem denkt, i erzähl Ihne, wie die Schwäbischstunde heut g'loffa isch. Mir henn nämlich viel Spaß g'hett, aber die Kinder henn Sie vermisst.«

Jetzt schaut sie mich an, und ihre Haltung entspannt sich etwas. »Stimmt, *Mundart in der Schule* war heute. Das hatte ich ganz vergessen.«

»Soll i verzähla, was mir alles g'macht henn?« Ich schenke ihr mein gewinnendes Lächeln.

Und tatsächlich stellt sie den Mülleimer ab und bittet mich herein.

Ja! Nägele, du bisch drin!

Ich gehe gleich durch ins Wohnzimmer, damit es sich meine Gastgeberin nicht noch einmal anders überlegen kann. »Schee henn Se's hier. Und der tolle Ausblick auf die Wiesa ond den Wald!«, lob ich und trete auf den Balkon hinaus.

Da hör ich einen tiefen Seufzer und Schluchzen hinter mir und dreh mich um.

Wie ein Häufchen Elend steht die Silvia vor mir. »Ja, der Rudolf, im Wald …« Tränen laufen ihr über die Wangen.

Ich lege den Arm um ihre Schultern und schiebe sie sanft Richtung Sofa. Den Kopf an mich gelehnt, beginnt sie hemmungslos zu weinen. Ich tätschle ihren Arm, und weil ich sonst nichts anderes tun kann, schau ich mich im Wohnzimmer um, bis sie fertig ist. Der Raum ist klein und mit wenigen, aber hochwertigen Möbeln eingerichtet, das sehe ich als Schreinertochter sofort. An der Schmalseite steht ein moderner Schreibtisch, umrahmt von einem gut bestückten Bücherregal, das bis zur Decke reicht. Der Flachbildschirm befindet sich auf einem niedrigen Sideboard, und auf zwei Tischchen vor dem gemütlichen Sofa sind Deko-Objekte arrangiert.

Die Atmung von der Silvia wird langsamer, und sie rückt ein Stückchen von mir ab. Mit einem Taschentuch wischt sie über ihre Nase und danach gleich über meine Schulter. Ich muss an Melanie denken, die mir vor nicht allzu langer Zeit auch mein T-Shirt durchnässt hat. Ob das jetzt wohl Mode wird?

»Darf ich einen Kaffee anbieten?«, unterbricht die rothaarige Silvia meinen Gedankengang, und ich nehme dankend an.

Ich folge ihr in die Küche, wo wir uns mit unseren Tassen an den kleinen Tisch setzen. Ich beschließe, dass wir erst mal unsere zwischenmenschliche Beziehung vertiefen müssen, und beginne, von der Mundartstunde zu erzählen. Mit ausladenden Gesten berichte ich von den schwäbischen Versen und den Bewegungen, die den Kindern besonders viel Freude bereitet haben.

»Enne-denne-dubbe-denne-dubbedenne-dahlia-äbbe-bäbbe-bembio-bio-bio-buff«, wiederhole ich einen bekannten Abzählreim und lasse den Zeigefinger zwischen uns hin und her wandern.

»Ägg-schnägg-drägg-wägg«, übernimmt sie die Führung, und ein Lächeln schleicht sich auf ihre Lippen.

Während ich ein paar Anekdoten der Kinder zum Besten gebe, wird die Stimmung zusehends gelöster. Silvia Renner wirkt immer entspannter, und langsam erkenne ich die hübsche Frau wieder, die mich vor über einer Woche auf der Terrasse vom Jägerhof in ihren Bann gezogen hat.

»Solled mir uns net eifach duza?«, frag ich sie aus einer Laune heraus. »Schließlich sind wir ja Lehrerkolleginnen!« Ich zwinkere ihr zu.

»Gerne, ich heiße Silvia.«

»I benn d' Elvira.«

Wir unterhalten uns angeregt über die Grundschule und die Herausforderungen für Pädagogen. Während sie über ihren Beruf spricht, strahlen ihre Augen. Man merkt ihr an, dass sie ihn mit Herzblut ausübt und ihren Schützlingen viel Zuneigung entgegenbringt.

»Schad, dass du keine eigene Kender hasch«, kommt es über meine Lippen, bevor ich die Worte zurückhalten kann.

Sofort merke ich, dass meine Bemerkung reichlich undiplomatisch war, denn ein Schatten huscht über Silvias Gesicht.

»Guad, do braucht's halt au en Ma dorzua«, sag ich, um wieder in die Spur zu kommen, merke aber gleich, dass das noch ungeschickter war. »Obwohl, des geht heut ja au ohne!«, versuche ich die Kurve noch zu kriegen, aber stattdessen fliege ich aus ebenjener im hohen Bogen raus.

Nägele, bisch du von älle guade Geischder verlassa, schimpfe ich in Gedanken mit mir selbst, in Erwartung eines erneuten Heulkrampfs meiner neuen Freundin.

Die schaut mich allerdings nur mit großen Augen an und bricht dann in schallendes Gelächter aus. »In so viele

Fettnäpfchen auf einmal zu treten, das muss man erst mal schaffen!«, prustet sie hervor. »Elvira, du bist der Knaller!«

Hitze steigt mir in die Wangen, denn ich genier mich ein bisschen, doch schließlich steckt mich Silvias Heiterkeit an. Ich falle in das ausgelassene Gelächter ein, bis mir selbst die Tränen kommen.

Silvia ist jetzt noch gelöster als zu Beginn unserer Unterhaltung und schenkt uns eine weitere Tasse Kaffee ein, nachdem sie sich wieder beruhigt hat. »Weißt du, Elvira, an Männern hat es in meinem Leben wahrlich nicht gemangelt«, bemerkt sie seufzend und nimmt einen großen Schluck. »Leider waren das nur üble Kerle, die mich ausgenutzt und dann fallen gelassen haben. Das war äußerst belastend.«

»Hasch du deshalb öfters die Schule gewechselt?«

»Auch«, gibt sie zu, sagt aber nichts weiter.

»Und Kinder?«, wage ich mich vor.

»Den Wunsch habe ich vor langer Zeit begraben. Schon vor sehr langer Zeit.« Ihr Blick wird hart, während sie spricht. »Ich habe die Hoffnung auf eine eigene Familie aufgegeben und wollte auch nichts mehr mit Männern zu tun haben. Erst als ich meine jetzige Stelle bekommen hab, in Rudolfs Nähe, ist mir klar geworden, dass ich immer nach einem Partner wie ihm gesucht habe.«

»Und dann ist der Kerle verheiratet und hat drei Mädla!«

»Ja, aber ich musste die Chance doch ergreifen!« Ihre Lippen beginnen zu zittern, und ich rechne erneut mit Tränen, doch Silvias Stimmung kippt und die nächsten Worte spuckt sie förmlich aus: »Das größte Problem war sowieso seine Mutter, die Hexe!«

»Ihr kenned euch scho lang, gell?«

»Oh ja!« In ihren Augen blitzt Zorn auf.

»Derf i froga, was domols passiert isch?«, frag ich vorsichtig.

»Nein, das darfst du nicht! Das geht niemanden was an!«
Sie funkelt mich an, doch in der nächsten Sekunde setzt sie
eine ausdruckslose Miene auf. »Entschuldige, ich muss mal
schnell ins Bad.«

Ich beobachte, wie sie mit steifem Rücken den Raum
verlässt. Sie scheint sich sammeln zu müssen. Hoffentlich
macht sie jetzt nicht dicht, überlege ich.

Bis sie zurückkommt, schaue ich mich in der netten
Küche um. Alles ist picobello aufgeräumt. In einer Kera-
mikschale liegen Äpfel und Trauben. Bunte Topflappen
hängen an Haken hinter dem Herd. Ich ziehe eine Schublade auf. Geschenkbänder in verschiedenen Farben, eine
Schere, ein Arzneipäckchen, Streichhölzer, ein Ladekabel
und anderer Krimskrams, der irgendwo einen Platz braucht.
An einer Korktafel neben der Tür sind bunte Kinderzeich-
nungen festgepinnt. Bestimmt von Silvias Schülern. Die
Ecke eines Fotos, das zwischen den bunten Bildern hervor-
lugt, zieht meine Aufmerksamkeit auf sich. Ich schiebe ein
Blatt beiseite und ein Schnappschuss von Rudi kommt zum
Vorschein. Er ist aus einiger Entfernung aufgenommen und
zeigt ihn, als er mit einer Bäckerkiste den Löwen verlässt.

Ich höre Schritte im Flur, lasse die Zeichnung los und
setze mich schnell wieder an den Tisch.

Silvia tritt in den Raum und nimmt wieder Platz. »Kann
ich dir noch etwas anbieten?«, fragt sie zögerlich.

»Gerne ein Wasser.« Während sie zum Küchenschrank
geht, um ein Glas zu holen, nehme ich vorsichtig den
Gesprächsfaden wieder auf: »Wie geht's denn deine Eltern?
Wohned die no in Kuchen?«

Mit dem Thema müssten wir doch wieder in ruhiges
Fahrwasser kommen.

»Meine Mutter. Mein Vater ist tot.«

»Oh, des tut mir leid.«

»Muss es nicht.«

Ihre Antwort verrät mir, dass wir uns nach wie vor auf rauer See befinden.

»Henn ihr koi guads Verhältnis g'hett?«, erkundige ich mich vorsichtig.

»Gar keins. Keine zehn Pferde bringen mich wieder nach Kuchen! Scheinheiliges Pack!«

Aus der rauen See ist im Handumdrehen eine Sturmflut geworden.

Zitternd steht Silvia vor mir. Mit starrer Miene schaut sie ins Leere. Ihr Anblick lässt mir einen Schauer über den Rücken laufen.

»Silvia, was isch denn?«

Keine Reaktion. Sie scheint auf einmal ganz weit weg zu sein und nichts mehr um sich herum wahrzunehmen. Offensichtlich hab ich es mit meiner Befragung zu weit getrieben.

Das schlechte Gewissen und eine gehörige Portion Angst ergreifen mich, und ich stehe auf und berühre Silvias Hand, um sie zu besänftigen.

Sie reißt sich los. »Lass mich, ich will das nicht!«

»Silvia, beruhig de …«

»Ich will da nicht rein! Mutter!«

Ich erstarre.

»Was hast du zu Paula gesagt? Was sollen die beiden regeln? Woher kommt das Geld?« Silvias Stimme bricht vor Aufregung. »Papa warum hilfst du mir nicht? Papa!«

Sie ist völlig außer sich, und ich nähere mich ihr langsam, um ihr keinen Schrecken einzujagen. Dabei stoße ich allerdings an den Tisch und meine Tasse dreht sich klirrend auf der Untertasse.

Als ob man einen Schalter umgelegt hätte, zuckt Silvias Kopf in meine Richtung und blickt mir verwundert in die Augen.

»Entschuldige, was hast du gesagt?«

»Nix, du hasch g'schwätzt, und zwar net wenig.« Ich stelle Tasse und Untertasse wieder ordentlich aufeinander.

»Ach wirklich? Entschuldige, manchmal steh ich etwas neben mir und plappere wirres Zeug.«

»Scheint eher, als hettesch du dich an was erinnert«, sage ich sanft.

»Nein, da irrst du dich!«

»Und wer isch Paula?«

»Paula, welche Paula?«, blafft sie.

»Du hasch was von einer Paula erzählt. Was hasch denn mit der erlebt?«, hake ich nach.

»Nichts!«, entgegnet sie harsch. »Ich hab nichts erlebt und ich kenn keine Paula! Meine Migräne ist offensichtlich zurück, und die Schmerzen machen mich manchmal konfus.« Sie fährt sich mit der Hand fahrig über die Stirn. »Anscheinend bin ich noch nicht ganz fit.«

»Ja klar. Du solltesch dich ausruha. I muss jetzt sowieso heim, no a bissle was schaffa.«

Sie begleitet mich in den Flur.

»Kann i di wirklich allei lassa?«, erkundige ich mich zur Sicherheit.

»Natürlich, mach dir keine Sorgen! Ich leg mich hin, und bald geht es mir wieder besser. Aber danke, dass du da warst! Ich freu mich auf unsere nächste Mundartstunde.«

Silvia lächelt mich an, doch es wirkt gekünstelt.

»I mi au!«, erwidere ich und meine das ernst.

Ich will noch etwas hinzufügen, allerdings schiebt mich Silvia bereits ins Treppenhaus und drückt schnell die Tür hinter mir zu. Irgendwas rumort in meinem Bauch. Meldet sich mein ureigener Ermittlerinstinkt? Na ja, vielleicht auch bloß der Hunger.

KAPITEL 15

Völlig in Gedanken versunken schließe ich die Haustür auf, da höre ich hinter mir ein schnelles Klackern, wie Schüsse aus einem Maschinengewehr. Okay, aus einem kleinen Maschinengewehr.

»Hallo, Mutti«, sage ich, ohne mich umzudrehen, und frag mich wieder einmal, wie sie auf solchen Hacken laufen kann und das auch noch in einem derart hohen Tempo.

Ohne den Gruß zu erwidern, schiebt sie mich unsanft beiseite und eilt durch die Tür Richtung Klo.

»Ach, hat's die zehn Meter zu euch nieber nemme g'langt?«, rufe ich ihr hinterher.

Keine Antwort, dafür ein minutenlanges Geplätscher hinter geschlossener Tür. Kurz denke ich darüber nach, ob es Menschen mit Elefantenblasen gibt.

Als meine Mutter endlich wieder auftaucht, hab ich bereits Kaffee gemacht, damit sie gleich wieder auftanken kann.

»Wo kommsch denn her?« Ich reiche ihr eine volle Tasse.

»Von dr Irmgard.«

»D' Löwenwirtin?«

»Kennsch du a andere Irmgard?«

Nein, tatsächlich fällt mir gerade keine andere Irmgard ein. Dafür aber die Paula, und mein Bauchgefühl meldet sich ebenfalls wieder.

»Hat die zufällig was mit einer Paula zom doa?«

»Wird des a Ratesendung, oder was?«

»Noe, Mutter, sag eifach!«

»Was?«

»Ob die Irmgard jemanden kennt, der Paula heisst. Oder du.«

»Worom willsch denn des wissa?«

»Mutter!«

»Ja, der Irmgard ihre verstorbene Mutter hat Paula g'heissa. Paula Sausele.«

Heiligs Blechle!

»Und die stammt aus Kuchen«, überlege ich laut.

»Ha, du bisch mir a Käpsele! Nadierlich stammt die Paula Sausele aus Kuchen.«

»Und dann isch die Paula die Frau von dem Friedrich Sausele aus dem Polizeiprotokoll und die Mutter von der Irmgard«, kombiniere ich weiter, ohne auf die Bemerkung zu achten.

Dass Silvia nicht nur eine Verbindung zu Rudi hatte, sondern damit auch ein Zusammenhang zwischen ihr, Irmgard und der alten Sausele bestehen muss, wird mir jetzt auch klar.

»Welches Polizeiprotokoll?«, fragt Mutter leicht verwirrt.

Ich erzähle ihr von meinen Recherchen im Archiv und dem Wachtmeister, der Mitte bis Ende der 60er-Jahre vor dem Haus von Friedrich Sausele auffällig viele Fahrzeuge mit fremden Kennzeichen gesichtet hat.

»Des hettesch net rescherschiera braucha, des hett ich dir saga kenna.«

»Du?«

»Klar, Irmgard und ich henn ons en Spaß draus g'macht, aus denne Buchstaba auf de Kennzeicha Sätz zu macha. Aus ›LB-KE‹ zum Beispiel ›Liebe Bertha komm essen‹ und aus ›F-KR‹ vielleicht ›Furz komm raus‹.«

»Mutter!«

Sie kichert vor kindlicher Freude. »Domols senn die viele fremde Autos nadierlich uffg'falla. Des hann i total schpannend g'fonda. Des hat's sonscht em ganza Ort net gäbba!«

»Damit erhärtet sich auch die Engelmacherinnentheorie«, teile ich nachdrücklich mit. »Fremde Leut, bloß eimol kurz zu Besuch, niemand sonscht derf ins Haus, die Sauseles bleibed unter sich …«

»Ja, hasch du deim Vatter ond mir etwa net glaubt? Mir henn dir's doch g'sagt!«

»Ja, Mutter, isch jo scho guad! Aber in der Kriminalistik braucht man außer de Gschichta von Vater und Mutter auch Beweise.«

Sie schüttelt nur den Kopf.

»Mechdsch no en Kaffee?«, möchte ich wissen, um vom Thema abzulenken.

»Nein, ich muss heim, weil nachher kommt der Alfa.«

»So, nachher kommt der Alfa«, erwidere ich süffisant.

Sie schaut mich streng an. »Ja, mir missad besprecha, was mir am Samschdag im Löwa koched. Do isch nemlich Kirbe. Und glaub mir, so gut henn die Gäschte im Löwa vorher noch nie gässa!«

»Wie bitte? Der Rudi isch no net amol onderm Boda, ond die Irmgard kann net schnell gnuag widder feschdla? Also ehrlich!«

»Was denn? Der Rudi hett des Kirbeg'schäft au mitg'nomma, wenn er no hett könna. Ond iebrigens, der isch seit geschtern zur Bestattung freigäbba.«

»Wer?«, frage ich verblüfft und ernte dafür einen verwunderten Blick von meiner Mutter.

»Ha, der Rudolf!«

»Von wem?«

»Ja, von wem wohl? Von dir scheint's net! Dr Kommissar hat bei dr Irmgard ag'rufa ond g'sagt, dass er abg'hold werda ka. Also der Rudolf, nicht der Kommissar. Die Verbrennung isch wohl Ende nächschder Woch.«

»Ond worom weiß i nix dorvo?«

»Vielleicht, weil du nicht bei der Polizei arbeitescht? Und auch nicht im Löwen, wie ich.«

»Und warum kann die Irmgard dann die paar Tag bis zur Beisetzung net abwarta?«

»Mein Kind, in der Gastronomie kannst du dir heute keine langen Ausfälle mehr leisten«, doziert sie. »Sonst bist du ...« Sie fährt sich anschaulich mit der Handkante über den Hals.

»Und du willsch jetzt den Löwa retta?«

»Ich und der Alfa und du.«

»Glaub's no'. Äh, wieso ich?«

»Weil du bediensch.«

»Was mach ich?«

»Wir haben dich als Servicekraft eingeteilt, weil es derartig schwierig isch, in der heutigen Zeit gutes Personal zu finden. Und ich erwarte, dass du dich mit deiner Mutter solidarisch erklärscht. Samschdag 8 Uhr im Löwen.«

Bevor ich auch nur ansatzweise die Chance habe, etwas einzuwenden, klackern ihre High Heels bereits durch unseren Flur, und die Haustür fällt ins Schloss.

»Sag amol, isch denn afanga die ganz Welt am schpenna? Ich ond bediena! Und dann au no bei därra Hex!«

Wobei ... Mein Bauch macht sich wieder bemerkbar. Um Hunger auszuschließen, reiß ich die Kühlschranktür auf. Glücklicherweise entdecke ich eine große Dose Leberwurst, die ich ohne Brot zur Hälfte in mich reinstopfe. Ja, ich weiß, dass das das Problem nicht löst. Die Leberwurst bekommt aber offensichtlich meinen Nerven, die sich langsam beruhigen. Und ja, die Wurstmasse bekommt auch meinen Hüften. Das ist mir gerade allerdings egal.

Auf alle Fälle bin ich nun satt. Wenn ich an meinen Arbeitseinsatz im Löwen denke, rumort es allerdings immer noch im Bauch. Also ist es doch mein Spürsinn.

Nachdem sich mein Magen und mein Kopf wieder einigermaßen sortiert haben, angle ich mein Handy aus der Tasche, um Leonie anzurufen.

Während es klingelt, gehe ich hinaus auf die Terrasse. Welche Farbe Leonie wohl für die Babygarnitur haben will? Ob sie unseren Stubenwagen nehmen wollen? Wobei, eigentlich steht das außer Frage – natürlich nehmen sie unseren Stubenwagen!

Leonie geht immer noch nicht ans Telefon.

Ob sie sich wohl schon Namen überlegt haben? Bitte bloß nicht so was wie »Kävin« oder »Kimberläh«. Grade fällt mir ein schöner Name ein, da springt der Anrufbeantworter an. Schade!

Ich setze mich auf einen der Gartenstühle und gehe noch mal die beiden aufschlussreichen Gespräche mit meiner Mutter und Silvia durch. Da fällt mir das Arzneimittelpäckchen wieder ein, das ich in Silvias Küchenschublade entdeckt habe.

Rasch wähle ich Waltrauds Nummer.

»Apotheke am Marktplatz, Waltraud Winkler am Apparat«, meldet sich meine Freundin.

»I benn's. Du, was isch denn Bropazepan?«, erkundige ich mich ohne Umschweife.

»Liebe Elvira, ich grüße dich auch. Du meinst Bromazepam.«

Natürlich muss mich die Besserwisserin gleich korrigieren.

»Hab ich doch g'sagt!«

»Bromazepam ist ein Tranquilizer aus der Gruppe der

Benzodiazepine. Die Wirkung beruht auf einer Bindung an gamma-amino…«

»Waltraud! Zu was braucht mr des?«

»Am besten, man braucht es gar nicht«, doziert sie weiter. »Aber wenn, dann wegen akuter Angstzustände oder als Sedativum, seltener als Schlafmittel. Es kann bereits nach kurzer Anwendung zu einer psychischen oder körperlichen Abhängigkeit kommen.«

»Ach, gugg do na! Danke!«

»Elvi…«, höre ich noch, bevor ich auflege.

Die Silvia. Hat Angstzustände und nimmt Brozep…, Bramoz… Beruhigungsmittel halt. Interessant, interessant. Seit dem unseligen Zusammentreffen mehrerer Beteiligter auf dem Jägerhof letzten Samstag, wie es der Lauer ausdrücken würde, oder schon länger? Das ist die Frage.

Und wo ich gerade das Telefon in der Hand hab, ruf ich doch den Herrn Kommissar gleich mal an. Diesmal hab ich Glück, kaum hat es dreimal geklingelt, geht der viel beschäftigte Mann ran.

»Hallo, Herr Lauer, ich hab denkt, ich erkundige mich amol, wie's Ihne so geht.«

»Frau Nägele! Bitte machen Sie es kurz, ich habe wenig Zeit.«

»Danke, mir geht's au gut, Herr Lauer«, erwidere ich tadelnd und hör ihn am anderen Ende der Leitung seufzen.

»Frau Nägele, was gibt es? Aber bitte: kurz und knapp!«

»Wie Sie möchtet. Also, erstens, warum waren Sie am Samstag auf dem Jägerhof? Zweitens, gibt's Neuigkeiten zum Mord in Kuchen? Drittens, Sie haben die Orte aufgezählt, an denen die Frau Renner tätig war. Gab es da bemerkenswerte Vorfälle? Viertens, ich habe Zeugen, die behaupten, dass eine gewisse Paula Sausele, die Mutter von Irmgard Lämmle, eine Engelmacherin war. Fünftens, es wird vermutet, dass die Irmgard Lämmle ihrer Mutter assistiert hat. Sechstens, es muss vor einigen Jahren in Kuchen einen unguten Vorfall zwischen Frau Renner und dieser Paula Sausele gegeben haben, was, siebtens, ein Hinweis darauf ist, dass sich die ganze Natz kennt!«

»Frau Nägele, ich hab gesagt, machen Sie's kurz, nicht schnell! Wie soll man denn so einer Schwertgosch folgen?«

»Sie brauchet mir nicht zu folgen, Sie müsset nur zuhöra!«

Wieder erklingt ein Stöhnen durchs Telefon. »Also gut, erzählen Sie's halt noch mal, doch nicht am Telefon, sondern hier auf dem Kommissariat. Können Sie nach Ludwigsburg kommen?«

»Wann?«

»Möglichst gleich«, antwortet er laut. Leise höre ich noch: »Dann hab ich's hinter mir.«

»Des hab ich g'hört!«, gebe ich ärgerlich zurück. »Wissen Sie, Herr Kommissar Lauer, eigentlich hab ich heute sehr viel zu tun und kann beim besten Willen keine Sekunde meiner wertvollen Zeit erübrigen.« Ich lasse ihn zappeln. »Allerdings, Herr Kommissar Lauer, werde ich ausnahmsweise alles andere zurückstellen und mich gleich auf den Weg machen. Man hilft der Polizei ja, wo man kann.«

Erneutes Seufzen.

»Also bis später, Frau Nägele.« Er legt auf.

Ich renne nach oben ins Bad, restauriere notdürftig mit etwas getönter Tagescreme, einem Hauch Rouge und einer zweiten Lage Mascara. Schnell ein bisschen Duft an den Hals und etwas Stylingschaum in die Haare, danach ins Schlafzimmer. Was zieh ich an? Es soll kompetent wirken, dennoch nicht zu streng, was hermachen, aber auch meinen persönlichen Geschmack betonen …

Ich probiere verschiedene Varianten aus und das dauert halt seine Zeit. Eine gute Dreiviertelstunde später renne ich schließlich aus dem Haus, setzte mich hinters Steuer, nehme die Autobahnauffahrt mit leicht überhöhter Geschwindigkeit und stehe im Stau. Super, Nägele!

KAPITEL 16

Gute zwei Stunden später erreiche ich das Polizeipräsidium in Ludwigsburg und hab Glück, denn gerade wird direkt vor dem Eingang eine Parklücke frei. Die ist eigentlich für Einsatzfahrzeuge, doch den weiten Weg vom Bärenwiesenparkplatz bis hierher spare ich mir. Ich hab's eilig – und wichtig!

Meiner Aufgabe voll bewusst, melde ich mich umgehend an der Pforte. Schau an, bei der Polizei tragen selbst die Hausmeister Uniform.

Allerdings handelt es sich um Polizeimeister Krautter, wie ich dem Namensschild auf seiner Brust entnehme.

»Ihr Name?«, bellt der Kollege mir über die Gegensprechanlage aus dem gläsernen Kabuff entgegen.

Ich beuge mich ganz dicht zu dem kleinen Mikrofon hinunter, das unter der Glasscheibe auf Hüfthöhe angebracht ist. »Nägele, Frau Nägele«, spreche ich gut hörbar hinein.

»Schreiet Se doch net so! Zu wem möchtet Sie?«

»Zum Lauer.«

»Zu Kommissar Lauer«, korrigiert er mich.

»Ja natürlich. Ich werde erwartet. Wir tauschen Ermittlungsergebnisse aus.«

Polizeimeister Krautter schaut mich über den Rand seiner Brille an und verzieht das Gesicht.

Gichtelt der etwa?

Der Kollege betätigt einen Knopf vor sich, greift zum Telefon und führt ein kurzes Gespräch, das meinen Ohren verborgen bleibt. Dann drückt er wieder auf den Knopf und brummt: »Treppe hoch, zweiter Stock, linker Gang, Zimmer 12.«

Ich keuche die Stufen hinauf, immer mit einer Hand am Geländer, und wundere mich, dass die keinen Aufzug haben. Wenn ich hier künftig öfters ein und aus gehe, muss einer eingebaut werden, keine Frage.

Endlich im zweiten Stock angelangt, weiß ich nicht mehr, welchen Gang ich nehmen muss. Natürlich entscheide ich mich für den falschen, suche vergeblich die Nummer 12 und versuche es danach im anderen. Da, ein Schild verweist auf das Büro von Kommissar Egon Lauer, Mordkommission. Das letzte Wort lese ich laut mit verschiedener Betonung vor. »Egon« übersehe ich geflissentlich.

Gerade will ich anklopfen, da öffnet sich die Tür, und Lauer tritt schwungvoll in den Flur. Er erschrickt, mustert mich von oben bis unten und bricht in schallendes Gelächter aus. Erstaunt schaue ich ebenfalls an mir herunter. Ja, gut, vielleicht habe ich im Eifer des Gefechts etwas übertrieben. Zur dreiviertellangen silber glänzenden Hose trage ich ein schlichtes schwarzes Oberteil, und an meinen Ohrläppchen schwingen zentimeterlange Ohrringe mit Strasssteinen hin und her. Das i-Tüpfelchen bilden jedoch sicherlich meine paillettenbesetzten High Heels mit Plateausohle, in denen ich nicht ansatzweise so elegant gehen kann wie meine Mutter in ihren Waffen. Noch nicht einmal stehen.

Aus diesem Grund verkneif ich mir auch einen Kommentar zu Lauers Lachsalven und schiebe mich an ihm vorbei in sein Büro, wo ich mich auf dem Stuhl vor seinem Schreibtisch niederlasse. »Besser als ein 70er-Jahre-Hemd und verknitterte Hosen«, knurre ich nun doch, richte den Blick geradeaus auf die Wand und lege mein Paillettenhandtäschchen auf den Knien ab.

Lauer hört auf zu lachen. Aus den Augenwinkeln sehe ich, wie er an sich herunterblickt, die Türe schließt und demonstrativ dort stehen bleibt. »Frau Nägele, ich habe Sie gegen 16 Uhr erwartet, jetzt haben wir«, er schaut auf seine Armbanduhr, »18.17 Uhr. Eigentlich möchte ich nach einem langen, anstrengenden Tag in den Feierabend.«

»I brauch net lang«, beteuere ich.

»Gut«, lenkt der Lauer seufzend ein und geht zu seinem Schreibtisch. »Aber bitte keine Vermutungen, keine Gerüchte, ausschließlich zielführende Informationen und Fakten.«

»Sind Sie was anderes von mir gewohnt?«

Lauer holt tief Luft, antwortet aber nicht.

»Also, Fakt ist«, beginne ich, »dass Frau Renner die Irmgard Lämmle, also dem Rudolf Lämmle seine Mutter, von früher kennt.«

Lauer sagt kein Wort.

»Und zwar über die Mutter von der Irmgard, eine gewisse Paula Sausele. Diese Paula Sausele und ein gewisser Friedrich Sausele, also die Eltern von Irmgard Lämmle, sind in den 50er-Jahren von Kuchen nach Steinheim gezogen.«

Lauer schweigt weiter.

»Fakt ist ferner, dass ein Wachtmeister in Steinheim von Oktober 1965 bis März 1971 vor dem Haus der Sauseles zahlreiche Fahrzeuge mit ortsfremden Kennzeichen protokolliert hat. Insgesamt siebenundzwanzig!«

»Frau Nägele! Zielführend, habe ich gesagt!«

»Des isch zielführend! Denn in diesem Zusammenhang habe ich recherchiert, dass so viele fremde Autos damals im Ort aufgefallen sind und dass man wusste, dass die Paula Sausele als Engelmacherin tätig war. Dafür gibt es vertrauenswürdige Zeugen.«

»Wen?«

»Meine Eltern.«

Lauer verdreht die Augen. »Was war nach März 1971?«

»Für die Zeit gibt es keine Aufzeichnungen mehr, vermutlich weil der Wachtmeister in Rente gegangen ist.«

Wieder ein Stöhnen aus Lauers Ecke.

»Doch das muss ja nicht heißen, dass da nichts mehr war, sondern dass man es von polizeilicher Seite einfach nicht mehr verfolgt hat«, beeil ich mich fortzufahren. »Womöglich haben sich die ›Gäste‹«, ich deute mit den Fingern Gänsefüsschen an, »ab einem gewissen Zeitpunkt anderweitig orientiert. Vielleicht war die Paula Sausele aber auch zu alt, um weiterzumachen.«

»Vielleicht«, murmelt Lauer nun vor sich hin.

»Und meine Zeugen meinen zu wissen, dass gemunkelt wurde, dass …«

»Frau Nägele!« Jetzt wird er laut.

»… dass die Irmgard der Paula das eine oder andere Mal assistiert hat«, lasse ich mich nicht beirren. »Sehr wahrscheinlich, dass sie die Tätigkeit ihrer Mutter weiterbetrieben hat.«

»Nun, das scheint mir etwas arg weit hergeholt. Warum sollte sie? Der Löwe wirft doch genug Geld ab, da braucht es so riskante und zudem illegale … äh, Geschäfte sicherlich nicht.«

»Ja, des isch au widder wohr«, muss ich eingestehen.

»Sonst noch was?«

»Ja, die Silvia Renner muss a recht ungutes Erlebnis mit der Paula Sausele g'hett hann.«

»Wieso? Was für eins?«

»Des weiß ich au noch net. Aber sie nimmt vermutlich deshalb Beruhigungsmittel.«

»Vermutlich deshalb?«

»Ja, da muss ich noch tiefer ermitteln.«

»Woher wissen Sie überhaupt, dass Sie Medikamente nimmt?«

»Die hab ich in ihrer Küchenschublada g'säha.«

»Frau Nägele!« Seufzend stößt sich Lauer an der Tischplatte ab und erhebt sich. »Gut, dann war's das?«

»Äh, nein.«

Er setzt sich wieder hin.

»Sie henn jo die häufige Schulwechsel von der Frau Renner recherchiert. Hat's do irgendwelche Auffälligkeita gäbba?«

»Was meinen Sie genau?«

»Vielleicht Vorfälle?«

»Vorfälle? Wie kommen Sie darauf?«

»Des sagt mir meine kriminalistische Intuition. Wissed Se, ich hab in letschter Zeit manchmol so a komisches Bauchgefühl.«

»Nein, Frau Nägele, in Bezug auf Ihr Bauchgefühl haben wir tatsächlich nicht ermittelt. Und falls Sie mit den ›Vorfällen‹ wieder auf ihre haarsträubende Theorie eines Serienmörders anspielen – vergessen Sie's!«

Aber da bin ich ganz und gar nicht seiner Meinung.

»Wissed Se, des mit denne Foddos lässt mir eifach kei Ruah. Beim Rudi a Bild mit seiner Frau und seine Kinder druff«, bemerke ich, »bei der Kuchener Leiche des Foddo vom Ostlandkreuz in Geislingen.«

»Nein, mit einer Partyszene aus dem Feuerwehrhaus in Kuchen.«

Erst als es raus ist, merkt er, dass ich ihn reingelegt habe. Er wirft mir einen bitterbösen Blick zu.

»Ach so, eine Partyszene in Kuchen.« Ich grinse ihn an.

»Frau Nägele, Sie …!«

»Nix für ohguat, Herr Lauer. Aber mir henn ausg'macht, dass mir onsere Ermittlungsergebnisse austausched. Die fließen von ihrer Seite aber reichlich spärlich, do muss i mir halt zu helfa wissa.«

»Frau Nägele, bei allem Respekt, wir haben rein gar nichts ausgemacht.«

»Des säh ich aber anderschd. Und Sie mechded jo au weiterhin von mir informiert werda, wenn sich bei uns in Schdoena was duad, odder? Übrigens ganged do die wild-eschte Gerüchte rom, des kann ich Ihnen saga!«

»Frau Nägele, keine Gerüchte, das haben wir vereinbart.«

»Ach, haben wir vereinbart«, wiederhole ich seine Worte. »Dann henn mir also doch a Vereinbarung?« Ich grinse ihn an und ernte ein Ächzen. »Also, die Waltraud, die isch Apo-thekerin, und mit därra hann i des älles besprocha ...« Ich sehe beiläufig, wie Lauer sich an der Tischplatte festkrallt, bis seine Knöchel weiß hervortreten. »Wir wissen ja, dass die Silvia den Rudi verkusst hat, und Ihr Team hat sicher-lich DNA-Spuren sichergestellt.« Ich schaue ihn mit mei-ner Unschuldsmiene an. »Die gab es doch, oder?«

»Dazu kann ich Ihnen nun wirklich nichts sagen.«

»Moinet Se net ...?«

»Nein, Frau Nägele!« Lauer zieht seine Augenbrauen bedrohlich weit nach oben.

Also haben die Kollegen nichts Brauchbares gefunden, schließe ich daraus. Kann sein, dass ich daran nicht ganz unschuldig bin.

»Und was isch mit dem alta Fall in Kuchen?«, wechsle ich das Thema.

»Also gut, aber danach machen wir hier endlich Feier-abend, damit das klar ist!«

»Aber natürlich, Herr Kommissar!«, sag ich schnell.

»Das 42-jährige Opfer, ein respektabler Textilunterneh-mer, ist an einem Wochenende in seiner Firma mit einer Eisenstange niedergeschlagen worden. Ein Mitarbeiter hat ihn am darauffolgenden Montagmorgen gefunden, zwischen die Kettfäden eines der großen Webstühle geklemmt.«

So viel mehr erfahren, als ich ohnehin schon wusste, hab ich ja jetzt nicht, aber ich lasse den Kommissar mal weiterreden.

»Die Spusi konnte im offen stehenden Mund der Leiche ein Foto sicherstellen. Darauf waren tanzende Menschen abgebildet. Im Vordergrund war der Textilunternehmer zu sehen und im Hintergrund der Schriftzug ›Feuerwehr Kuchen‹. Nachforschungen haben ergeben, dass die Aufnahme bei einer Party im Feuerwehrmagazin im Februar 1989 entstanden sein muss. Befragungen der anderen Anwesenden zur Tat sowie weitere Ermittlungsansätze liefen allerdings ins Leere. Schlussendlich ist die Polizei zu dem Ergebnis gekommen, es habe sich um einen Auftragsmord im geschäftlichen Umfeld des Opfers gehandelt, vermutlich unter Beteiligung der Mafia. Vollständig aufgeklärt werden konnte der Fall jedoch nie.«

»Ganz ehrlich, glaubet Sie in dem Fall au an die Mafia, Herr Lauer?«

»Göppingen und Umgebung ist als heißes Pflaster bekannt, aber, ehrlich gesagt, das scheint mir doch sehr weit hergeholt.«

»Mafiosi hättet dem Mann sicherlich koi Foddo uff d' Zonga g'legt, sondern hättet ihm die rausg'schnitta.«

Lauer blinzelt stumm.

»Hat mr einen oder mehrere Täter vermutet?«

»Die Spurenlage hat auf einen Täter hingedeutet.«

»Und hat mr auch in Richtung Beziehungstat ermittelt?«, wage ich mich weiter vor.

»Nein, der Tathergang und die Tatsache, dass der 90 Kilogramm schwere Mann auf den Webstuhl gehievt und drapiert wurde, ließen auf einen männlichen Täter schließen.

»Wie beim Rudi. Der isch au durch d' Gegend g'schleppt worda«, flüstere ich, in Gedanken versunken.

»Wie bitte?«

»Ach nix, ich moin bloß, dass es ja trotzdem a Beziehungstat g'wäsa sei könnt. Hat der Tote vielleicht Kontakte in die … also … die Homosexuellenszene g'hett?«

»Nein, im Gegenteil. Ihm wurden zahlreiche Frauenbekanntschaften nachgesagt.«

»Gut, vielleicht hat er des bloß wägga de Leut so aussäh lassa wella.«

»Vielleicht war es ja auch eine Wrestling-Amazone!« Lauer lacht auf, wird aber gleich wieder ernst, als er sieht, dass ich seine Heiterkeit nicht teile. Er steht auf und geht zur Tür. »Gut, Frau Nägele, ich denke, wir haben's jetzt. Vielen Dank für Ihre Informationen. Ich lasse Ihnen zuliebe mal prüfen, ob diese Paula Sausele vielleicht aktenkundig geworden ist mit diesem abscheulichen Geschäft. Aber ich sehe keinen direkten Zusammenhang zum Mord an Rudolf Lämmle.«

»So macha mer des. Ond wenn Sie scho dra senn, könntet Se mir ja nommol en Gefalle doa.« Ich werfe ihm erneut einen treuherzigen Blick zu.

»Welchen?«

»Senn Se so guad und prüfet Se, ob es Vorfälle an denne verschiedene Wohnorte von der Frau Renner oder in der Gegend gäbba hat.«

»Frau Nägele, wir haben wirklich viel zu tun …«, windet sich Lauer, doch das lasse ich nicht gelten.

»Sie schaffet des, Herr Lauer, da bin ich mir sicher. Und lassed Se mir doch bidde des Foddo aus Kuchen per Mail zukomma, ich dät do gern einen Blick draufwerfa.«

Lauer verzieht das Gesicht.

Jetzt gichtelt der au no, denk ich. Goht des bei dr Polizei grad rom?

Bevor er etwas einwenden kann, verabschiede ich mich: »Vielen Dank, Herr Lauer, des isch ganz lieb von Ihne! Und schöna Feierabend no!«

Der Kommissar nickt mir nur zu, öffnet die Tür und schiebt mich sanft, aber bestimmt in den Flur.

»Herr Lauer, eins interessiert me no!«

»Was denn?« Er hält in der Bewegung inne, lässt meinen Arm jedoch nicht los.

»Warum waret Se am Samschtag eigentlich im Jägerhof? Wägga Ermittlunga?«

»Wägga dem guada Wurschdsalat!«

Ein schneller Schubs, und ich lande vor der Tür, die hinter mir mit einem Rums ins Schloss fällt.

Vergnügt wackle ich auf meinen Plateausohlen durch das Treppenhaus nach unten. Einige meiner Fragen sind jetzt geklärt.

KAPITEL 17

»Elvira, onder dr Eckbank muss nass rausg'wischt werda! ...
Elvira, hasch du des B'schteck scho nochpoliert?«

Elvira ... Elvira! So geht das schon seit Dienstantritt
heute Morgen um acht. Die blöde Irmgard lässt mir keine
Sekunde zum Verschnaufen, und das an einem Samstag!
Normalerweise liege ich um die Zeit noch in den Federn,
außerdem bin ich im Service eingeteilt, nicht als Putzfrau.
Zumindest wenn man den Worten meiner Mutter Glauben
schenken darf. Aber dass in aller Herrgottsfrüh noch niemand da ist, der bedient werden kann, hätte ich mir denken
können. Eigentlich macht mir das Schaffen ja auch nichts
aus. Im Gegenteil: Ich persönlich könnte es erfunden haben!
Wenn du allerdings einen Feldwebel im Genick sitzen hast,
der dich triezt und nach jedem Befehl auch noch anniest
und hustet – da vergeht's dir vollends!

Wenigstens habe ich beim Rauswischen Zeit, um über den
»Tod im Gumpen« nachzudenken. Der Lauer ist tatsächlich
meiner Bitte – wohl eher meiner Aufforderung – nachge-
kommen und hat mir das Foto aus Kuchen geschickt. Aber
er hat sich ganz schön Zeit gelassen. Erst gestern Abend ist
seine Mail eingegangen. Als ich die Datei geöffnet hab, ist
mir gleich der Schriftzug der Feuerwehr ins Auge gesprun-
gen. Im Vordergrund war ein etwa 40-jähriger Mann mit
Jeanshose und weißem Hemd zu sehen. Er hatte zwei junge
Frauen im Arm und in jeder Hand eine Flasche Sekt. Dass
es bei der Party hoch hergegangen sein muss, hab ich sofort
an den Schweißflecken auf seinem Hemd erkannt.

»Hatschi!«, werde ich unsanft aus meinen Gedanken gerissen, während kleine Tropfen in meinem Genick landen. »Elvira, mach nohre! Bald kommet scho die erschte Gäscht!«

Angewidert drehe ich mich zur Irmgard um, doch die hat mir schon den Rücken zugedreht und eilt aus der Tür.

»Bambina, waruma du macha Gesichta wie Regenwetter drei Tage langa?«, fragt Alfa, als ich den Putzeimer durch die Küche in den Hinterhof trage.

Ich schau kurz zu ihm rüber. Mit schnellen Bewegungen schneidet er auf einem Holzbrett Kräuter klein, dass es nur so rattert.

»Die Irmgard, die alte Hex, schikaniert mich von eim Eck ins andere«, beklage ich mich. »Wenn des net uffhört, breng ich se um!«

Alfa hält inne und schaut mich streng an. »Dasa sagta mana nischta!« Schnell legt er das Messer zur Seite und bekreuzigt sich. Dann schnippelt er weiter.

Ja, ja, ich weiß, des war jetzt unpassend. Wäga dem Rudi. Andererseits wär's durchaus praktisch. Man könnte bei Rudis Beisetzung die Irmgard glei mit …

»Nägele, also echt jetzt!«, schimpfe ich mit mir selbst und schütte auf dem Hof das Schmutzwasser in den Rinnstein.

Als ich wieder in die Küche zurückgehen will, sehe ich Festus hinter dem Fenster vom Getränkelager, anscheinend in ein hitziges Gespräch vertieft, so wild gestikuliert er. Nicht dass ich neugierig wäre, doch interessieren tät es mich schon, mit wem er da diskutiert.

Ich stelle den Eimer ab, schleiche zum Gebäude und drücke mich an der Wand entlang, um nicht entdeckt zu werden. Weiß man ja, wie so was geht. Ich bleibe stehen, halte mich mit einer Hand am Fenstersims fest und drehe gekonnt in einer raschen Bewegung den Kopf vor die

Scheibe und wieder zurück. Wie die Charlotte Lindholm im »Tatort«. Schnell versuche ich, die Situation im Inneren des Lagers zu erfassen. Leider erfasse ich nichts außer Taubendreck auf dem Sims. Aber mein an vielen Türen geschultes Ohr vernimmt, dass sich Festus tatsächlich mit jemandem streitet.

»Natürlich hat die Melanie bei der Beerdigung vom Rudi was zu saga!«, schimpft Festus. »Ob's dir passt oder net, sie isch schließlich sei Frau!«

»Seine Witwe!«, protestiert die andere Person.

»Äben! Und ob die Bloama in dem Kranz rot, gelb oder kariert sind, isch doch grad wurscht!«

»Mir aber nicht, hatschi!«

Die Irmgard, die Hex!

»Und in der Aussegnungshalle sitzt die in der ersten Reihe, dass des klar isch!«

»Nur ... hatschi ... über meine ... hatschi ... Leiche!« Ein heftiger Hustenanfall schließt sich an den Satz an.

»Des kannsch du hann, wenn's sei muss!«, schreit Festus und rennt aus der Tür ins Freie.

Schnell dreh ich mich mit dem Gesicht zur Wand. Blöd! Als ob er mich so nicht sehen könnte.

Kurz erschrickt er, als er mich bemerkt, fängt sich aber gleich wieder. »Hallo, Elvira, schee, dass du hilfsch!«, ruft er und stürmt ins Gasthaus.

Damit ich Irmgard nicht in die Hände falle, hetze ich ihm hinterher, bleibe kurz vor dem Ziel am Eimer hängen, den ich vor dem Eingang abgestellt hatte. Samt Eimer rausche ich mit Getöse in die Küche, und Alfa schneidet sich vor Schreck in den Finger. Seine Barbarella kommt angesprungen und setzt zu einer Strafpredigt an.

»Mutter, i kann au glei wieder heimganga!«, unterbinde ich umgehend jedes Wort.

Einen bösen Blick wirft sie mir dennoch zu und versorgt Alfas Wunde mit einem pflegerischen Aufwand, der eher einem gebrochenen Halswirbel gerecht geworden wäre. Vater und Emil, die inzwischen auf Mutters Geheiß ebenfalls ihren Kirbe-Dienst angetreten haben, schauen sich ratlos an, bevor sie schulterzuckend das Weite suchen.

Nachdem sich alle wieder einigermaßen beruhigt haben, die Gaststube von mir generalüberholt worden ist, in der Küche die letzten Vorbereitungen abgeschlossen sind und Festus ein neues Bierfass angestochen hat, geht es schließlich los. Obwohl der Löwe um 12 Uhr öffnet, sind die ersten Gäste bereits eine Stunde früher da, allesamt fortgeschrittenen Alters. Und wie erwartet, sind alle am Verhungern und Verdursten. Mutter und Alfa schicken ein Essen ums andere raus, und ich komme kaum hinterher, die Unmengen an Tellern aus der Küche hinaus- und die ebenso zahlreichen Lobeshymnen der Gäste hineinzutragen. Alfa kommentiert jedes anerkennende Wort mit einem Lächeln und bildet mit Daumen und Zeigefinger einen Ring in der Luft. Picobello! Mutter nickt nur gnädig, denn alles andere als Komplimente für ihre Kochkünste wäre undenkbar.

Während Festus pausenlos Bier zapft, stauen sich bei Irmgard die Bestellungen an Wein und alkoholfreien Getränken. Zudem hustet und niest sie in die Gläser hinein. Das geht gar nicht! Die muss ins Bett. Deshalb rufe ich den BMVÄ an.

Der ist zehn Minuten später auch da und übernimmt nahtlos den Posten der Löwenwirtin. Aschfahl und unter lautstarkem Protest entschwindet Irmgard in ihre Wohnung im ersten Stock, nachdem sie dann doch die hochgezogenen Augenbrauen ihrer Gäste bemerkt und Festus sie aus der Tür geschoben hat.

Der BMVÄ bindet sich die Schürze um, und als ob er das schon immer gemacht hätte, findet er sich sofort zwischen all den Gläsern und Flaschen zurecht und weiß sogar, wie die Gläserspülmaschine zu bedienen ist. Warum eigentlich? Woher kann der das, überlege ich, werde allerdings bereits vom nächsten Gast herbeirufen und habe auch die kommenden Stunden keine Zeit mehr, meinen Gedanken nachzuhängen.

Erst gegen halb drei Uhr nachmittags gehen die Essensbestellungen zurück, und ich kann im Hof ein paar Minuten verschnaufen. Wie ich es in Krimis oft gesehen habe, lehne ich mich lässig, ein Bein angewinkelt, mit dem Rücken gegen die Wand. Jetzt fehlt nur noch die Zigarette, allerdings bin ich leider überzeugte Nichtraucherin. Also betrachte ich wenigstens so gelangweilt wie möglich meine Umgebung. Mein Blick bleibt an den verschiedenen Gebäudeteilen hängen, die den Hof einrahmen. Am Getränkelager, in dem Festus und Irmgard sich heute Morgen gestritten haben. Dem Geräteschuppen mit allerhand neuen und ausrangierten Maschinen, Werkzeugen, Bettgestellen und dem Putzzeug. Einer Garage, in der sicherlich noch der rote 380er-Mercedes-Benz von Rudolf Lämmle senior aus den 80er-Jahren steht, und der großen, alten Scheune, die aus der Bauzeit des Löwen stammt. Der schaut auf eine wirklich lange Tradition zurück, immerhin wurde der Gasthof bereits 1712 eröffnet, das hab ich mal im Archiv recherchiert.

Im Gegensatz zur Straßenfront, die mit altem Fachwerk und üppigem Blumenschmuck beeindruckt, macht die Rückseite des gesamten Ensembles nicht besonders viel her; da müsste man einiges investieren. Wenigstens sieht das niemand außer den Lämmles, Festus und einer zur Zwangsarbeit verpflichteten Bedienung namens Elvira Nägele, denn der Hof ist meist mit einem großen, schweren Tor verschlossen, das den Anforderungen eines Hochsicherheitstrakts wie Fort Knox entspricht. Wer bitte möchte schon in die Hüttenwerke einer Irmgard Lämmle vordringen?

»Elvira, ich brauch Sahne aus em Kühlraum!«, höre ich Mutter schreien, und damit ist klar, dass meine Pause vorüber ist.

»Wo isch denn der Kühlraum?«

»Do, wo er immer isch«, tönt es genervt zurück. »In der Scheuer!«

Ich tue besser, wie mir geheißen, finde den Kühlraum wie angegeben, und staune, dass man Sahne nicht nur in Bechern, sondern auch im Fünfliterkanister kaufen kann. Aus Neugier inspiziere ich die restlichen Lebensmittel, die hier gelagert werden, aber schnell beginne ich, in meinem leichten Kleid zu frösteln. Ich schnappe mir einen der Sahnekanister und werfe einen kurzen Blick auf die Temperaturanzeige. Drei Grad! Kein Wunder, dass sich auf meinen Armen Hubbel so hoch wie die Schwäbische Alb bilden. Bevor meine Zähne anfangen zu klappern, verlasse ich Kühlhaus und Scheune und wärme mich einen Moment an einem sonnigen Plätzchen auf dem Hof auf.

»Elvira, wo bleibsch denn?«

Das ist keine Frage, sondern ein Befehl, deshalb liefere ich die Sahne umgehend in der Küche ab. Dort staune ich nicht schlecht, denn Mutter beweist heute nicht nur ihr Talent als Köchin, sondern ebenfalls als begnadete Konditorin. Obst- und Rührkuchen, allerlei Kleingebäck und Torten. Jede Menge Torten. Alfa wirbelt um Barbarella herum, dass mir ganz schwindlig wird. Beide jonglieren mit Spateln, Spritztüllen, Blechen und Tortenringen. In einer geheimen Choreografie entstehen Meisterwerke, da läuft mir das Wasser im Mund zusammen. Mein Versuch, etwas geschlagene Sahne von der Schwarzwälder Kirschtorte zu stibitzen, endet mit einem geschwollenen Finger, nachdem Mutter den Rührlöffel zum Einsatz gebracht hat.

Unter Fluchen verlasse ich die Küche. Keine Sekunde zu früh komme ich wieder in die Gaststube zurück, denn nun bricht im Löwen eine Kaffee- und Kuchenorgie aus, wie sie das alte Gemäuer wohl noch nicht erlebt hat. Da sich der alte Festus aus Erschöpfung zu einem Nachmittagsschläfchen zurückgezogen hat, zeigt der BMVÄ vollen Einsatz an der modernen Kaffeemaschine. Caffè Latte, Cappuccino, Espresso, Caffè Corretto und zahlreiche »ganz normale Kaffees« – alles kein Problem für den schwäbischen Barista. Bei Gelegenheit muss ich mal nachhaken, ob er in seinem früheren Leben in der Gastronomie gearbeitet hat.

Erst jetzt fällt mir auf, dass ich die Melanie heute noch gar nicht zu Gesicht bekommen habe. Dass sie mit den drei Mädchen alle Hände voll zu tun hat und nicht helfen kann, ist mir klar, doch ich hätte schon erwartet, dass sie mal runterschaut. Ob alles in Ordnung ist? Ob ihre Abwesenheit mit dem Streit zwischen der Irmgard und Festus zusammenhängt? Ich muss mich nachher unbedingt mal bei dem alten Herrn erkundigen.

Mittlerweile habe ich auf der Strecke zwischen Küche und Gastraum sicherlich einen Halbmarathon hingelegt. Aber der Tag ist noch lang, und am Ende werde ich wohl einen Marathon absolviert haben.

Pünktlich um 17.30 Uhr steht Festus wieder hinter der Theke am Zapfhahn. Leider finde ich keine Gelegenheit, ihn nach Melanie zu fragen, denn zusammen mit dem BMVÄ muss ich die letzten Kaffeegäste bitten, das Lokal zu verlassen, einige sogar unter Androhung von Zwang. Denn um 18 Uhr soll der heiß ersehnte kulinarische Höhepunkt des Tages folgen, und auf dem Gehweg bildet sich bereits eine

Schlange von Menschen. Auf Mutters Geheiß wurde das Kirbe-Menü zur Planungssicherheit im örtlichen Nachrichtenblatt ausgeschrieben, verbunden mit der Bitte um vorherige Anmeldung. Und – man glaubt es nicht – die Plätze waren noch am selben Tag ausgebucht. Seither schwebt Frau Barbarella auf Wolke sieben.

Vater und Emil, die bisher in der Küche Spüldienst hatten, fällt jetzt die Rolle als Türsteher zu. Mit Lederblousons bekleidet empfangen sie die Gäste am Eingang und kontrollieren die Anmeldebestätigungen, die Simon in Mutters Namen via Mail verschicken musste. Mit ernstem Gesicht und gnädigem Nicken lassen sie die Leute ein.

»Mutter! Was hasch du gega die zwei en der Hand, dass sich dr Vatter ond dr Emil so zum Dackel mached?«, murmle ich in eine fremde Jacke hinein, denn ich verstecke mich gerade hinter der Garderobenwand und beobachte aus der Deckung heraus den Ansturm.

Die muss ich allerdings nun aufgeben, weil sich in der Gaststube ein Tumult um die besten Tische anbahnt. Zur Beruhigung der Massen sind viel sprachliches Geschick und Überzeugungskunst vonnöten, was ich natürlich beides im Übermaß besitze. Deshalb sind die Gäste schließlich alle friedlich platziert, und es kann losgehen, das fünfgängige schwäbisch-italienische Menü der Extraklasse. Als Erstes servieren Mutter und Alfa einen gemischten Salat, unter anderem mit Kartoffelsalat und Endivie. Für den zweiten Gang hat sich Alfa Spaghetti alla puttanesca ausgedacht, mit Sardellenfilets, Chili und Kapern. Das Hauptgericht liefert Mutter mit Braten vom Reh aus dem Hardtwald, Blaukraut und Bubenspitzle. Danach wird eine Käseplatte mit regionalen und italienischen Käsespezialitäten gereicht, und den krönenden Abschluss bilden Ofenschlupfer mit Vanillesoße und Pannacotta con fragole als Dessert.

Natürlich gibt es zu jedem Gang die passenden Getränke, und zwar von Vater und Emil. Als Aperitif hat Alfa einen Prosecco aus dem Friaul besorgt. Ob das wohl die Palette vor unserem Haus war? Die ausgezeichneten Weine, die das Menü begleiten, kommen jedenfalls von der lokalen Winzergenossenschaft, und zum Schluss können die Gäste zwischen einem Vin Santo und dem hauseigenen Zwetschgenschnaps wählen. Natürlich werden auch Espresso oder Cappuccino angeboten.

Die beiden Nobelkellner tragen nun lange weiße Sommelierschürzen und haben weiße Stoffservietten über ihren Arm gelegt. Beim Einschenken halten sie den anderen angewinkelt hinter dem Rücken. Richtig professionell, wenn auch ziemlich steif in den Hüften. Ich hege den starken Verdacht, dass Mutter mit den beiden tagelang geübt hat. Ob die den Löwen wohl übernehmen will, bei dem Aufwand, den sie hier betreibt?

Inzwischen habe ich das Gefühl, eine fünf Zentimeter dicke Lage des alten Eichenparketts abgelaufen zu haben. Wie ein Roboter gehe ich zwischen den Meisterköchen und den Gästen hin und her. Was heißt gehen, ich renne! Es ist ein Wunder, dass ich die endlos vielen Teller überhaupt noch tragen kann, so steif fühlen sich meine Finger und Arme an. Dabei sind gerade erst die Spaghetti dran. Warum haben wir eigentlich keine zweite Bedienung fürs Essen? Die Getränkekellner sind doch auch zu zweit! Wo bleibt eigentlich die Irmgard? Die ist offenbar so arg erkältet, dass sie es gar nicht mehr runterschafft. Ist vermutlich auch besser, bei dem Geniese und Gehuste. Wenn die allerdings der Mutter das Feld kampflos überlässt, übernimmt die den Laden noch heute!

Ich schau mich unter den Gästen um, da entdecke ich in einer kleinen Nische neben dem Eingang einen Schopf roter Haare. Die Silvia! Sie muss erst vor wenigen Minuten gekommen sein, sonst hätte ich sie beim Servieren des ersten Gangs schon gesehen. Dass die sich überhaupt hierhertraut? Ich sprinte zur Theke und werfe einen Blick auf die Anmeldeliste. Ihr Name steht nicht drauf.

»Was suchsch?« fragt mich Festus und trägt drei »P« für »Prosecco« bei Familie Wiener in die Liste ein.

»Die Silvia Renner isch do, die Lehrerin, aber die schtoht net druff. Soll i se nauskomplimentiera?«

»Noe, lass se en Ruah.«

»Kennsch du die?«

»Flüchtig.«

»Aber wenn die was isst, muss mr au kassiera.«

»I iebernemm des«, erwidert Festus bestimmt.

Bevor ich in der Küche den nächsten Schwung Teller hole, gehe ich zu Silvia. Als ich sehe, wie bleich sie aussieht, erkundige ich mich, ob sie denn noch von der Migräne geplagt wird. Sie antwortet höflich, aber distanziert, ihr gehe es besser. Den vagen Plan, sie im Service mit einzubinden, verwerfe ich lieber wieder.

Da sie offenbar an keinem weiteren Gespräch interessiert ist, komme ich meiner Pflicht nach. »Mir senn scho bei de Spaghetti. Mechsch die glei oder doch lieber den Salat no vorher?«

»Danke, Elvira, ich möchte nichts essen. Aber bitte ein Glas Wasser.«

Die anderen Gäste in der Nähe starren sie verwundert an, führen ihre lautstarken Unterhaltungen jedoch gleich wieder weiter, und ich gebe Silvias Bestellung bei Vater auf. Hinter ihm sehe ich Alfa in der Küchentür stehen, der mir mit ausladenden Gesten bedeutet, dass weitere Teller Spaghetti auf ihre Abholung warten.

Ich setze meinen Marathon fort, und erst vor dem Hauptgang ergibt sich die Möglichkeit für eine weitere kurze

Pause, die ich für den Gang zur Toilette nutze. Die ist allerdings besetzt, deshalb steh ich wieder hinter der Garderobenwand und warte. Langsam wäre es gut, wenn ich drankäme, denn ich muss schon ziemlich klemmen. Ich tripple ein bisschen hin und her, da fällt mir aus den Augenwinkeln Silvia auf, wie sie die Kellertreppe heraufschleicht. Was hat die denn da unten gemacht?

»Hallo, Silvia, hasch du dich verlaufa?«, frage ich und trete hinter der Garderobe vor.

Sie erschrickt so sehr, dass sie über die letzte Stufe stolpert. »Nein, äh, doch, also, ich wollte zu ...«

»Zur Melanie?«

»Nein!«, entgegnet sie schnell. »Die ist doch sowieso nicht da. Also, ich meine, nein, ich suche nur die Toiletten.«

Als ob die nicht wüsste, wo des Klo isch, denk ich.

»Des isch hier, aber ich bin zuerst dran«, sag ich.

Wir warten nebeneinander hinter der Garderobe.

»Woher weisch du eigentlich, dass die Melanie nicht da isch?«

»Hm?«, schreckt Silvia aus ihren Gedanken auf. »Melanie? Ach ja. Ich bin heute Mittag zufällig hier vorbeigekommen und hab gesehen, wie sie die Mädchen und einige Reisetaschen ins Auto gepackt hat. So viel zur trauernden Witwe. Rudolf wurde noch nicht mal beigesetzt!«

Das erklärt, warum ich sie den ganzen Tag nicht zu Gesicht bekommen hab. Dass sie mit den Kindern weggefahren ist, ist durchaus komisch. Ich muss unbedingt mit Festus reden.

Zwei Damen verlassen die Toilette, und wir können beide hinein. Während ich gleich loslege, herrscht in der Kabine nebenan Stille. Klar, die Silvia muss ja auch gar nicht!

Als wir wieder ins Treppenhaus treten, lächelt sie mich verlegen an. »Fehlalarm.«

»Des kenn ich«, sage ich schnell, obwohl das gar nicht stimmt.

Da ich nicht will, dass die Silvia weiter rumspioniert, lasse ich ihr den Vortritt auf dem Rückweg in die Gaststube. Widerwillig trottet sie vor mir her, da bricht hinter uns eine Schimpftirade los.

»Was macht die Schendmärra dohanna? Hatschi! Verschwend aus meim Haus! Was erlaubsch du dir eigentlich? Hatschi! Du Luader, du rota Hubba«! Irmgard steht auf der Treppe zum ersten Stock, das Gesicht puterrot vor Wut. Oder Fieber. Oder beides.

Dann stürmt die Löwenwirtin die letzten Stufen hinunter und versucht, auf Silvia einzuprügeln. Die schaltet sofort auf Kampfmodus, beschimpft ihre Angreiferin ebenfalls und wehrt sich geschickt gegen deren Schläge. Während Irmgard vor Anstrengung – oder Wut – röchelt, pariert die Sportlehrerin den Angriff mühelos.

Was ist denn jetzt los, frage ich mich. Ist die Irmgard im Grippedelirium, oder warum geht die so brutal auf die Silvia los? Kurz bin ich versucht, dem Ringkampf seinen Lauf zu lassen, weil ich der Irmgard die Abreibung irgendwie gönne, doch dann gewinnen mein Gewissen und die gute Kinderstube die Oberhand und ich gehe dazwischen. Während die Löwenwirtin nach Luft ringt, ziehe ich Silvia hinter mir in die Gaststube und stemme mich gegen die Tür. Irmgard gibt wie erwartet nicht auf und hämmert von außen dagegen.

»Mutti! Mutti, komm schnell, d' Irmgard dreht durch!«, rufe ich in Richtung Küche.

Die ersten Gäste recken bereits neugierig die Köpfe, aber die Mutter hat gerade einen Braten aus dem Rohr geholt und kann nicht weg. Deshalb eilen Vater und Emil herbei, schieben mich beiseite, reißen die Tür auf und nehmen die Irmgard, die wie ein Racheengel hereinbrausen will, in die Mangel. Der BMVÄ und Festus kommen ebenfalls zu Hilfe und reden auf die Löwenwirtin ein. Die lenkt schließlich ein und lässt sich auf einer der Stufen nieder, hustend, schniefend und japsend. Endlich lässt sich auch die »Chefin de la cuisine« herab und betritt auf ihren lindgrünen Pumps das Treppenhaus. Kurz überblickt sie die Szene, dann macht sie auf dem Absatz kehrt und moniert, dass man sie wegen nichts und wieder nichts vom Herd geholt habe.

»Mutter!«, rufe ich ihr nach.

»Lass se eifach, die isch grad nicht von dieser Welt«, beschwichtigt Vater und verschwindet mit Emil in der Gaststube.

Festus bedeutet mir mit einer Kopfbewegung, dass ich ebenfalls hineingehen solle und er sich um die Löwenwirtin kümmern werde. Die scheint derart erschöpft zu sein, dass keine Gefahr mehr von ihr ausgeht. Also lassen der BMVÄ und ich die beiden alleine.

Drinnen entdecke ich Silvia mit zerzausten Haaren und geröteten Wangen an der Theke.

»Silvia, du gehsch jetzt besser«, sage ich, und sie nickt stumm.

Ich begleite sie sicherheitshalber bis vors Haus. Ohne ein weiteres Wort läuft sie den Gehweg hinab, und ich schaue ihr eine Weile nach. Ich frage mich, warum sie heute überhaupt gekommen ist. Doch vor allem würde mich interessieren, was sie im Keller wollte.

Bevor ich meinen Dienst in der Gaststube wiederaufnehme, werfe ich noch einen Blick ins Treppenhaus. Festus und Irmgard gehen offenbar gerade nach oben in die Wohnung der Löwenwirtin. Ich kann die beiden zwar nicht sehen, aber hören. Sie streiten schon wieder.

»Die erlaubt sich was, die Schlampa!«, krakeelt die alte Hexe.

»An deiner Stell wär ich do vorsichtig.«

»Worom?«

»Weil des Neschtbeschmutzung isch!«

»Seiner Läbdag net! Wie kommsch denn du do druff?«

»Meinsch du vielleicht, ich weiß net, dass die Silvia deine Verwandtschaft isch?« Festus spricht jetzt lauter.

»Meine Verwandtschaft?« Irmgards Stimme wird immer schriller und dann von einem Hustenanfall unterbrochen.

»Des hat mir dei Ma selber verzählt! Lass des fenfazwanzig oder dreißig Johr her sei, aber mir denkt die ganze Aktion von domols no guat. Ond die rote Hoor, des vergisst mr net. Ond eins kann ich dir versprecha: Wenn du die Melanie und die Silvia ab sofort nicht in Ruah lasch, sorg i dorfür, dass es sich ganz schnell im Ort romschbricht, dass du Dreck am Schtägga hasch!«

»Des trausch du dich net!« Die Löwenwirtin verfällt in Schnappatmung.

»Und ob ich mich des trau! Deim Ma hann i verschbrocha, dass i nix sag. Aber die Zeita senn rom!«

»Guat, Freundle, ein Wort von dir, und du schdohsch so schnell uff dr Stroß, so schnell kasch du gar net gugga«, zischt Irmgard, dann fällt eine Tür lautstark ins Schloss.

Ich hör, wie Festus tief Luft holt, dann sind schwere Schritte auf der Treppe zu vernehmen. In dem Moment wird oben die Tür wieder aufgerissen.

»I hab mir's überlegt«, schreit die Hexe. »Du kannsch de glei nach was anderem omgugga. Bis zum Rudi seiner Beerdigung bisch du aus em Haus, dass des klar isch!« Sie schlägt die Tür wieder mit Karacho zu.

»Des wird mr säh!«, ruft Festus, aber da entschlüpft ihm bereits ein tiefer Schluchzer.

Als er mich entdeckt, will er schnell die Tränen abwischen, findet allerdings kein Taschentuch. Ich geh zu ihm und lege den Arm um ihn. Da hat er wenigstens meine Schulter. Die ist es langsam gewohnt, die Tränen anderer Leute aufzufangen.

So nimmt der Abend seinen Lauf. Die Irmgard lässt sich nicht mehr blicken, die Silvia ist auch wieder weg und die Melanie kommt heut nicht mehr zurück, weil sie zu ihren Eltern geflüchtet ist, wie mir Festus verraten hat. Also laufen die Männer und ich uns für die Lämmles die Hacken ab, die Gäste sind hochzufrieden und spenden Mutter nach dem Dessert huldvoll Standing Ovations. Neben ihr steht ein strahlender Alfa und hält ihr die Schleppe. Gut, das mit der Schleppe ist natürlich Quatsch. Aber es fehlt nicht viel, und die beiden würden Hand in Hand eine Ehrenrunde drehen. Die Anerkennung ihrer Kochkünste beflügelt die Barbarella dermaßen, dass sie vor allen Leuten ein schwäbisch-italienisches Kochbuch ankündigt. Autorin: Barbara Lieselotte Krämer. Co-Autor: Giovanni Angelo Monteleone.

KAPITEL 18

Kichernd sitzen wir an einem Dienstagnachmittag an der Bar und schieben vorsichtig die Strohhalme unserer Caipirinhas zwischen unsere Lippen. Richtig lachen und den Mund öffnen geht nicht, sonst entstehen tiefe Risse in unseren Gesichtsmasken aus saurer Tonerde und Detox-Panthenol. Nicht dass ich eine begeisterte Wellnesserin wäre, aber Waltraud und Erika wollten heute unbedingt den Gutschein einlösen, den sie mir zum Geburtstag geschenkt haben: einen Tag »Beauty-Treatment« im Fitness-Resort in Bad Urach. Meine Freude hält sich in Grenzen, ich mach allerdings gute Miene zum bösen Spiel – insofern meine Maske das überhaupt zulässt.

Meine Gesichtsmuskulatur hat bereits drei Stunden Beauty-Behandlung hinter sich, mein Körper eine Stunde Thai-Massage, bei der mir die winzige Massagistin doch tatsächlich auf dem Rücken herumgetrampelt ist. Sicherlich hab ich morgen blaue Flecke, als wäre ich unter eine Dampfwalze geraten. Danach hat mich meine Peinigerin wie eine Mumie in Leintücher verschnürt und mindestens eine halbe Stunde mit Entspannungsmusik gefoltert. Vogelgezwitscher und Walgesänge ertönten aus dem Lautsprecher, und ich konnte mich nicht einmal wehren. Eigentlich hab ich gedacht, die Waltraud und die Erika wären meine Freundinnen!

Im Anschluss ging es weiter mit »Face-Embellishment« in der »Beauty-Area«. Wer denkt sich so was aus? Auf weißen Kippsesseln, die mich stark an einen Besuch beim

Zahnarzt erinnerten, wurden wir wieder in Tücher gewickelt und unsere Haare wurden mit dicken Frotteetüchern aus der Stirn gezerrt. Meine »Treatment-Operatorin« Jessica bearbeitete mein Gesicht mit einer Art Winkelschleifer, um Altlasten zu entfernen. Das Peeling wirke sehr verjüngend auf die Haut, hat Jessi, wie sie genannt werden möchte, erklärt. Das kann ich nicht bestätigen. Die Pampe in der Konsistenz von Flusssand, vermischt mit Zement, wirkte eher hautverdünnend, denn nach zwei Minuten Rotationsbewegungen unter dem Schleifer hatte ich das Gefühl, meine Backenknochen kämen durch.

Jetzt sitzen Waltraud, Erika und ich an der Poolbar, während die finale Maske einzieht. Mit einem Drink in der Hand. Okay, ich gebe zu, man könnte es schlechter haben. Gerade wollen wir die zweite Runde bestellen, da ruft Jessi zur weiteren Behandlung, und wir trippeln in Badelatschen zurück in Richtung Schönheitsfolterkammer, eingehüllt in die weichen Bademäntel des Hauses. Ich weiß, mitnehmen darf man die nicht. Aber in Versuchung bin ich schon.

Unsere Gesichter verschwinden samt Maske unter feuchten und zu heißen Tüchern. Doch mein Protest ist zwecklos. Jessi, die die Oberarme einer Ringerin hat, drückt mich zurück in die Liege und das Tuch noch fester auf mein Gesicht. Nach einer gefühlten Ewigkeit ist alle Tonerde aus den Poren gepresst, und meine Gesichtshaut hat den Farbton italienischer Salami angenommen. Kurz vor meinem Erstickungstod lüftet Jessi mit einer theatralischen Geste das letzte Mal das Tuch und leitet damit den fliegenden Wechsel zur Visagistin ein.

»Bonjour, Madame. Je m'appelle Michelle«, begrüßt sie mich.

Oje, die Arme hat einen Herpes, schießt es mir durch

den Kopf, aus der Nähe erkenne ich jedoch meinen Irrtum: Es ist kein Herpes, es ist Botox.

»Isch werde Sie auf'übschen, Madame, aber isch sehe, das wird nischt einfach.«

Super, denk ich, dann lass es doch bleiba!

Da legt die Michelle schon los. Mit Grundierung, »Brightening Concealer«, »No-Age-Coloring-Sets« und »Lift-Active-Petide-C-Ampullen« für einen »super Glow«. Nach einiger Zeit stellt Michelle den Sessel senkrecht, und ich bemerke, dass sich eine weitere Kundin im Raum befindet, mir direkt gegenüber. Die ist völlig übertrieben geschminkt, mit Rouge-Bäckchen, Regenbogenfarben auf den Lidern, falschen Wimpern und einem knallroten Kussmund. Auf den zweiten Blick merke ich, dass mich mein Spiegelbild anstarrt. Meine Nervenbahnen melden: Kurzschluss.

Ich schrecke hoch, und Michelle fällt die Pinzette aus der Hand, mit der sie gerade meine Brauen bearbeitet hat. Ich muss eingeschlafen sein. Hoffentlich hab ich nur geträumt! Mit zugekniffenen Augen linse ich in den Spiegel – und kann durchatmen. Ich bin dezent geschminkt und meine Wimpern sind echt. Gott sei Dank! Erleichtert lasse ich mich in den Sessel zurückgleiten und lobe Michelle für ihre gute Arbeit.

Auch Waltraud und Erika sind mit ihrem Beauty-Ergebnis zufrieden, und gemeinsam beschließen wir, auf die Küche im Fitness-Resort zu verzichten, denn wir vermuten, dass die Sauerampfer-Löwenzahn-Melange an Agar-Agar-Jus schmeckt, wie sie aussieht: wie Froschlaich. Wir schlendern durch den kleinen Kurort, um uns in unserer frisch erworbenen Pracht zu zeigen. In einem netten Gasthaus genehmigen wir uns zur Feier des Tages Rostbraten mit Bratkartoffeln und einen feinen Lemberger. Wir nutzen die Freiheit unserer Gesichtsmuskulatur auch, um uns über die jüngsten Vorkommnisse auszutauschen. Da meine Freundinnen keine Karten für das Kirbe-Menü im Löwen ergattern konnten, erzähle ich ausführlich, wie der Tag abgelaufen ist. Natürlich schildere ich auch haargenau meinen nicht unwesentlichen Beitrag zum Erfolg des Ereignisses.

»Ich hab's mol hochg'rechnet. Ich dürfte an dem einen Tag etwa fünf Tonna hin und her traga hann«, haue ich ein bisschen auf den Putz, wohl wissend, dass mir keine der beiden das Gegenteil beweisen kann.

Allerdings schauen sie ziemlich skeptisch. Deshalb erkläre ich, dass ich die Speisen immerhin ganz allein austeilen musste, weil die Melanie zu ihren Eltern gefahren ist. Ich lass es mir nicht nehmen hinzuzufügen, dass Festus mir am Kirbe-Abend verraten hat, dass die Melanie am Tag zuvor mit ihrer Schwiegermutter heftig gestritten hat. Und dass er am Samstag selbst mit der Löwenwirtin ordentlich aneinandergeraten ist.

»Zuerst wägga der Melanie und dann wägga der Silvia.«

»Dem Rudi seine Geliebte?« Erika nippt an einem Kirschwasser, das wir zur Verdauung bestellt haben.

»Des war net seine Geliebte, auch wenn's die Silvia gern g'hett hett«, stelle ich klar.

»Aber woher kennt denn der Festus die Silvia?« Waltraud stellt wieder mal die richtigen Fragen.

»Da muss es wohl vor vielen Jahren was gegeben haben, wo der Festus die Silvia kenneng'lernt hat. Oder sie zumindest g'säha hat. Aber was des war, weiß ich nicht. Noch nicht.«

»Isch die Melanie no fort?«

»Ich denk scho.«

»Om was isch's denn bei dem Streit zwischa dr Melanie ond dr Irmgard ganga?« Waltraud kippt ihren Schnaps auf einmal hinunter.

»Keine Ahnung.«

»Es isch drom ganga, ob der Rudi vergraba oder verbrennt wird«, mischt sich Erika ein und hat's jetzt ganz wichtig.

Waltraud und ich schauen sie verwundert an. Daraufhin erläutert sie, dass der Roland Meise vom Beerdigungsinstitut bei ihr im Salon Kunde ist und ihr unter vier Augen erzählt hat, dass ihn die zwei Frauen, die Irmgard und die Melanie, fast zur Verzweiflung gebracht hätten. Immer wenn er mit der einen was ausgemacht hat, hat es die andere widerrufen. Schließlich hätte der Festus ein Machtwort gesprochen und bestimmt, wie's gemacht wird.

»Ond wie wird's g'macht?«, fragen Waltraud und ich unisono.

»Er wird eingeäschert, am Freitagnachmittag. I hab g'hert, dass dr Löwa so lang zubleibt. Vermutlich, weil die Irmgard krank und die Melanie a paar Tag weg isch.«

»Bis Freitag wird die Hex wieder fit sei«, werfe ich ein.

»Außer dr Irmgard senn bei der Einäscherung nur der Festus und die Melanie dorbei, hat der Roland g'sagt.

»No lässt die Melanie die Mädla hoffentlich bei ihre Eltern. Des muss mr denne Kender jo net adoa«, wirft Waltraud besorgt ein.

»Und wann soll die Wirtschaft wieder uffg'macht werda?«

»Dr Roland meint, am Samstag.«

»Scho! Dann muss mei Mutter mit dem Alfa wieder ran. ›Barbarella kocht Teil zwei‹.«

»Du doch sicher au«, gibt Waltraud zu bedenken, und der Einwurf gefällt mir gar nicht.

»Und nächste Woche am Freitag isch die offizielle Trauerfeier auf dem Friedhof, wo der Rudi in einem Urnengrab beigesetzt wird«, weiß Erika weiter zu berichten. »Anschließend isch Leichaschmaus im Löwen.«

Ich kippe mein Zwetschgenwässerle hinunter. Die Gläser der beiden anderen sind schon leer.

»Gibt's scho Neuigkeita im Fall?«, erkundigt sich Waltraud.

»Noe, leider net, aber i hab dr Kommissar Lauer uff a Spur ag'setzt ond denk, dass der mir demnächscht B'scheid gibt.«

KAPITEL 19

Kurz vor Dienstschluss, ich habe den PC bereits heruntergefahren, klingelt das Telefon. Wer ruft bitte schön an einem Freitagmittag um 13 Uhr im Archiv an? Ich befinde mich quasi im Wochenende! Da sich allerdings mein Gewissen regt, schreibe ich die Nummer vom Display ab, dann kann ich am Montag zurückrufen. Während ich die letzten Ziffern notiere, durchzuckt mich ein Geistesblitz. Mutters Nummer! Was will die und warum ruft sie nicht auf dem Handy an? Kurz ringe ich mit mir, greife dann aber widerwillig zum Hörer.

»Sag amol, immer wenn mr dich braucht, erreicht mr dich nicht!«, bellt es aus dem Hörer, bevor ich etwas sagen kann. »Schlofsch du en deim Archiv, oder was isch los? Hier ischt ein Notfall, und du schiebsch altes Papier hin und her!«

»Mutter, echt jetzt!«, rufe ich verärgert zurück. »Ich schiebe nix hin und her. Was kann denn so pressant sei? Ich bin sowieso glei dorheim. Und außerdem, warum rufsch du net uff meim Handy a?«

»Des hab ich scho hundertmol probiert, aber du nemmsch jo net ab.«

Ein Blick aufs Handy verrät mir, dass mein Akku leer ist.

»Du musch unbedingt zum Löwa komma«, fährt meine Mutter fort. »Die Irmgard isch weg!«

Juhu, die Hex isch weg, fällt mir im ersten Moment ein.

»Was heißt weg?«, frag ich stattdessen.

»Weg halt. Mir henn überall g'sucht, dr Festus, dr Alfa und ich, aber die isch nirgends. Du musch obedengt komma!«

»Zum Mitsucha, oder was?«

»Nadierlich! Du stecksch jo dei Nasa sonscht au überall nei. Vielleicht hasch du a Idee, wo se sei kennt.«

Das mit der Nase ärgert mich, das mit der Idee feuert mich allerdings an.

»I komm. Bis dahin nichts anfassen, Türen und Fenster geschlossen halten und Ruhe bewahren!«

»Hä?«, hör ich noch, bevor ich auflege und aus dem Archiv renne.

Mein Ermittlerinstinkt wird gebraucht, mein kriminalistischer Scharfsinn. Nichts kann mich aufhalten, und so treffe ich zehn Minuten später im Löwen ein. Türen und Fenster sind gegen meine Anordnung weit geöffnet.

»Zum Lüfta. Seit Sonntag war ja alles zu«, erklärt Mutter, warum meine Anweisungen ignoriert wurden.

Ich bitte alle Zeugen, sich in der Gaststube zu versammeln. Mutter, Festus und Alfa schauen mich verständnislos an, denn dort befinden sie sich ja schon, am Stammtisch. Gut, dann setz ich mich mal dazu.

»Also, hat jemand an Irmgards Wohnungstür geklopft?«, beginne ich die Befragung im Amtsdeutsch.

Mutter verdreht die Augen. »Mir wared scho drin.«

»Wer?«

Mutter deutet auf die beiden Männer und sich selbst.

Jetzt verdrehe ich die Augen. »Und, was habt ihr vorgefunden?«

»Möbel.«

Ich habe den Eindruck, Festus grinst bei seiner Antwort.

»Keine Spur von Frau Lämmle?«

»Du kannsch ruhig Irmgard saga.«

»Ja, Mutter! Also keine Spur von Irmgard Lämmle?«

»Bambina, nischta eine capello vona Donna Irmgarda.« Alfa untermalt seine Worte mit ausdrucksvollen Gesten.

»Wieso Kapelle?« Festus schaut irritiert zu Alfa hinüber.

»Capello heißt Haar«, kann ich aufklären. Zwei Semester Volkshochschule.

»Also, wer …?«, will ich gerade weitermachen, da kommt Melanie in die Gaststube und setzt sich zu uns an den Stammtisch.

Wir nicken einander stumm zu. Offenbar weiß sie Bescheid, dass ich bei dem Fall herangezogen wurde.

»Also, wer von euch hat die Irmgard denn zuletzt gesehen?«

Sie überlegen kurz und reden dann durcheinander. Ich warte, in der Hoffnung, dass sich ihre Gedankengänge sortieren. Das passiert nicht, deshalb zücke ich meinen Notizblock, wie der Kalli von Batic und Leitmayr, und hake bei jedem einzeln nach. Ich beginne mit meiner Mutter.

»Also, Frau Krämer«, setze ich an und ernte Kopfschütteln von der Eckbank. »Ja, gut: Mutti! Wann warsch du zum letschda Mol im Löwa?« Mein Amtsdeutsch ist dahin.

»Am Sonntagmorga, da hab ich mit dem Angelo«, freundlicher Blick zu Alfa, »alles uffg'räumt und die Reschte, so weit haltbar, em Kühlhaus verschtaut. Dr Festus war au da, zum Helfa. Mir wared kurz nach eins fertig, und der Angelo hat mich anschließend heimbrocht.« Noch ein freundlicher Blick, und Alfa nickt, dass sein Schnauzer wackelt.

Wenn nicht Alfa, dann könnt sie ihn doch wenigstens Giovanni nennen! Aber »Engel« klingt natürlich schöner.

»Henn ihr an dem Tag die Irmgard g'säha?«

»Neina, aber ista normalo, wegen …«, Alfa macht laute Hustgeräusche, »ich war sicuro, dass Irmgarda liege in letto.«

»Letto?«, hakt Festus erneut nach.

»Im Bett«, übersetzt Mutter.

Aha, das weiß die. Ich muss also doch ein Auge drauf-haben, was da läuft!

Ich wende mich Melanie und Festus zu. Sie sagt aus, am Samstagmittag zu ihren Eltern gefahren und erst am Mitt-wochabend gegen 22.30 Uhr zurückgekommen zu sein. Die Mädchen seien bei den Großeltern geblieben. Bisher habe sie die Irmgard nicht zu Gesicht bekommen, aber auch keinerlei Wert darauf gelegt. Im Gegenteil, sie habe die Ruhe im Haus genossen. Am Donnerstag, also gestern, habe sie noch einmal ein kurzes Gespräch mit dem Bestat-ter wegen Rudis Verbrennung geführt und ihre Papiere für ihre Abreise geordnet.

Ich schaue sie erstaunt an.

»Ich werde am Samstag nach Rudis Beerdigung den Löwen verlassen«, erklärt die Witwe.

»I gang au«, ergänzt Festus. »I muss ganga, die Irmgard hat me nausg'schmissa.«

Mutter und Alfa sehen sich betroffen an.

Melanie rückt ihren Stuhl nah zu dem des alten Man-nes und drückt tröstend seinen Arm. Jetzt ist ihre Schulter dran. Wegen der Tränen.

Mutter bietet Festus sofort ihr Gästezimmer an. So isch se halt, und ich liebe sie für ihr großes Herz.

»Danke, des isch liab. Aber es isch jo no net so weit.« Fes-tus wischt sich mit dem linken Handrücken über die Augen. »Außerdem war i die letschte Däg bei meiner Schweschter im Allgäu. Die hat a kleine Einliegerwohnung, und wenn älle Stricke reißed, kann ich do na.«

Allen fällt ein Stein vom Herzen, und mir fällt auf, dass er die linke Hand verbunden hat.

»Was isch denn passiert?«, erkundige ich mich.

»Äh, nix weiter, g'schnitta, bei meiner Schweschter. Em Stall.«

»Wann warsch denn genau bei deiner Schweschter?«

»Am Montagmorga um siebene isch's Taxi komma und hat mi uff dr Bahnhof g'fahra. Und geschtern Obend kurz vor siebene war i wieder do.«

»Hasch du die Irmgard am Sonntag nomol g'säha?«

Festus schüttelt den Kopf. »Net amol wella! Nach em Uffräuma bin i uff mei Zimmer ond hann me ausg'ruahd!«

Ich überfliege meine Notizen. In der Zeit von Montagmorgen um 7 Uhr bis Mittwochabend um 22.30 Uhr waren beide, Festus und Melanie, außer Haus. Donnerstag kam Festus abends zurück, tagsüber war Melanie demnach mit Irmgard alleine. Sie haben sich aber nicht gesehen. Weil alle Augen erwartungsvoll auf mich gerichtet sind, resümiere ich alles noch einmal laut.

»Und wo isch die Irmgard jetzt?«, fragt Mutter berechtigterweise.

Leider habe ich keine Antwort darauf. »Beim Einkaufa, beim Spazieraganga, im Urlaub?«, rate ich.

»Mädle!« Mutter wird ungnädig.

»Ja, es hilft nix. Ich kann se au net aus dr Tascha zaubera. Am beschta, mir suched halt nomol«, entscheide ich und stehe auf.

Die anderen bleiben sitzen.

»Was isch?«

»Mir henn älles scho abg'sucht, mehrmals. Die Irmgard isch net do und in ra Schtond isch die Verbrennung vom Rudi.« Mutter wirkt reichlich genervt.

»Gut, dann gehen Melanie und Festus zur Einäscherung. Vielleicht isch die Irmgard – was weiß ich – in Ludwigsburg Besorgungen macha und kommt direkt zum Krematorium.«

Das halten alle für unwahrscheinlich. Ich auch. Mutter schaut mich tadelnd an.

»Isch jo gut, ich such alloe.«

Wortlos stehen sie auf und verlassen die Gaststube so schnell wie möglich.

»Super, Nägele, jetzt such amol«, motiviere ich mich und fange der Einfachheit halber in Irmgards Wohnung an, in der Hoffnung, dass sie doch dort sein könnte, und weil ich mich umsehen will, ohne dass mich jemand beobachtet. Ja, ein latenter Hang zum Voyeurismus schlummert in mir, ich geb es zu.

Ich gehe durch den engen Flur und werfe einen Blick ins Wohnzimmer, das linker Hand abzweigt. Die Möbel aus den 80er-Jahren in Eiche, Landhausstil, und der gestickte Mann mit dem Goldhelm an der Wand, flankiert von der ebenfalls gestickten drallen Gauklerin, sind nicht gerade das, was meine Sinne positiv stimuliert. Irmgard würde das auch nicht, die sehe ich aber nicht. Am Ende des Flurs vermute ich das Schlafzimmer. Die Tür steht weit offen, aber der Raum liegt im Dunkeln. Vorsichtig schaue ich hinein. Die Rollläden sind heruntergelassen, und ich erkenne die Möblierung nur schemenhaft. Im Gegensatz zu vielen Krimikommissaren tappe ich nicht in die Dunkelheit hinein, sondern betätige der Einfachheit halber den Lichtschalter. Weiße Schleiflackmöbel springen mich im grellen Lichtschein förmlich an, aber das ist mir lieber, als wenn es die Irmgard wäre. Auf dem Nachttisch steht jede Menge Arznei. Das Bett ist zerwühlt und Kleider liegen achtlos auf dem geblümten Bettvorleger. Irmgard, Irmgard! Außen hui und innen pfui. Im Löwen die Grande Dame geben und hier im Chaos hausen. Gut, das ist vermutlich ihrer Erkältung geschuldet, aber trotzdem!

Ich gehe weiter zur kleinen Küche, die mit Möbeln aus den 70er-Jahren ausgestattet ist. Zwei kurze Küchenzeilen mit Oberschränken, mit Resopal verkleidet, Birkennachbildung. Ein Zweiplattenherd, keine Spülmaschine. In den

Schränken nur sehr wenig Geschirr. Klar, Irmgard lässt im Löwen kochen.

Zum Schluss inspiziere ich das Esszimmer. Auf dem Tisch steht eine leere Tasse, in der ein ausgetrockneter Teebeutel hängt. Daneben ein Teller mit einer angebissenen Käsebrotscheibe. Das Brot ist grau, der Käserand wellt sich nach oben, und ein leichter Schimmelflaum ist zu erkennen. Das steht nicht erst seit heute Morgen da, so viel ist klar. Die Frage ist eher: Wo ist die alte Hex? Brauchte sie vielleicht mal eine Auszeit? Aber dass sie sich bei niemandem abgemeldet hat, nicht mal bei Mutter, ist schon komisch. Dennoch würde ich wetten, dass sie zur Einäscherung ihres Sohnes zurück ist. Scho wägga de Leut!

Ich gehe wieder nach unten und durchsuche die anderen Räume im Löwen, danach das Getränkelager, dann die Garage. Tatsächlich steht dort noch der 380er-Mercedes vom Senior, wie ich vermutet hab. Orientrot. Die Irmgard sitzt jedoch nicht drin. Auch im Geräteschuppen find ich sie nicht.

Da sich mittlerweile mein Magen meldet und diesmal eindeutig Hunger dafür verantwortlich ist, schlage ich in der Scheune zuallererst den Weg Richtung Kühlraum ein. Von den Resten, die Mutter und Alfa dort deponiert haben, fällt sicherlich was für mich ab. Immerhin hab ich mir für den Löwen die Hacken abgerannt!

Bevor ich den Griff zu fassen bekomme, zieht es mir aber die Beine weg und ich lande unsanft auf dem Hintern. Super, kaum sind die blauen Flecken von der Thai-Massage verheilt, gibt es schon neue! Ich rapple mich auf und entdecke eine runde Metallstange auf dem Boden. Direkt vor der Kühlraumtür. Wer legt denn solche Stolperfallen aus, überleg ich verärgert, hebe die Stange auf und pfeffere sie in eine Ecke.

Vorsichtig mache ich die Tür zum Kühlraum auf und prüfe zuerst, ob im Inneren weitere Gefahren lauern. Doch nichts, weder eine Metallstange noch eine Irmgard. Glücklicherweise finde ich dafür drei lange italienische Salamis, die an Haken in einem Regal hängen. Von einer ziehe ich die weiße Haut so gut es geht ab und beiße lustvoll hinein. Herrlich! Ich muss unbedingt den Alfa fragen, wo er die Salamis herhat! Vom Metzger am Ort sind die nicht, so viel ist sicher.

Kauend schau ich mich im Kühlraum um. An der Tür fallen mir Kratzspuren auf. Da ist der Festus wohl öfters mal mit der Sackkarre hängen geblieben. Ich hänge den Rest Salami zurück und finde zu meiner Freude noch einen in Alufolie verpackten Marmorgugelhupf. Ich breche ein größeres Stück ab, drücke die Folie wieder zu und stelle den Gugelhupf so ins Regal, dass man denkt, er sei noch ganz. Daneben hat jemand eine klebrige bräunliche Flüssigkeit verschüttet. Das könnte auch mal geputzt werden. Allerdings nicht von mir.

Ich bin mit meiner Suche so gut wie durch, und die Irmgard fehlt immer noch. Als Letztes bleibt die Scheune, doch was soll die Löwenwirtin da? Gut, wir Kriminalistiker wissen, man muss alle Optionen in Betracht ziehen, auch wenn sie noch so unwahrscheinlich sind. Ich seh mich also gründlich um. Die Holzkonstruktion ist mit Backsteinen ausgemauert und nur von außen verputzt. Innen ist das Mauerwerk sichtbar, sofern es nicht von Spinnweben, Brettern, Stangen und Leitern verdeckt wird. Das kleine Fenster spendet nur spärlich Licht, weil jedoch das große Scheunentor offen steht, ist es hell genug, um alles überblicken zu können.

In einer Art Holzverschlag führt eine steile Treppe gut vier Meter nach oben. Die steige ich jetzt hoch, und mit jeder knarzenden Stufe umhüllt mich mehr Dunkelheit. Oben angekommen, verharre ich eine Weile, bis sich meine Augen an die Lichtverhältnisse gewöhnt haben. Der riesige Raum unter dem hohen Dach scheint mit allem gefüllt zu sein, was im Löwen in den letzten hundert Jahren ausrangiert wurde. Acker- und Gartenwerkzeug, eine große Platte mit Miniaturlandschaft und Gleisen für eine Märklin-Modelleisenbahn, drei Handwagen, ein Kinderwagen, Krauttöpfe samt Krauthobel und Holzstampfer, zwei Fahrräder, ein Radioempfänger, ein Holzschlitten. Mein Blick bleibt an einer bemalten Holztruhe hängen, die wie eine Schatzkiste aussieht. Da wird doch nicht die Irmgard … Vorsichtig hebe ich den gewölbten Deckel. Nein, die Truhe enthält altbackene Tisch- und Bettwäsche und ist mit den Initialen »I. S.« bestickt. Vermutlich Irmgard Sauseles »Aussteuer«.

Ich lasse den Deckel zufallen und setze meinen Rundgang mit Begeisterung fort. Ein Objekt interessanter als das andere. Mit allen Sinnen nehme ich die Eindrücke auf. Besonders mit der Nase, denn das alte Zeug meuchelt extrem. Mottenzerfressene Lampenschirme, uralte Kartoffelsäcke, geflochtene Körbe, kupferne Bettpfannen, Tonkrüge und Holzfässchen, deren Dauben krumm in den Fassringen hängen. In einem dunkel gebeizten, mit geschnitzten Leisten verzierten Kleiderschrank finde ich Kleidungsstücke aus den 5oer- und 6oer-Jahren, die nach Mottenkugeln riechen. Allerdings reizt der Anblick auch meinen stark ausgeprägten Modesinn, der meinem Ermittlerinstinkt ja in nichts nachsteht. Ausgestellte Kleider mit Petticoats, Stoffhosen mit Bügelfalte und Nyltesthemden. Neben dem Möbel steht eine alte Schneiderpuppe. Ihr luftiger Körper aus Drahtgeflecht ruht auf einem gedrechselten Standbein und ist wie gemacht für eines der feinen, groß gemusterten Etuikleider aus dem Schrank, von denen ich ihr schnell eins überziehe.

Oben auf dem Fensterbrett im hohen Giebel entdecke ich noch eine Schaufensterpuppe, die mit dem Rücken an den Fensterrahmen gelehnt ist. Der würde das schwarze A-Linien-Kleid mit den weißen Tupfen gut passen. Ich gehe zur Außenwand und muss mich ziemlich strecken, um die Puppe zu erreichen. Ich ziehe an ihrem Arm, und als sie mir entgegenkommt, merke ich, dass sie mehr Gewicht auf die Waage bringt, als ich erwartet hätte. Ich bekomme sie nicht richtig zu fassen, und sie reißt mich mit einem lauten Rumpeln zu Boden.

»Blöde Kuh«, schimpfe ich laut und rolle die dämliche Puppe von mir herunter.

Als sie neben mir liegt, schau ich sie genauer an, dann rieche ich sie, und dann dauert es circa fünf Sekunden, bis ich mit einem Satz auf den Beinen bin und mich direkt neben dem Kleiderschrank übergebe. Die Schaufensterpuppe ist die Irmgard. Tot. Mausetot.

»Jessas, Kend, wie siehsch denn du aus?« Mutter legt den großen hölzernen Rührlöffel zur Seite, mit dem sie gerade die Bratensoße umgerührt hat. Es soll alles vorbereitet sein, wenn der Löwe morgen wieder öffnet. »Isch dir a Geischt verkomma?«

»Spirito Santo!«, ruft Alfa entsetzt, als er das Wort »Geist« hört. Er wirft sein Küchentuch über die Schulter und bekreuzigt sich schnell.

Mutter ergreift meine Hand, doch es tritt der äußerst seltene Fall ein, dass ich kein Wort herausbringe. Ich höre mich nur komische Laute stammeln. Deshalb ziehen mich Mutter und Alfa in ihre Mitte und führen mich in die Gaststube. Mutter setzt sich neben mich auf die Eckbank und Alfa hantiert hinter der Theke. Mit einem gefüllten Schnapsgläschen kehrt er zurück.

»Un'ottima Grappa ausa meine Eimat.« Lächelnd will er das Gläschen vor mir auf den Tisch stellen, aber ich nehme es ihm aus der Hand und kippe den Ottima – oder was auch immer es ist – hinunter.

Von oben bis unten durchläuft meinen Körper eine heiße La-Ola-Welle, und plötzlich setzt mein Sprachvermögen wieder ein. »Irmgard. Scheuer. Tot.«

Gut, so ganz funktioniert es noch nicht, die wichtigsten Informationen sind allerdings schon mal draußen. Die kommen jedoch bei Mutter und Alfa nicht an, denn sie werfen mir nur mitleidige Blicke zu. Mit einer Kopfbewegung ordere ich bei Alfa ein zweites Gläschen. Das versteht er gleich, sprintet wieder hinter die Theke und schenkt drei Grappas ein.

Wir stoßen an, leeren die Gläser, und dann setze ich erneut an: »I war en dr Scheuer, oba unterm Dach. Da hat's G'schirr, Fahrräder, Boddschamber, a Schatztruhe …« Ich verliere etwas den Faden.

Mutter und Alfa wirken jetzt ernsthaft beunruhigt. Ich versuche, mich zu konzentrieren.

»Aber des war kei Schaufensterpuppa, die isch eifach uff mi ronderg'floga, vom Fenschter. Und mein Kopf hat's – zack – uff dr Boda donnerd. Henn ihr nix g'hört?«

Sie schütteln die Köpfe, und ich sehe aus den Augenwinkeln, wie Alfa mit der flachen Hand vor seiner Stirn wedelt und mit dem Kopf auf mich deutet. Mutter antwortet mit einem schnellen Nicken.

»Hallo?! Des hab ich g'säha. Haltet ihr mich für blöd? Die isch vom Fenschterbrett runterg'rasselt und uff mir romgläga, wie ein näckiger Sack … ah … nasser Sack.«

»La Bambola?«

Also der Alfa geht mir doch grad auf die Nerven mit seinem Italienisch.

»Ja, die Puppe!«, rufe ich entnervt. »Aber des war kei Puppa!«

»Kend, zum Puppaschbiela bisch du au zu alt, meinsch net?« Mutter spricht mit mir wie mit einem kleinen Kind.

»Mutter! Die Puppe war die Irmgard. Die Irmgard Lämmle!«, schrei ich hysterisch. »Und die isch tot!«

»Wie, tot?«

»Cosa, morta?«

Meine Güte, die beiden in Stereo strapazieren wirklich meine Nerven.

Ich ziehe stumm die Handkante über meine Kehle. »Irmgard. Ganz tot. Morto completti.« Okay, nicht astreines Italienisch, aber jetzt haben sie's kapiert und reißen die Augen auf.

»Deshalb isch die net do!«, schlussfolgert Mutter reichlich überflüssig, doch letztendlich richtig.

Und Alfa bekreuzigt sich schon wieder.

Gerade will er auf den Schreck hin eine weitere Runde Ottimo schmeißen, da geht die Tür auf und Festus und Melanie treten ein. Sie hat verweinte rote Augen, und ihr Kajal ist verschmiert. Niemand sagt was. Die beiden kommen gerade von Rudis Einäscherung, da darf man so aussehen. Sie setzen sich zu uns an den Stammtisch, und Mutter bittet Alfa, statt des Grappas einen Kaffee auszugeben. Ganz Barista serviert er fünf Tassen Cappuccino mit einer dicken Sahnehaube und einem hübschen Blattmuster aus Kakaopulver.

Festus und Melanie berichten, dass die Einäscherung sehr schön gewesen sei, wenn man das so sagen könne. Der Roland Meise vom Beerdigungsinstitut habe sich viel Mühe bei der Gestaltung gegeben.

»Die Irmgard isch übrigens doch net komma!«, beschwert sich Festus.

Mutter, Alfa und ich nicken, weil wir ja wissen, warum, aber unsere Lippen bleiben versiegelt.

»Also, was derra Hubba do wieder eig'falla isch. So was duad doch a Mutter net!«, fährt Festus wütend fort.

Wir nicken noch einmal.

»Bitte versteht das nicht falsch, aber ich war froh, dass Irmgard nicht dabei war. Von mir aus müsste sie auch zur Beisetzungsfeier nicht kommen«, bemerkt Melanie und schaut betreten in ihre Tasse.

Wir nicken wieder und denken uns unseren Teil.

»Saged amol, henn ihr a Schweigegelübde abg'legt, oder was?« Festus schaut uns irritiert an und wartet, dass einer von uns den Mund aufmacht.

Wir blicken uns ebenfalls an und knobeln innerlich, wer den beiden möglichst schonend beibringt, dass die Irmgard nur noch auf ihre eigene Beisetzungsfeier geht. Alfa wird es nicht tun, denn er beginnt, sich wie in Trance zu bekreuzigen.

»Die Irmgard isch tot«, platzen Mutter und ich unisono heraus.

Offensichtlich habe ich mein diplomatisches Geschick von ihr geerbt.

Festus lässt seine Tasse sinken und Melanie fällt ihre aus der Hand. Alfa springt sofort auf und wischt die Kaffeelache küchentuchschwingend mit großen Gesten auf. Das dauert, also haben Festus und Melanie Zeit, sich wieder zu sammeln, und ich, um sie zu mustern. Bedauern oder gar Trauer kann ich bei den beiden allerdings nicht erkennen. Andererseits, wundern tut mich das nicht.

Ich berichte von meinem zweiten Leichenfund, diesmal ohne Abschweifungen, nur ab und an unterbrochen von unqualifizierten Beiträgen von Mutter oder Alfa.

»Wo isch die Irmgard jetzt?«, fragt Festus schließlich.

»Ja, wo wird se denn sei? Die wird immer no in dr Scheuer romliega, älles andere däd mich arg wondera«, entgegne ich, und Alfa fängt schon wieder an, mit den Händen vor der Brust rumzufuchteln.

»I glaub, es isch an der Zeit, dass ich meine Kollegen aus Ludwigsburg anruf.«

Ich zücke mein Handy und informiere Lauer publikums-wirksam über die Lautsprecherfunktion: »Hier gäbbad's a Leich!«

Den bayrischen Tonfall habe ich mir bei der Sekretärin Stockl von den »Rosenheim Cops« abgeschaut.

»Was?«, schreit der Kommissar, und alle am Stammtisch fahren erschrocken auf. »Frau Nägele, nicht schon wieder!«

KAPITEL 20

Als es mir etwas besser geht, lasse ich mir den Rostbraten mit Bratkartoffeln schmecken, den Mutter extra für mich gezaubert hat. Ein Viertele Lemberger passt ausgezeichnet dazu. Kurz überlege ich, ob ich der örtlichen Polizei, also dem Kälble, Bescheid geben soll. Doch dann fällt mir wieder ein, dass es in der Ecke neben dem Kleiderschrank jetzt schon übel aussieht. Da braucht's dem Kälble seinen Beitrag nicht auch noch.

Stattdessen rufe ich den BMVÄ an und bitte ihn, mir rotweißes Flatterband vorbeizubringen, immerhin muss ich den Tatort absperren, bis der Lauer eintrifft.

»Mause, isch dir was passiert?«, erkundigt er sich, nachdem ich ihm vom neuerlichen Leichenfund erzählt habe.

Ich muss seufzen. Früher hat mich der BMVÄ »Mäusle« genannt, woraus im Laufe der Jahre leider eine »Mause« geworden ist.

Ich kann ihn beruhigen, und er verspricht, sofort zu kommen. Das tut er auch, allerdings bringt er statt des Flatterbandes vor Aufregung eine Rolle Paketklebeband mit. Die verschwende ich großzügig am großen Scheunentor und an der Tür zu Irmgards Wohnung. Beweismittelsicherung.

Der BMVÄ möchte mich natürlich nicht allein lassen, also setzt er sich zu Festus und Melanie in die Gaststube. Vater hat derweilen ebenfalls von Irmgards Tod erfahren und kommt umgehend mit seinem Freund Emil zum Löwen geeilt. Vorgeblich, weil er um Mutters Wohlbefinden besorgt ist. Tatsächlich wegen der Aussicht auf ein frisch gezapftes Weizenbier. Unterwegs haben sie Simon getroffen, der sich daheim mal wieder ausgesperrt hat. Kurzerhand schleppen sie ihn mit und platzieren ihn auf der Eckbank, wo er sich, eingehend wie immer, mit seinem Handy beschäftigt. Mutter und Alfa versorgen die Gesellschaft inzwischen mit Linsen, Spätzle und Saitenwürstle. Festus kümmert sich um ausreichend Biernachschub. Und eine Stunde später hängt an der Eingangstür zum Löwen ein Schild mit der Aufschrift: »Geschlossene Gesellschaft – Trauerfall«.

Während sich die Stimmung drinnen langsam aufheizt, verscheuche ich draußen auf 50 Meter alle Autofahrer, die am Straßenrand parken wollen. Natürlich könnte ich auch das große Tor zum Hof öffnen, um Lauers Team reinzulassen. Aber womöglich zerstören sie dann mit ihren Fahrzeugen alle Spuren und trampeln alles nieder. Kennt man ja. Deshalb opfere ich mich und lass mir etliche Beschimpfungen an den Kopf werfen. Allerdings teile ich ebenso ordentlich aus, denn mein Sprachzentrum läuft wieder auf Hochtouren.

Gerade verscheuche ich einen renitenten Straßenrandparker, da kommt der Polizeikonvoi angefahren. Nach eineinhalb Stunden. Demonstrativ und mit vorwurfsvoller Miene deute ich auf meine Armbanduhr, als der Herr Kommissar aus dem Auto steigt. Er murmelt etwas von »Einsatzfahrzeug der Spusi nicht bereit, Stau auf der A81« und fügt dann an, dass er mir keine Rechenschaft schuldig sei. Dieser Meinung bin ich nicht, lasse ihn aber in dem Glauben.

Da ich mir nicht sicher bin, auf welchem Niveau sich die Festsituation im Löwen gerade befindet, führe ich das Team lieber direkt durch das große Tor in den Hof. Ich fordere alle auf, strikt am Rand der Freifläche entlangzugehen, in blauen Schuhüberzügen und bitte im Gänsemarsch. Lauer verdreht die Augen, widerspricht jedoch nicht.

Als wir vor dem mit Klebeband gesicherten Scheunentor ankommen, findet auch er sein Sprachzentrum wieder: »Das scheint hier üblich zu sein, Tatorte mit Spinnennetzen zu schmücken.«

»Sie könnet mir gerne ein Faltblatt zur richtigen Sicherung eines Tatorts zukommen lassen. Anscheinend brauch ich des jetzt öfters.«

Der soll froh sein, dass überhaupt abgesperrt ist! Außerdem hat er Irmgards Wohnungstür noch nicht gesehen.

Geraume Zeit versucht die Mannschaft, die Klebebänder vom Holz abzuziehen. Dann reißt Lauer der Geduldsfaden. Er zückt ein Taschenmesser, zerfetzt das mühsam gefertigte Gewebe mit einem lauten Ratsch und stapft in die Scheune. Wie die Hühner breiten sich seine Leute hinter ihm aus.

Eine Weile lasse ich sie suchen. Weil ich allerdings nicht ewig Zeit habe, deute ich schließlich nach oben, und die Truppe poltert die Stiege hinauf. Ich gehe hinterher, bleibe jedoch am Treppenabsatz stehen.

»Und jetzt?« Lauer stellt sich neben mich und kneift die Augen zusammen.

Ich gehe keinen Schritt weiter, sondern zeige nur in die Richtung, in der mich die Irmgard zu Boden gerissen hat. Ich will die nicht mehr sehen und riechen gleich gar nicht. Es wäre schade um meinen Rostbraten.

Angeführt von Lauer zücken die Beamten Taschenlampen und gehen im Gänsemarsch zur Wand.

»Was stinkt denn hier so?«, höre ich den Kommissar wie erwartet schimpfen.

»Dreimol derfed Se roda. Die Irmgard nadierlich!«, rufe ich.

»Schon, aber da ist noch was …«

Suchend schauen sich alle um.

»Nägele!«, überschlägt sich Lauers Stimme. »Spinnennetze sind das eine. Aber ist es in Steinheim auch üblich, dass man den Tatort vollk…kübelt?!«

»Meine Güte, ich hätt's au lieber b'halta!«

Jemand im weißen Overall reicht eine kleine Dose herum und alle schmieren sich etwas von dem Zeug unter die Nase. Ich krieg natürlich wieder mal nichts davon ab. Deshalb bleibe ich in sicherer Entfernung und setze mich auf einen alten Stuhl. Hier an der Treppe weht wenigstens etwas frische Luft herauf.

Lauer verschafft sich einen Überblick, gibt hier und da Anweisungen, stellt Fragen. Dann kommt er zu mir rüber, zieht einen wackligen Hocker heran und setzt sich neben mich.

»Also, erzählen Sie mal. Wie war das genau?« Er zückt seinen Notizblock. Gerade will ich zu meinem Bericht ansetzen, da unterbricht er mich gleich wieder: »Aber Frau Nägele, Sie wissen: Fakten, Fakten, Fakten!«

»Was sonscht? Also des war so …«

Ich schildere ihm minutiös, wie mich Mutter in den Löwen zitiert hat. Ich teile ihm die Ergebnisse meiner Zeugenbefragung mit. Danach beschreibe ich meine Suchaktion, zuerst in Irmgards Wohnung, dann im Löwen und in den Nebengebäuden.

»Und nirgendwo eine Frau Lämmle!«, schließe ich. »Und i hab wirklich überall g'sucht – unter Einsatz meines Lebens. Zuerschd hat's mich vor dem Kühlraum derart uff dr Hentra gesetzt, weil i über so a bleede Metallstanga g'schtolpert benn. Die hab i aber sofort ens Eck g'schmissa …«

»Frau Nägele, nicht abschweifen!«

»Isch jo gut! Im Kühlraum isch mir nix weiter uffg'falla, außer dass die Regale mol wieder butzt werda müsstet. Do isch en ziemlich unschöner brauner Fleck, direkt neben dem Gugelhupf ...«

»Gugelhupf?«

»Gugelhupf!«

Ich erklär ihm jetzt nicht, was ein Gugelhupf ist. Er will ja nur die Fakten.

»Okay, Gugelhupf. Und was weiter?«

»I benn glei widder raus aus dem Kühlraum. Do war's so kalt.«

»Wohin sind Sie dann gegangen?«

»I hab me en dr Scheuer omguggt. Zuerschd onda ond dann benne do ruff. I hab mir des ganze Zeig aguggd ond hab mich g'wondert, dass des älles so komisch g'rocha hat. Aber jetzt woiß i jo, des war nadierlich die ...«

»Frau Nägele, Fokus!«

»Henn Se doch a bissele Geduld, Herr Lauer! Jedenfalls hann i die scheene Kleider g'fonda und hann se dr Irmgard aziaga ... also, derra Schaufensterpuppa, i hab jo net g'wisst, dass des die Irmgard war!«

»Warum?«

»Was, warum?«

»Warum wollten Sie der Puppe ein Kleid anziehen?«

»Weil a Schaufensterpuppe dorzua do isch. Und außerdem fend i des Kleid wirklich schick. Mein Modesinn isch ...«

»Das schwarze mit den weißen Punkten?«

»Ja, warum?

»Die Sachen liegen verstreut auf dem Boden.«

»Das nächschde Mol kann i gern a bissle aufräumen, wenn i eine Leiche fend«, erwidere ich schnippisch.

Lauer fragt unberührt weiter: »Und dann?«

»Dann hab i an derra Puppa ihrm Arm zoga, weil i jo net so hoch nuffkomma benn, ohne Leiter.«

»Und weiter?«

»Dann isch des ganze Mensch ronderg'hagelt, hat mich omg'haua und isch uff mir romgläga. ›Blöde Kuh‹, hab ich no g'schimpft, hab se hochdrückt, ronderg'schmissa, aguckt, g'rocha, benn sofort uffg'schbritzt und ja … neben dem Kleiderschrank.«

Erwartungsvoll schau ich Lauer an.

Der überfliegt seine Notizen und nickt bedeutungsschwer. »Kleiderschrank«, sagt er nur und schüttelt sich.

Danach weist er seine Leute an, sich im Anschluss die anderen »Hüttenwerke« vorzunehmen, einschließlich den Kühlraum, und abschließend die Wohnungen von Frau Lämmle senior und junior. »Wir gehen schon mal rüber, Frau Nägele. Gehen Sie bitte voraus«, fordert er mich auf und scheucht mich die steile Stiege hinunter.

Schade, ich hätte das Team gerne noch ein bisschen bei der Arbeit unterstützt. Draußen angekommen, weiß ich jedoch gleich die frische Luft zu schätzen, und als wir über die Hintertür in die Küche treten, duftet es aus allen Ecken. In der Gaststube werden wir mit lautem Hallo und erhobenen Bierkrügen empfangen. Die Stimmung ist ausgezeichnet. Dass Simon ebenfalls einen Krug in der Hand hält, befremdet mich allerdings etwas.

Weil Emil aber gerade zu einer Ansprache ansetzen will und Lauer etwas irritiert zu sein scheint, ziehe ich ihn direkt ins Treppenhaus nach oben zu Irmgards Wohnung. Nach kurzem Stöhnen setzt er sein Messer wieder als Machete gegen mein Klebebandkunstwerk ein und öffnet die Tür. Seine Frage, ob die bei meiner Inspektion bereits unverschlossen gewesen sei, kann ich bejahen.

Seit ich vor gut drei Stunden in den Räumen war, hat sich augenscheinlich nichts verändert. Das teile ich Lauer gleich mit. Allerdings scheint mir, dass der Käse auf Irm-

gards Brot seither mehr Schimmel angesetzt hat. Beschwö-
ren kann ich das jedoch nicht.

Lauer schaut mich nachdenklich an. »Die Möglichkeit
besteht. Allerdings ist die Chance, dass diese Beobachtung
etwas zur Lösung des Falles beitragen wird, gleich null.«

Blödmann.

Er zieht Einmalhandschuhe aus seiner Hosentasche,
reicht mir ebenfalls ein Paar und weist mich umgehend an,
trotz der Handschuhe nichts anzufassen.

»Dann kann i die au glei auslassa!«

»Frau Nägele, das können Sie, aber dann verlassen Sie
sofort die Wohnung.« Sein Blick duldet keinen Widerspruch.

Gehorsam streife ich die Handschuhe über und tripple
hinter ihm her, ohne etwas zu berühren. Brauch ich ja auch
nicht. Hab ich ja bei meiner Visite bereits gemacht. Das
behalte ich aber besser für mich. Die Spusi wird meine
Fingerabdrücke schon finden. An der Schlafzimmerkom-
mode, am Arzneifläschchen auf Irmgards Nachttisch, am
Badschränkchen, an der Schreibtischschublade, auf ihrer
Tasche, auf ihrem Geldbeutel ... Ja, und auf dem Klo war
ich auch noch kurz.

»Sieht net so aus, als wär die Irmgard in de letschte Däg
in ihrer Wohnung g'wäsa«, resümiere ich, als wir wieder
Richtung Treppenhaus gehen.

»Allerdings«, stimmt mir Lauer zu. »Die Frage ist:
Wo war sie? Und wo ist sie zu Tode gekommen? Ich bin
gespannt, was meine Leute herausfinden.«

Das bin ich allerdings auch.

Während Melanie mit den anderen Gästen unten feiert,
machen Lauer und ich noch einen Abstecher in ihre Wohnung. Leise treten wir durch die ebenfalls unverschlossene
Tür und schleichen durch den Flur. Ich frag mich, warum

wir schleichen, und Lauer fragt sich das wohl ebenso, denn er richtet sich plötzlich auf und stapft ins Wohnzimmer. Im Gegensatz zu Irmgards Wohnung ist es hier sehr sauber und macht nicht den Eindruck, als hätte hier ein Kampf oder gar ein Mord stattgefunden. Keine Blutlache auf dem Boden, keine Hautfetzen am Glastischchen vor dem Sofa, keine umgestürzten Möbel oder zerbrochene Blumenvasen, wie man das aus dem »Tatort« kennt. Auch die anderen Räume wirken auf den ersten Blick unauffällig, auf den zweiten sogar penibel sauber. Das finde ich bemerkenswert, immerhin hat doch die Melanie am Samstag mehr oder weniger fluchtartig das Weite gesucht. Ist die immer so ordentlich, oder hat sie vielleicht seit ihrer Rückkehr tüchtig aufgeräumt? Die Spusi wird das alles genau untersuchen müssen!

Lauer und ich beenden unseren Rundgang und gesellen uns zu den anderen in die Gaststube. Allerdings nicht an den Stammtisch, an dem es mittlerweile hoch hergeht. Dort sitzen inzwischen wundersamerweise auch Waltraud, Erika und Vaters Kegelbrüder. Ich zerre den Kommissar, der seine Augenbrauen alarmierend weit nach oben gezogen hat, in die kleine Nische, in der am Kirbe-Samstag die Silvia gesessen hat.

Alfa stellt uns ungefragt eine Schüssel Linsen auf den Tisch und bringt gleich Spätzle und Saitenwürstle hinterher. »Wassa wolle Sie trinke?«

»Ein Wasser bitte«, bestellt Lauer.

»Ein Viertele Riesling«, sage ich.

Als ich aus dem Fenster schaue, sehe ich, wie ein Metallsarg gerade in einen Kombi verladen wird. Mir wird wieder etwas flau im Magen. Da geht sie hin, die Irmgard.

Lauers »Guten Appetit« erwidere ich mit gemischten Gefühlen.

Während der Kommissar es sich schmecken lässt und

ich am Viertele nippe, setzt das Polizeiteam seine Arbeit im Haus fort. Nach einem kurzen Blick in die Gaststube ist den Beamten klar, dass die Stimmung unter den vielen Gästen zwar grandios, aber eine gezielte Spurensuche hier sinnlos ist.

Bevor sie nach oben gehen, kommt die Leiterin der Spusi an unseren Tisch und flüstert Lauer etwas zu. Nun muss man wissen, dass meine Ohren derart gut sind, dass ich den Flügelschlag eines Schmetterlings höre, wenn er in China zum Flug ansetzt. Ja, okay, nicht ganz, aber ich höre wirklich ausgezeichnet. Nicht dass ich immer lauschen würde, aber ich bekomme halt mit, was gesprochen wird.

»Im Mund des Opfers haben wir wieder ein Foto gefunden, wie in den anderen Fällen«, vernehme ich das Wispern der Frau.

In den anderen Fällen? Plural!

»Ha!«, platzt es aus mir heraus, und die Spusi-Leiterin macht einen Satz nach hinten.

»Hab ich's nicht g'sagt? Eine Serie!«, rufe ich und springe auf.

Lauer drückt mich sofort wieder auf den Stuhl zurück und hält mir den Mund zu. Er dreht sich zum Stammtisch und vergewissert sich, dass niemand meinen Ausbruch mitbekommen hat. Diese Befürchtung ist jedoch unnötig, denn Vater hat gerade einen seiner berühmten Witze erzählt, und die Zuhörer biegen sich vor Lachen.

»Ist gut, vielen Dank«, entlässt Lauer seine Kollegin. »Wir reden im Kommissariat weiter.«

Danach wendet er sich wieder seinen Linsen zu und ignoriert mich. Aber so einfach lasse ich ihn nicht davonkommen!

»Raus mit dr Sproch! Mehrere Foddos? Was isch bei der Irmgard druff?«

Lauer reagiert nicht und isst seelenruhig weiter. Ungeduldig ziehe ich ihm den Teller weg. Da trifft mich sein Blick wie ein Laserstrahl, und ich schiebe den Teller vorsichtshalber wieder zurück.

KAPITEL 21

»Möchtesch du no a Brezel?« Obwohl es gestern recht spät geworden ist, war der BMVÄ bereits beim Bäcker und hält mir jetzt den Brotkorb hin.

Gerne greife ich noch mal zu und schmiere mir eine Butterbrezel. Durch die geöffnete Terrassentür höre ich das leise Rauschen des milden Landregens, der vor einer halben Stunde eingesetzt hat. Gut, dann muss ich nicht gießen. Ich habe ohnehin vor, die Aktivitäten des heutigen Tages auf das Allernötigste zu beschränken. Das ist unter anderem der Tatsache geschuldet, dass ich gemeinsam mit dem BMVÄ und Simon erst kurz vor 1 Uhr in der Nacht heimgekommen bin. Die Trauerfeier im Löwen ist noch etwas eskaliert, was ich durchaus Lauer und seinen Leuten anlaste. Denn als die kurz nach 20 Uhr endlich mit ihrer Arbeit fertig waren, hat Mutter mit wortreicher Unterstützung der restlichen Trauergesellschaft das gesamte Team zu Linsen und Spätzle eingeladen. Da das Wochenende bevorstand, haben sich die Beamten nicht lange bitten lassen. Nur ein Pechvogel wurde ausgelost, der die Proben ins Labor bringen musste, während die anderen sich in der Gaststube breitgemacht haben. Festus übernahm wieder den Zapfhahn, zeitweilig unterstützt von Simon. Warum eigentlich von Simon? Nun ja, und als Emil später sein Akkordeon herausgekramt hat, war das feucht-fröhliche Ende des Abends vorprogrammiert.

Der BMVÄ und ich lassen am Frühstückstisch den gestrigen Tag Revue passieren, und ich berichte ihm, was mir

Lauer im Vertrauen mitgeteilt hat. Und ja, auch was mir die Leiterin der Spusi verraten hat, als wir gesellig beieinandersaßen und unter Kolleginnen das ein oder andere Gläschen Grappa getrunken haben. Von Kim, die ich nun durchaus als gute Freundin bezeichnen darf, habe ich Details über das Foto in Irmgards Mund erfahren. Interessanterweise handelt es sich dabei um ein Ultraschallbild, das offenbar zu Beginn einer Schwangerschaft entstanden ist. Der Fötus dürfte gut drei Monate alt gewesen sein, vielleicht auch ein bisschen älter. Der Rand, auf dem die Daten der werdenden Mutter und des Arztes normalerweise vermerkt sind, war allerdings abgeschnitten. Kim hat mir ebenfalls unter dem Siegel der Verschwiegenheit erzählt, dass man davon ausgehen könne – höchstwahrscheinlich, also ohne Gewähr, nicht, dass sie sich zu diesem frühen Zeitpunkt schon festlegen wolle, aber durchaus zu 99 Prozent …

»Hä, wie meinen?« Der BMVÄ schaut mich fragend an.

Ich fang also von vorne an. »Die Kim meint, dass d' Irmgard wohl nicht uff dr Scheuer, sondern im Kühlhaus g'schtorba isch.«

»Oha!«, kommentiert der BMVÄ. »Wie des?«

Ich gebe Kims Erklärung wieder, dass in Anbetracht von Irmgards Alter, des für ihre Größe geringen Gewichts und nicht zuletzt wegen ihrer starken Erkältung der Erfrierungstod vermutlich schnell eingetreten ist.

»Woher will die des wissa?«, hakt er nach und schüttelt sich.

»Die Kim hat g'sagt, dass sie wohl Erfrierungen uff dr Haut g'hett hat.«

»Die Kim hat Erfrierunga g'hett?«

»Nein, Mann, die Irmgard!«, entgegne ich.

»Und warum isch die Irmgard überhaupt in den Kühlraum nei?«

Geduldig erkläre ich, dass sie nicht freiwillig hineingegangen ist, worauf eine Verletzung am Hinterkopf und Spuren im Schlafzimmer hindeuten. Offensichtlich wurde sie dort bewusstlos geschlagen, ausgezogen und anschließend in den Kühlraum gebracht. Deswegen wohl auch das Chaos.

»Dann hat se vor ihrem Tod wenigschtens nix mehr mitgriagd.«

»Ähm, na ja ...«

Der BMVÄ schaut mich aufmerksam an.

»Die Irmgard isch wohl nommol zu sich komma und hat verzweifelt versucht, die Tür uffzumacha.«

Der BMVÄ verzieht das Gesicht. Kann ich verstehen, kein schöner Gedanke.

»Mr hat Kratzspura g'fonda«, fahre ich fort. »Die hann i au g'säha, aber i hann denkt, die senn vom Festus seim Sackkarra.«

»Die Tür war verriegelt?«

»Ja, von außa mit ra Eisenstanga. Die Spusi hat se im Eck neben dem Kühlraum g'fonda.«

Ich behalte für mich, dass ich die da höchstpersönlich hingeschmissen habe. Auch dass man hofft, Fingerabdrücke darauf zu finden, sage ich nicht. Meine finden sie ganz bestimmt.

»Ond des klebrige Zeug uff em Regal näber dem Gugelhupf war vermutlich Blut von dr Irmgard. Genaueres wissa mr aber erscht, wenn die Ergebnisse aus em Labor do senn.«

»Klar.« Der BMVÄ nickt wissend. Auch er liebt Krimis.

Eine Weile sagt keiner ein Wort, aber an seiner Mimik erkenne ich, dass sich der BMVÄ die Irmgard im Kühlraum vorstellt. »Und wie isch se dann uff die Scheuer nuffkomma?«, fragt er schließlich.

Ich erklär ihm, dass der Täter die Leiche nach oben geschafft und am offenen Fenster drapiert haben muss.

»Von ganz oba im Löwen nonder, über den Hof in die Scheuer und dann wieder ganz oba nuff? Do braucht's Kraft.«

Ich kann ihm nur zustimmen. Das scheint ein Muster zu sein, was meine Theorie eines Serienmörders unterstützt.

»Und warum der ganze Aufwand? Mr hett se eifach im Kühlraum liega lassa kenna.«

Das frag ich mich ebenfalls. Offensichtlich hat der Mörder Gefallen daran gefunden, seine Tat in Szene zu setzen und sein Opfer zur Schau zu stellen, Irmgard den Mund zu stopfen.

Da fällt mir das Foto aus Kuchen wieder ein, das mir Lauer vor einer guten Woche per Mail geschickt hat. Ich krame mein Handy hervor und schaue es mir gemeinsam mit dem BMVÄ noch mal an.

»Des isch der Textilfabrikant, den mr in seim Webstuhl g'fonda hat«, erkläre ich und reiche dem BMVÄ mein Telefon.

»Hübsche Damen!«, weiß der lediglich zu sagen, und ich reiß ihm das Gerät wieder aus der Hand.

»Der Kerle isch aber au net ohne!«, entgegne ich.

»Findesch?«

»Ja klar«, bekräftige ich, obwohl ich das ganz und gar nicht finde, denn ich steh nicht auf blonde Lackaffen. »Was will denn der mit denne Mädla? Die senn jo no blutjung.«

»Dreimol derfsch roda!« Der BMVÄ greift grinsend nach einer Brezel.

Ich zoome das Foto heran und betrachte den Lackaffen mit den Mädels genauer. Ach, guck, das ist allerdings höchst interessant.

Nach dem Frühstück kann ich es kaum erwarten, wieder in den Löwen zurückzukehren. Nicht, dass das Fest weitergehen würde. Nein, der Lauer hat alle Zeugen auf 11 Uhr einbestellt, nachdem eine Befragung gestern Abend nicht ansatzweise möglich war. Verständlicherweise.

Bereits zehn Minuten vor der Zeit betrete ich die Gaststube, weil ich den Lauer abfangen will. Aber Mutter und Alfa sitzen schon am Stammtisch. Sind die immer noch da, überlege ich kurz, doch Mutter ist schick angezogen, mit einem geblümten Sommerkleid mit Flatterärmelchen und Ausschnitt. Tiefem Ausschnitt! Sie ist geschminkt und sieht wie das blühende Leben aus. Alfa trägt einen dunklen Anzug mit Nadelstreifen, auf den Al Capone neidisch wäre. Für einen Termin mit der Polizei muss man sich doch nicht so herausputzen! Des wäre ja, als würde ich meine Glitzerpumps … Nun ja, das ist eine andere Geschichte!

Auch Festus ist schon da und putzt hinter dem Tresen die Kaffeemaschine. Vater und Emil mussten nicht erscheinen, genauso wenig wie der BMVÄ, der Simon, der Kegelclub, Waltraud und Erika. Von Lauers Leuten ist ebenfalls niemand da. Aber der Kommissar ist diesmal früh dran und sitzt bereits mit der Melanie in der altbekannten Nische. Ich lasse mich am Stammtisch nieder und versuche, etwas von dem Gespräch der beiden mitzubekommen. Doch Festus klappert an der Maschine herum und Mutter und Alfa unterhalten sich lautstark über Kochprojekte. Da können sogar meine ausgezeichneten Ohren nichts ausrichten.

Hin und wieder luge ich zur Nische hinüber, und da erblicke ich plötzlich ein fünftes Bein, das in einer Uniformhose steckt.

»Kälble, bisch du des?«, rufe ich, und tatsächlich erscheint nicht nur ein zweites Bein, sondern der ganze Kälble in Uniform. Am Tresen ordert er ein Mineralwasser für Melanie, würdigt mich jedoch keines Blickes und verschwindet grußlos wieder in der Nische.

Erst als Lauer die Befragung von der Melanie beendet, tritt unser Dorfpolizist wieder in mein Sichtfeld. »Herr Wilhelm Blank bitte!«, blökt er in die Runde und schaut sich um, als würde er den Festus nicht kennen.

Der legt sein Putztuch zur Seite, geht an Kälble vorbei und salutiert. »Jawoll, Herr Polizeioberamtsratsbachl!«

Kälble will Einspruch erheben und schaut empört zu Lauer, der winkt allerdings ab. Gerne hätte ich Melanie jetzt gefragt, was der Lauer von ihr wissen wollte, aber sie verschwindet gleich in ihre Wohnung, die die Spusi wieder freigegeben hat. Dass sie geweint hat, war nicht zu übersehen.

Ich richte meine Aufmerksamkeit wieder auf die Nische, in der jetzt Festus dran ist. Und weil niemand mehr an der Kaffeemaschine rumschraubt und Mutter sich mit Alfa in die Küche verabschiedet hat, kann ich nun das Gespräch mitverfolgen. Vor allem, weil Kälble, der offensichtlich protokollieren muss, alles laut wiederholt.

Lauer möchte im Prinzip genau das wissen, was ich bei meiner Befragung bereits rausbekommen und dem Kommissar mitgeteilt hab. Wann Festus Irmgard zum letzten Mal gesehen habe, wann er abgereist und wieder zurückgekommen sei. Ob jemand bezeugen könne, dass er sich am Sonntag nach dem Aufräumen mit Mutter und Alfa in seinem Zimmer aufgehalten hat, was Festus leider verneinen muss. Ob ihm noch vor seiner Abfahrt ins Allgäu etwas aufgefallen sei oder ob sich die Frau Lämmle in letzter Zeit anders benommen habe als sonst.

»Noe, älles wie emmer, au mit dem alda Ribb«, fasst sich Festus kurz.

»Wie schreibt man ›Ribb‹? Mit zwei ›b‹?«

Lauer geht nicht auf Kälbles Zwischenfrage ein.

»Was ist mit Ihrer Hand passiert, Herr Blank?«, erkundigt er sich stattdessen.

»Ach, des isch nix«, winkt Festus wie erwartet ab. »Da hab i mi nur am Kirbe-Samstag amma zerbrochena Glas g'schnitta«.

Hä ... wie jetzt?

Mit ein paar schnellen Schritten bin ich in der Nische. »Festus, des war doch net am Samstag. Des war doch bei deiner Schwester im Stall!«, korrigiere ich ihn.

»Äh, ja ... ach so ... richtig ...«, stottert der alte Mann herum.

Das macht Lauer misstrauisch. Und mich auch.

Der Kommissar will nun genau wissen, was es mit der Verletzung auf sich hat, doch Festus verwickelt sich noch mehr in Widersprüche und verstummt schließlich vollständig.

Womöglich braucht der jetzt einen Rechtsanwalt! Ich verzieh mich lieber wieder an den Stammtisch.

»Brauch ich jetzt einen Rechtsanwalt?«, erkundigt sich Festus in dem Moment.

Lauer telefoniert und beordert einen seiner Mitarbeiter in den Löwen, um Festus zu einer medizinischen Untersuchung abzuholen und seinen genauen Aufenthalt zur Tatzeit abzuklären. Einstweilen soll sich Festus an den Stammtisch setzen und warten. Das tut er auch. Ich will ihn aufmuntern, aber er ist beleidigt. Mit verschränkten Armen vor der Brust starrt er Löcher ins Parkett.

Kälble ruft Mutter auf, die reagiert allerdings nicht. Ich schau in der Küche nach, dort ist jedoch weder Mutter noch Alfa zu sehen. Durch das Fenster zum Hof entdecke ich die beiden auf einer alten Holzbank. Alfa schwingt gestenreiche Reden, und Mutter kichert. Was müssen die denn immer rumschäkern?

»Mutter, Alfa! Sofort reikomma, ihr senn dra!«, rufe ich in scharfem Ton.

Eilig haben sie's nicht. An Alfas Arm stöckelt Mutter gemächlich über den gepflasterten Hof, diesmal in lachsfarbenen Pumps.

»Das machet ihr mir doch zum Bossa«, murmle ich und schiebe die beiden unsanft in die Gaststube.

»Ma, bambina …«, will Alfa mich beruhigen.

Aber der braucht mir jetzt gar nicht zu kommen mit seinem Bambina-Gerede. Persönlich führe ich Bonnie and Clyde zu Lauer an den Tisch.

Der mustert beide von oben bis unten. »Schick«, bemerkt er. »Bitte setzen Sie sich.«

Erhobenen Hauptes wirft mir Mutter einen triumphierenden Blick zu und lässt sich zwischen Lauer und Alfa nieder.

Beide wiederholen die Aussage, die sie mir gegenüber schon gemacht haben, und schildern, wie sie am vergangenen Sonntag nach der Kirbe im Löwen alle Vorkehrungen für die darauffolgende Woche getroffen haben. Auf Lauers Frage hin, ob sie Frau Lämmle in den letzten Tagen gesehen oder zu ihr Kontakt gehabt hätten, antwortet Mutter, sie habe zweimal vergeblich versucht, die Irmgard wegen der neuen Speisekarte anzurufen.

»Und dass sie nicht drangegangen ist, hat Sie nicht gewundert?«

»Nein, die Irmgard isch a Telefonmuffel.«

»Und Sie beide waren dann gestern zum ersten Mal wieder hier?«

Mutter nickt.

»Neina«, erwidert Alfa, und Mutter schaut ihn überrascht an. »Isch ware martedì da, also Dienstag, wegen pomodori e insalata aus meina giardino. Habe isch in Kühlraum getan, für diese Wochenende.«

»Um wie viel Uhr?«

»Alle dieci del mattino, circa.«

»Etwa um zehn Uhr am Morgen«, übersetzt Mutter.

»Und der Kühlraum war leer?« hakt Lauer nach.

»Sì ... no ... sì ...«

»Alfa, was jetzt?«, rufe ich hinüber.

Lauer wirft mir einen strengen Blick zu. Mutter auch.

»Ware Lebensmittel in Kühlraum, aber nischta Irmgarda.«

Also, geht doch! Dann muss die Irmgard zu dem Zeitpunkt schon am Scheunenfenster gesessen sein, kombiniere ich. Kein Wunder, dass die so gemeuchelt hat. Wobei, vielleicht war sie am Dienstag noch gar net tot! Ich bin verwirrt.

»Das grenzt den Tatzeitraum weiter ein«, schlussfolgert Lauer und ich schaue ihn verwundert an.

»Kann man das Scheunenfenster von außen sehen?«

»Eigentlich net«, antworten Mutter und ich gleichzeitig.

Lauer blickt zwischen uns hin und her. »Eigentlich?«

»Ja, die Scheuer vom Nachbarhaus steht vis-à-vis«, plustert sich Mutter jetzt auf. »Aber dass da jemand rüberguggt, ist unwahrscheinlich.«

»Gut, das werden wir prüfen. Kommt jeder in den Kühlraum rein?«, will Lauer nun von Alfa wissen.

»Certo! Ista nix chiuso, geschlossen.«

»Waren Sie an dem Dienstag auch hier im Haus?«

»Neina, bin isch heima direttamente.«

»Haben Sie einen Schlüssel für den Löwen?«

»Neina.«

»Und Sie?« Er blickt Mutter an.

»Ja natürlich! Ich bin die Köchin!«, erwidert die.

Als ob es da Zweifel gäbe!

»Ich frage Sie beide noch einmal: Waren Sie seit letztem Sonntag im Löwen?«

»Nein« und »No« ertönt es wieder unisono.

»Mir haben uns erscht wieder geschtern um 9 Uhr hier im Haus gesehen, um die Vorbereitungen für das Wochenende zu treffen«, ergänzt Mutter, um ihr bestes Hochdeutsch bemüht. »Festus hat Getränke aufgefüllt und die Schankanlage gereinigt. Als sich die Irmgard eine Stunde schpäter immer noch net gezeigt hat, ist er nach oben, um nachzuschauen. Aber sie war net in der Wohnung. Zu dritt haben mir dann alles abgesucht und schließlich die Elvira um Hilfe gebeten.«

»Gut, danke. Das war's fürs Erste. Bitte halten Sie sich zu unserer Verfügung. Falls wir noch Fragen haben, kommen wir auf Sie zu.«

Beide nicken und stehen auf. Alfa will Mutter wieder den Arm anbieten, doch sie bemerkt meinen Blick und verzichtet darauf. Laut stöckelnd und erhobenen Hauptes verlässt sie die Gaststube, gefolgt von ihrem Angelo im Nadelstreifenanzug.

Keine Minute später geht die Tür auf und ein uniformierter Polizist erscheint. »Ich soll einen gewissen Wilhelm Blank für eine Untersuchung abholen.«

Festus rührt sich nicht, und ich schau unbeteiligt zum Fenster hinaus. Aber Kälble springt dienstbeflissen auf und deutet auf Festus. Der bewegt sich allerdings immer noch keinen Millimeter. Kälble weiß sichtlich nicht, wie er reagieren soll, und gibt daher vor, dringend aufs Klo zu müssen. Feigling.

»Herr Kommissar, soll ich …?«, wendet sich der Ludwigsburger Beamte an Lauer und will Festus am Arm packen.

»Sekunde noch!«, hält ihn Lauer zurück, die Augen auf sein Handy gerichtet. Offensichtlich liest er eine Nachricht, dann hebt er den Kopf. »Frau Nägele, könnten Sie bitte zu Frau Lämmle hochgehen und nachsehen, ob sie da ist?«

»Sie wissed doch, dass die tot isch!«, platze ich heraus, merke jedoch in derselben Sekunde bereits meinen Irrtum. »Ach, ja klar, die Melanie. Soll ich was ausrichta?«

»Sie soll bitte noch einmal runterkommen.«

Tatsächlich befindet sich die Melanie in ihrer Wohnung, doch vor lauter Weinen hört sie mein Klopfen nicht. Da ich Lauer nicht weiter verärgern möchte, trete ich ein, und da sitzt die junge Frau wie ein Häufchen Elend auf dem Sofa. Bergeweise liegen Papiertaschentücher um sie herum. Aus verquollenen Augen starrt sie mich an. Es dauert eine Weile, bis sie versteht, was ich sage. Nämlich dass sie runterkommen soll zum Lauer. Schließlich nickt sie, verfällt allerdings sogleich wieder in einen heftigen Weinkrampf.

Als wir nach gut einer Viertelstunde endlich die Gaststube betreten, hat Festus die Kaffeemaschine wieder in Gang gebracht und trinkt mit Lauer, Kälble und dem anderen Beamten Cappuccino. Anscheinend hat sich die Lage wieder entspannt. Melanie und ich setzen uns dazu, und Festus bringt Melanie sofort einen Kaffee. Ich muss ihn extra um eine Tasse bitten, weil er noch immer beleidigt ist. Aber schließlich sind wir alle versorgt. Das Gespräch plätschert dahin, und ich weiß nicht so recht, was das jetzt werden soll.

Da richtet Lauer das Wort an Melanie. »Frau Lämmle, Sie sind vergangenen Samstag gegen Mittag weggefahren und am Mittwochabend gegen 20 Uhr bei ihren Eltern wieder aufgebrochen?«

Melanie nickt stumm.

»Sie sind sich da ganz sicher?«, hakt er nach und schaut sie eindringlich an.

»Ja, schon.« Melanie wird unsicher.

»Warum haben Ihre Eltern dann ausgesagt, dass Sie bereits Sonntagabend gegen 17 Uhr zurückgefahren sind?«

Sie blickt ihn aus großen Augen an. Festus und ich halten die Luft an.

»Frau Lämmle, ich frage Sie: Wo waren Sie zwischen Sonntagabend 17 Uhr und Mittwochabend 22.30 Uhr?« Lauers Ton hat sich verschärft.

»Ich … ich …« Melanie schüttelt den Kopf und fängt wieder an zu weinen.

Der Kommissar wartet eine Weile, aber Melanies Lippen bleiben verschlossen.

»Herr Blank, und Sie frage ich auch noch einmal: Woher stammt Ihre Verletzung an der Hand? Waren Sie überhaupt bei Ihrer Schwester?«

Festus schweigt.

»Bringen Sie Frau Lämmle und Herrn Blank aufs Kommissariat!«, fordert Lauer den Beamten auf.

Der springt auf und hält die Tür zum Treppenhaus auf. Festus legt Melanie den Arm um die Schultern und führt sie hinaus. Und ich frag mich, was ich hier nicht mitgekriegt hab.

KAPITEL 22

»Sag amol, was duasch denn du eigentlich do?«, möchte ich vom Kälble wissen, als wir allein am Stammtisch sitzen, nachdem Lauer für ein Telefonat den Raum verlassen hat.

»Ich bin als Protokollant gerufen worden, weil die in Ludwigsburg am Wochenende unterbesetzt sind und dennoch fachkundiges Personal brauchen.«

Der tut jetzt so wichtig, dass er plötzlich Hochdeutsch spricht. Als ob das helfen würde!

»Fachkundiges Personal. Do wärsch du aber der Letschte, der mir do eifalla däd.«

Kälble schaut mich beleidigt an. Weil ich aber noch ein paar Informationen von ihm brauche, will ich es mir nicht ganz mit ihm verderben.

»Witzle g'macht«, sag ich. »Scho guad, dass Du dorbei bisch, bei so amma wichtiga Fall!«

Nun lächelt er mich an und verrät mir sogar, dass er bereits um 9.30 Uhr einbestellt worden sei, weil diverse Hinweise gesichtet werden mussten, die seit gestern Abend eingegangen sind. Aber natürlich dürfe er nicht darüber sprechen.

Ich nicke ihm verständnisvoll zu. »Unter uns Kollega: Des isch net ganz eifach, wenn man die Hintergründe kennt und net drüber schwätza derf, gell, Kälble?«

»Jo, scho.«

»Was eim do so älles im Kopf romgoht!«

Der Kälble verdreht die Augen, als würde er nachschauen, was bei ihm da oben so umgeht. Dann nickt er langsam.

»Des hann i geschtern au mit dr Kim beschprocha, weisch, dr Leiterin von der Spusi«, fahre ich fort.

Kälble blickt überrascht. »Du kennsch die Leiterin von der Spusi, Elvira?«

»Ja freilich! I war jo geschtern an derra ganza Aktion beteiligt, und mir henn zum Schluss die erschte Spura ausg'wertet. Aber mir müsset ja no warta, bis die Ergebnisse aus dem Labor do senn und …«

Ich mache eine Pause und warte, ob er den Köder geschluckt hat. Vielleicht braucht er nur etwas Zeit, um sein Gehirn zu sortieren.

Das scheint endlich der Fall zu sein, denn plötzlich gibt er in astreinem Polizistensprech wieder: »Ja, ein paar Ergebnisse sind jetzt da!« Er nimmt Haltung an. »Ad eins: Bei der Durchsuchung von Wilhelm Blanks Zimmer, das er im Löwen bewohnt, wurde ein Messer mit Blutanhaftungen gefunden. Weitere Blutspuren wurden in Irmgard Lämmles Schlafzimmer und an der Innenseite ihrer Wohnungstür sichergestellt.«

Au, das ist äußerst interessant, allerdings ungut für den Festus. Deswegen die Anordnung zur ärztlichen Untersuchung vom Lauer.

»Ad zwei: Bei der Durchsuchung von Irmgard Lämmles Wohnung wurde ein Testament entdeckt. Haupterbe ist demnach der bereits verstorbene Rudolf Lämmle junior. Ein weiterer Begünstigter ist Herr Wilhelm Blank. An ihn fällt ein Wertpapierdepot in aktuell nicht bekannter Höhe.«

Festus, Festus! Wenn der davon wusste und die Auszahlung des Erbes beschleunigen wollte … Nicht gut. Gar nicht gut.

»Ad drei: Es gibt Hinweise, dass in der Nähe der verschiedenen Standorte, an denen Silvia Renner im Schuldienst war, ungeklärte Kapitalverbrechen verübt worden sind. Entsprechende Informationen und Zusammenhänge müssen noch verifiziert werden.«

Sag ich doch! Den Hinweis hat der Lauer nur mir und meinem Bauchgefühl zu verdanken.

Ad vier füge ich in Gedanken hinzu, immerhin hab ich die Information gerade aus erster Hand erhalten: Das Alibi von der Melanie ist lückenhaft. Über einen Zeitraum von gut 48 Stunden ist ihr Aufenthalt ungeklärt.

»Kälble, du bisch so ein Käpsele«, bemerke ich zufrieden. »Die Polizei kann stolz auf dich sei!« Ich klopfe ihm anerkennend auf die Schulter.

»Auf was kann die Polizei stolz sein?«, fragt Lauer, den eine deutliche Duftwolke Zigarettenrauch umgibt.

»Äh, auf Mitbürger wie den Kälble, die ihren Samstag opfern, um ihren Beitrag für die Gesellschaft zu leischten.«

Der Kälble strahlt mich an.

Der Lauer blickt irritiert zwischen uns beiden hin und her. »Nun zu Ihnen, Frau Nägele«, sagt er dann und setzt sich der Einfachheit halber zu uns an den Stammtisch.

Kurz überlege ich, ob ich uns drei Weizenbier zapfen soll, verwerfe den Gedanken jedoch wieder. Der Kälble hat bereits den Laptop in Position gebracht und schaut erwartungsvoll zu Lauer.

»Ihre Aussage zur Auffindung der Leiche haben wir gestern bereits aufgenommen. Möchten Sie noch etwas hinzufügen?«

Kälble hämmert auf die Tastatur. Wenigstens stenografiert er nicht mehr von Hand.

»Nein, zur Auffindungssituation von Irmgard Lämmle habe ich nichts hinzuzufügen«, diktiere ich langsam und deutlich, damit der Kälble mitkommt. »Was ich aber bemerken möchte, isch, dass ich das Zimmer von Herrn Wilhelm Blank bei der Suche nach der Irmgard leider übersehen habe, sonst hätte ich sicherlich schon früher das blutbehaftete Messer entdeckt.«

»Kälble!«, schreit Lauer, dass es mich fast vom Sitz haut. »Das sind Interna, die nicht weitergegeben werden dürfen!«

»Ich hab's der Elvira g'sagt, dass ich das nicht weitergeben darf«, verteidigt sich der Kälble zerknirscht, und Lauer muss tief durchatmen.

»Jetzt, wo des raus isch«, fahre ich fort, um die Situation etwas zu entschärfen, »wär's au interessant zu wissen, ob man die Blutspuren jemandem zuordnen konnte.«

Einen Moment atmet der Lauer gar nicht, und ich mach mir schon ein bisschen Sorgen.

Dann fällt er seufzend in sich zusammen. »Ja, das Blut auf der Messerschneide stammt von Herrn Blank, das hat mir das Labor eben telefonisch bestätigt. Ebenso einige Blutabdrücke auf der Wohnungstür von Irmgard Lämmle. Die anderen Blutspuren dort konnten Frau Lämmle senior zugeordnet werden, ebenso wie die in ihrem Schlafzimmer.«

»Dann hat sich der Festus mit dem Messer also g'schnitta?«

»Ja, aber es ist ein Messer aus Frau Lämmles Besitz.«

»… aus Frau Lämmles Besitz«, wiederholt der Kälble, während er mit zwei Fingern die Tastatur bedient.

»Kälble, das gehört nicht ins Protokoll! Sie schreiben erst wieder, wenn ich es sage!«

Lauer haut den Deckel des Laptops zu. Kälble schafft es gerade so, seine Finger rechtzeitig hervorzuziehen.

»Dann war der Festus bei der Irmgard und die hat ihn angegriffen?«, hake ich nach. »Sind ihre Fingerabdrücke auf dem Messergriff?«

»Ja, und die von Blank ebenfalls. Aber warum sollte Frau Lämmle senior ihn angreifen?«

»Die henn sich ordentlich in de Hoor g'hett, wägga der Melanie und der Silvia. Dr Festus hat dr Irmgard sogar droht, und die hat ihn dann nausschmeißa wella.« Mit Genugtuung merke ich, wie Lauer sich fleißig Notizen macht, nachdem er seine Überraschung überwunden hat. »Aber die wär viel zu schwach g'wäsa zum Angreifa«, ergänze ich abschließend.

»Eher hat sie sich gegen Blank verteidigt«, stimmt Lauer zu.

»Er hätte ja von dem Testament profitiert. Vielleicht hat er au Angscht g'hett, sie ändert des nach ihrem Streit«, überlege ich weiter.

Lauer zuckt zusammen und wirft einen weiteren bösen Blick zu Kälble. Der bemerkt ihn jedoch nicht, denn er nutzt die protokollfreie Zeit für ein Nickerchen.

Lauer wendet sich wieder mir zu.

»Ja, laut Testament steht ihm ein ordentliches Wertpapierdepot zu, das von Rudolf Lämmle senior zu Lebzeiten angelegt wurde, aber erst nach dem Tod von Irmgard Lämmle ausgezahlt werden soll. Wir müssen allerdings noch prüfen, ob Blank etwas davon wusste und ob das gefundene Testament auch die letzte Version ist. Das lässt sich erst ab Montag klären.«

»Für den Festus sieht des net gut aus, gell?«

»Nach aktuellem Kenntnisstand nicht. Für die Ermordung von Frau Lämmle senior liegen schwerwiegende Motive vor. Seine Verletzung und die Indizien sprechen gegen ihn. Er kann kein lückenloses Alibi vorweisen. Nur für den Zeitpunkt des Mordes an Rudolf Lämmle ist sein Alibi durch das Treffen mit seinen Schulkameraden gesichert.«

»Und was isch mit der Melanie?«

»Es spricht einiges gegen sie. Zwar gehen wir aufgrund der körperlichen Kraft, die beide Taten erfordert haben, von einem männlichen Täter aus, aber es kann gut sein, dass Melanie Lämmle einen Komplizen hatte. Sie hat für beide Morde handfeste Motive, in dem einen Fall Eifersucht, in dem anderen Rache für jahrelange Verachtung. Dass sie am Tag von Herrn Lämmles Ermordung nach ihrem Besuch auf dem Jägerhof heimgefahren ist, kann niemand bezeugen. Und im Fall von Irmgard Lämmle …«

»Kennen wir die genaue Tatzeit noch nicht!«, unterbreche ich ihn. »Oder weiß man da schon was Genaues?«

»Die Leichenstarre hatte sich bereits wieder gelöst, als Sie das Opfer gefunden haben. Das passiert zwischen 24 und 48 Stunden nach Eintreten des Todes. Aufgrund des Zersetzungszustands gehen wir eher von drei bis fünf Tagen aus. Die Rechtsmediziner werden sich das morgen genauer anschauen. Aber die Aussage von Herrn Monteleone hat den Tatzeitpunkt weiter eingegrenzt. Vermutlich wurde Irmgard Lämmle am Sonntag, spätestens am Montag im Kühlraum eingesperrt, anschließend wurde der leblose Körper dann in die Scheune geschafft.«

Verdammt, das sieht weder für Festus noch für Melanie gut aus.

»Dass die Melanie aber au net secht, wo se en denne Däg war!«, rufe ich aufgewühlt.

Eine Weile reden wir nicht und jeder hängt seinen Gedanken nach.

»Haben Sie sich das Bild aus Kuchen angeschaut?«, ergreift er schließlich das Wort, und mir fällt wieder ein, warum ich heute eigentlich mit ihm reden wollte.

Aufgrund der schlechten Lichtverhältnisse war die Aufnahme nicht gerade eine fotografische Meisterleistung, aber immerhin in Farbe, und da ist mir zwischen all den vielen Partygästen ein Mädchen aufgefallen. Man sieht sie zwar nur von hinten, doch sie hat feuerrotes Haar.

»Sie meinen …? Gut, ich lasse prüfen, ob da ein Zusammenhang besteht.« Lauer greift zum Handy und gibt seine Anweisungen durch.

Nachdem er aufgelegt hat, nehme ich den Faden wieder auf. »Das Bildle, des mr im Mund von der Irmgard g'fonda hat, isch ja eine Ultraschallaufnahme …«,

»Und das wissen Sie von wem? Auch vom Kälble?«

Wieder ein leichter Ansatz von Gichtelei in seinem Gesicht.

»Noe, beruhiget Se sich. Des hann i geschtern so näbaher mitgriagd«, weiche ich aus, weil ich die Kim nicht verraten möchte, und ergänze schnell: »Also, nur mal angenommen, das Mädchen auf der Party in Kuchen war die Silvia, und die hat mit dem Lackaffen rumg'macht, obwohl sie vergäbba war. Dann hat's zwischa denne Männer Händel gäbba, und – zack – haut der Freund dem Lackaff eins auf den Kopf.« Ich schlage zur Untermalung in die Luft.

Lauer schaut mich skeptisch an.

»Der hett au gnuag Kraft g'hett, um die Leiche uff den Webstuhl zum lupfa«, lege ich nach.

»Aber warum?«

»Vielleicht, um ihn bloßzuschtella«, schlage ich vor. »Vor aller Augen lächerlich zu macha. Was weiß ich!«

Lauer schürzt die Lippen, als wäge er meine Worte ab.

Ich fühle mich ermutigt und wage mich weiter vor. »Jedenfalls hat die Silvia ein Trauma.«

Lauer schüttelt den Kopf. »Wie kommen Sie auf die Idee?«

»Weil sie Tranquilizer nimmt.«

»Ach, stimmt ja, Sie haben ja ihre Küchenschublade durchsucht«, bemerkt er tadelnd.

»Aus Versehen natürlich. Aber Sie solltet dem nochganga. Irgendwas trägt die mit sich rom. Es wär interessant zu wissen, ob die Silvia in Behandlung isch und seit wann die des Zeug nimmt.«

Lauer macht sich Notizen.

»Und schimpfet Se jetzt net wieder mit dem Kälble, aber er hat mir g'sagt, dass Sie in denne Orte, wo die Silvia als Lehrerin tätig war, uff Kapitalverbrecha gestoßen senn. I fend, Sie könnted mir do langsam selber was drüber saga.« Ich schaue ihn vorwurfsvoll an, und er blickt ebenso vorwurfsvoll zurück. »Denked Se bitte dran, von wem Sie den Hinweis überhaupt griagd henn!«, ergänze ich mit Nachdruck.

»Nun gut«, gibt er klein bei, aber erst nachdem er sich vergewissert hat, dass der Kälbe nach wie vor tief schlummert. »Wir sind in der Tat auf zwei weitere ungeklärte Morde gestoßen, mit ähnlichem Muster wie dem in Kuchen. In Lauffen am Neckar wurde ein Religionslehrer erdrosselt und an der Kirchenmauer aufgehängt. In seinem Mund war das Foto eines Beichtstuhls. In Schwäbisch Hall hat man den Sohn eines Wurstfabrikanten tot in seinem Porsche Cabrio entdeckt, mit einem Messer im Bauch und überhäuft mit Pöckelsalz. Das Bild in seinem Mund zeigte den Pranger auf dem Schwäbisch Haller Marktplatz.«

»Serie!«, sag ich nur.

»Womöglich haben Sie recht«, gibt er zu und ich mache innerlich einen kleinen Stepptanz. »Allerdings sind wir in Metzingen und Herrenberg auf nichts gestoßen«, beendet er prompt meine Tanzeinlage. Dann steht er auf. »Gut, das wäre es für heute. Und mit Frau Renner werde ich noch einmal sprechen. Tschüss, Frau Nägele.«

Er wirft einen letzten resignierten Blick auf seinen schnarchenden Protokollanten und verlässt den Löwen. Diesmal ist es der Kälble, der da einiges nicht mitgekriegt hat.

KAPITEL 23

Wie bei einer Prozession – oder eher wie bei einem Faschingsumzug – marschieren wir am späten Sonntagmorgen Richtung Löwen. Alle Lebensmittel, die Mutter und Alfa am Freitag vorbereitet haben, müssen versorgt werden, weil der Löwe erst mal zubleibt. Versteht sich von selbst, bei den jüngsten Vorkommnissen. Mutter von der notwendigen Schließung zu überzeugen, hat mich allerdings eine Menge Zeit und ein ordentliches Reservoir an Sprachkompetenz gekostet. Nach einigem Hin und Her und in Rücksprache mit Alfa hat sie schweren Herzens zugestimmt. Nicht, dass sie eine Alternative gehabt hätte, aber man diskutiert die Angelegenheit gern mal familienintern.

Allein die Tatsache, dass die Löwenchefin das Zeitliche gesegnet hat, hat Mutter und Alfa als Grund für eine Schließung nicht gereicht. Der Ausfall von Festus wäre hingegen schwer zu kompensieren, umso mehr, weil der BMVÄ am Wochenende anderweitige Verpflichtungen hat. Tom ist auf Montage und sowieso raus. Vaters Vorschlag, die Aufgaben an Simon zu übertragen, habe ich mit einem einzigen Blick unterbunden, den alle sofort kapiert haben. Dass Melanie wegen der Untersuchungshaft bis auf Weiteres ebenso wenig zur Verfügung steht, wurde nicht als allzu gravierend eingestuft, immerhin hat man das letzte Wochenende auch ohne sie gut bewältigt. Bemängelt wurde allerdings, dass ich als Bedienung durchaus an meine Grenzen gestoßen bin, was bei einem noch größeren Ansturm zu Problemen führen könnte. Geht's noch?

Auf alle Fälle bleibt der Löwe erst mal zu, doch wir dürfen rein. Der Gastraum und die Küche wurden von der Spusi wegen der unübersichtlichen Spurenlage längst auf- und der Kühlraum samt Keller bereits wieder freigegeben. Unsere Prozession führt natürlich Mutter an, die Bewahrerin des Schlüssels, dicht gefolgt von Alfa, der mittlerweile ja quasi zur Familie gehört und einige Rollen Alufolie unter den Armen trägt. Danach folgen Vater und Simon mit Rucksäcken voller Tupperdosen. Leonie, die von ihrer Oma ebenfalls zum Arbeitseinsatz beordert wurde, und ich bilden den Schluss mit einer Jahresration an Gefrierbeuteln. Vor dem Gasthaus treffen wir auf Waltraud und Erika, die sich zu einer kleinen Walkingrunde verabredet haben, ihren Plan jedoch spontan und gerne verwerfen, um uns zu helfen.

Jetzt ist Mutter wieder in ihrem Element. Sie stattet alle mit Schürzen und Küchenwerkzeugen aus und teilt jedem akribisch seine Aufgaben zu. Weil acht Personen in der Küche keinen Platz haben, bleibt nur Mutter mit den Männern dort. Waltraud, Erika, Leonie und ich verteilen uns an den Tischen im Gastraum. Mutter und Alfa müssen mit einer akuten Hungersnot im Bottwartal gerechnet haben, so viel Fleisch, Bratensoße, Milchprodukte, Eier, Gemüse und Obst wie die besorgt haben. Die nächsten zwei Stunden sind wir mit Schneiden, Abzählen, Abmessen, Wiegen, Einwickeln, Eintüten und Eintuppern beschäftigt. Schließlich ist alles verpackt, und wir schwärmen aus, um die Waren an geeigneten Orten zu verstauen. Karotten und Sellerie im feuchten Gewölbekeller, Fleisch und Wurst in den riesigen Gefriertruhen im Bierfasskeller, Eier, Obst und Gemüse im Kühlraum in der Scheune. Da sich alle weigern, den Ort, an dem Irmgard zu Tode gekommen ist, zu betreten, und weil sich Alfa beim bloßen Gedanken daran zigmal bekreuzigt, werde ich von Mutter dazu verpflichtet.

»Dir macht des jo nix! Du warsch jo scho amol dren.«

»Hallo! Wenn ich des domols scho g'wisst hett, wär ich do au net nei!«

Doch es hilft nichts, Mutter duldet keine Widerrede und drückt mir diverse Tüten und Schüsseln in die Hand. Die anderen wenden sich erleichtert wieder ihren Aufgaben zu.

Als ich durch die Hintertür auf den Hof trete, höre ich ein Pfeifen und kurz darauf ein Klirren, als ob ein Steinchen gegen eine Scheibe geworfen worden wäre. Vorsichtig stelle ich meinen ganzen Plunder ab und spähe ums Eck. Da steht Jochen Bauer an der Scheunenwand und schaut zum Löwen rüber. Gerade hebt er wieder einen Stein vom Boden auf, da sieht er mich und erschrickt.

»Hallo, Jochen, kann ich dir helfa?« Ich geh zu ihm rüber.

Es ist ihm offenbar furchtbar unangenehm, dass ich ihn ertappt habe, denn er stottert: »Also, äh … die … Melanie …«

Steckt der Jägerhofwirt mit der Melanie unter einer Decke und plant eine feindliche Übernahme des Löwen? Nein, da geht die Fantasie mit mir durch, oder? Der Kerle ist eher verknallt in die Melanie, wie er da wie ein Schulbub vor ihrem Fenster steht. Wie auch immer, anscheinend weiß er nicht, dass sich Rudis Witwe in Polizeigewahrsam befindet.

»Du willsch zur Melanie, gell?«

»Ja, aber die reagiert nicht.«

»Komm mit rei, i sag dir, worom.«

Ich zieh ihn durch die Küche in den Gastraum, und er wundert sich über den Menschenauflauf. Ich erklär ihm kurz, was los ist. Der Menschenauflauf wundert sich ebenso über den Jägerhofwirt, das kläre ich allerdings nicht, sondern setze mich mit ihm etwas abseits.

»So, jetzt schwätz!«, fordere ich ihn auf.

»Ich hab schon tagelang nichts von Melanie gehört, da hab ich mir Sorgen gemacht, weil die Sache mit dem Rudi sie doch sehr mitgenommen hat. Und vor der Irmgard hat sie sich nach dem Streit gefürchtet. Und weil sie sich nicht gemeldet hat ...«

»... schmeisch du Stoela an ihr Fenster. Romantisch. Du magsch se, gell?«

Jochen senkt den Blick. »Schon immer. Doch sie wollte den Rudi und war deshalb für mich tabu. Aber jetzt ...« Vorsichtig hebt er den Kopf. »Man wird sehen. Jedenfalls hat sich ja eines der Probleme inzwischen erledigt.«

»Worom?«

»Na ja, Irmgard ist tot. Die kann Melanie nicht mehr quälen. Am Mittwoch konnte sie gar nichts essen, weil sie das bevorstehende Treffen mit der Schwiegermutter bei Rudis Einäscherung so belastet hat. Sie konnte nicht einschätzen, wie sich Irmgard ihr gegenüber verhalten würde. Aber dass die ermordet wurde! Was, wenn auch Melanie etwas zugestoßen ist?«

»Am Mittwoch hat se nix ässa wella, hasch du g'sagt?«, unterbreche ich ihn.

Er nickt und starrt wieder die Tischplatte an.

»Ach, dann war die Melanie am Mittwoch bei dir? Und am Dienstag womöglich au scho?«

»Ja, sie kam schon am Sonntagabend«, gibt er nach kurzem Zögern zu. »Ihre Eltern haben ständig auf sie eingeredet und ihr keine ruhige Minute gelassen haben. Aber Melanie muss sich zuerst klar werden, wie es weitergehen soll, und sie brauchte jemanden zum Zuhören.«

»Aber dass sie bei dir uff em Jägerhof war, war geheim? Scho wägga de Leut, gell?«

Er nickt wieder, und ich kann's nicht fassen. In welchem Jahrhundert leben wir denn?

»Zwischen uns ist nichts gelaufen!«, rechtfertigt er sich unnötigerweise.

Ich berichte ihm, dass Melanie in Untersuchungshaft ist, auch weil sie nicht zugeben wollte, wo sie zum Tatzeitpunkt war. Er ist schockiert, und ich leg ihm ans Herz, unbedingt bei Lauer anzurufen und die Sache aufzuklären. Wenn noch andere Melanies Anwesenheit auf dem Jägerhof bezeugen können, hat sie ein wasserdichtes Alibi.

»Ja, das hat sie! Ich geh sofort zu diesem Lauer.« Jochen springt auf, und bevor ich Tschüss sagen kann, ist er bereits verschwunden.

Die Melanie hat die Irmgard also nicht auf dem Gewissen. Das ist gut. Aber was ist mit Festus? Und wer hat Rudi ermordet?

»Elvira, was isch mit dem Zeug für dr Kühlraum?«, schreit Mutter aus der Küche und reißt mich aus meinen Gedanken.

Mit einem mulmigen Gefühl betrete ich den Kühlraum und verstaue die Lebensmittel im Regal. Dort steht noch der angenagte Gugelhupf, und auch das Blut ist noch zu sehen. Ob wohl die Tatortreiniger kommen werden, wie im Fernsehen? Wegen so einem kleinen Fleck wohl kaum. Beim Rausgehen starre ich auf die Kratzer, die Irmgard in ihrer Todesangst an der Tür hinterlassen hat. Mich durchfährt ein Schauer von oben bis unten. Wegen der Kälte oder vor Entsetzen? Vermutlich beides.

Ich kehre durch die Küche in den Gastraum zurück. Dort sitzen meine Eltern, Alfa und Leonie am Stammtisch, Waltraud und Erika kommen gerade aus dem Keller herauf. Simon steht hinter der Theke. Wir sind uns schnell einig, dass das Bier ebenfalls verarbeitet werden muss, darum bekommen alle eine Halbe, bloß Leonie winkt ab. Simons Glas wird nur zur Hälfte gefüllt, dann blubbern nur noch Schaum und Kohlensäure aus dem Zapfhahn. Auch gut.

Die allgemeine Aufmerksamkeit wendet sich Waltraud und Erika zu, die laut und eindrücklich erzählen, wie sehr sie sich im Keller gegruselt haben. Die dunklen, kalten Räume, die auf unterschiedlichen Ebenen ins Erdreich gebaut sind, hätten sie an Katakomben erinnert.

»Und im Gang flackert tatsächlich 's Licht, wie im Krimi. Mich däd's net wondera, wenn irgendwo a Verlies wär.« Waltraud schüttelt sich.

»Mit einer eisernen Fußfessel wie beim ›Graf von Monte Christo‹«, ergänzt Erika mit verstellter Stimme und grinst ebenfalls.

»Ista besser alsa Boden mit Beton von Mafia«, sagt Alfa todernst.

Wir brechen alle in Gelächter aus, nur Leonie neben mir wirkt ganz bleich.

Das merkt auch Mutter. »Leonie, du bisch jo käseweiß. Hasch du a G'spenscht g'säha? Oder bisch du schwanger?«, fragt sie lachend.

Sensibel war das nicht gerade, dafür hat sie den Nagel auf den Kopf getroffen! Ein blindes Huhn findet auch mal ein Korn …

»Im Gegenteil«, hör ich Leonie. »Ich hab meine Tage und ziemlich Bauchweh.«

Ich verschlucke mich an meinem Bier und schau sie verständnislos an.

Sie merkt meine Irritation und flüstert mir ins Ohr: »Mutti, des hab i dir jo no gar net g'sagt! I bin doch net schwanger, aber des isch au okay. Der Jonas und i henn nämlich andere Pläne.«

Ich schaue sie nur fassungslos an. Mir nix, dir nix hat sie meinen Oma-Status pulverisiert und geht zur Tagesordnung über. Kinder!

Meine Tochter merkt, dass ich enttäuscht bin, und drückt schnell meine Hand. Zugegeben, mit dem Gedanken, Oma zu werden, hab ich bereits geliebäugelt. Andererseits, allzu pressant hab ich es damit nun auch wieder nicht. Immerhin hab ich alle Hände voll zu tun, den Mörder von Rudi und Irmgard zu jagen!

KAPITEL 24

Natürlich klingelt das Telefon genau in dem Moment, als ich im Archiv auf der Leiter stehe, um ans oberste Regal zu kommen. Normalerweise verfalle ich deswegen nicht in Aktionismus, doch heute erwarte ich einen Anruf von Lauer. Deshalb stoße ich beim ersten Klingeln die schwere Box, die ich gerade hervorgezogen habe, wieder zurück und poltere die Sprossen nach unten. An der letzten bleibe ich prompt hängen und lande unsanft auf dem Boden. Ein paar Klingeltöne lang muss ich sitzen bleiben, weil ich mit dem Knöchel umgeknickt bin und Sternchen sehe. Dann robbe ich hinüber an den Schreibtisch, aber gerade als ich mich an der Kante hochziehe, verstummt das Telefon. Schnell nehme ich den Hörer ab und drücke die Rückruftaste, denn ich möchte unbedingt wissen, was Lauer zu berichten hat.

»Elvira, hasch du no von dem Zwetschgakuacha?«, schallt es aus dem Hörer. Mutter!

Ich schaue rasch zu meinem Handy, dessen Akku schon wieder den Geist aufgegeben hat. Mist. Eine Sekunde lang bin ich versucht, wieder aufzulegen, allerdings weiß ich genau, dass Mutter so lange anrufen wird, bis sie mich an der Strippe hat.

»Noe, der isch weg«, antworte ich, obwohl das gar nicht stimmt, denn ich möchte keine endlosen Diskussionen führen, wie die letzten beiden Stücke in ihren Besitz gelangen könnten. »Du könndsch dafür …«, setze ich zu einem Lösungsvorschlag an, aber da hat sie bereits aufgelegt.

Ganz toll. Meine Arbeit unterbrochen, mein Knöchel womöglich gebrochen und erst recht keine Nachricht von Lauer.

Ich lass mich auf den Schreibtischstuhl fallen, stelle die Rückenlehne schräg und lege das Bein hoch. Ganz gemütlich eigentlich, wenn die Schmerzen nicht wären. Ich merke, wie ich immer mehr entspanne, da reißt mich ein erneutes Klingeln aus meiner Trance.

Wenn se des scho wieder isch … Doch dann erkenne ich die Ludwigsburger Vorwahl auf dem Display und katapultiere mich auf dem Sitz nach vorn. Fehler! Mein Knöchel rebelliert.

»Nägele, Stadtarchiv. Senn Sie des, Herr Lauer?«, presse ich gequält hervor.

»Ja. Und Sie sitzen anscheinend mit der Hand auf dem Hörer im Archiv.«

»Ja, äh, noe! I benn d' Leiter ronderg'falla ond des mit dem Zwetschgakuacha war verloga, aber mei Knöchel …«

»Frau Nägele«, unterbricht mich Lauer besorgt. »Sind Sie vielleicht auf den Kopf gefallen?«

»Normalerweis net.«

So reden wir eine Weile aneinander vorbei. Schließlich greife ich den Faden wieder auf. »Aber jetzt, Herr Lauer, um auf dr Grund für unser Telefonat z'rückzukomma: Hat der Jochen Bauer bei Ihne agrufa? Die Melanie kann es nämlich net g'wäsa sei, weil die war …«

»Ja, Frau Nägele. Herr Bauer hat sich gemeldet. Melanie Lämmle hat sogar für beide Morde ein wasserdichtes Alibi. Die Rechtsmediziner haben den Todeszeitpunkt von Irmgard Lämmle in der Nacht von Sonntag auf Montag bestätigt. Und da Frau Lämmle junior ab Sonntag auf dem Jägerhof gesehen wurde, scheidet sie als Täterin aus. Und Jochen Bauer ebenfalls.«

»Dr Jochen?«, hake ich verblüfft nach.

»Wir hatten ihn als potenziellen Komplizen im Visier. Dass er Gefühle für Frau Lämmle junior hegt, ist offensichtlich.«

»Und was bedeutet des für den Festus?«

»Sie meinen Herrn Blank? Nun, seine Schwester hat seinen Aufenthalt im Allgäu ab Montagmittag bezeugt. Doch für die Zeit davor hat er kein Alibi. Zudem rührt die Schnittwunde an seiner Hand tatsächlich von dem Messer, das wir in seinem Zimmer sichergestellt haben. Ein Messer aus dem Besitz von Irmgard Lämmle. Ein DNA-Abgleich konnte das bestätigen. Doch er schweigt dazu nach wie vor beharrlich.«

Ich kann kaum glauben, was ich da hör. Wer hätte das vom Festus gedacht!

»Und damit kommen wir auch schon zu den Motiven«, fährt Lauer fort, »die da wären: der Streit zwischen ihm und Irmgard Lämmle beziehungsweise die drohende Obdachlosigkeit. Und nicht zu vergessen: Habgier. Das Testament ist gültig.«

»Sofern er von dem Wertpapierdepot überhaupt g'wisst hat!«

»Dazu will er ebenfalls nichts sagen.«

»Gibt es denn noch Hinweise in eine andere Richtung? Sind Sie bei der Silvia weiterkomma?«

»Die haben wir weder daheim noch in der Schule angetroffen. Frau Ellwanger-Meinrad, die Schulleiterin, hat uns mitgeteilt, dass Frau Renner weitere zwei Wochen krankgeschrieben ist.«

»Und telefonisch?«

»Einen Festnetzanschluss besitzt Frau Renner nicht, und über ihr Handy ist sie nicht zu erreichen. Haben Sie vielleicht eine Idee, wo sich Frau Renner aufhalten könnte?«

»Nein, ich kenn se ja kaum. Aber apropos Handy, isch denn dem Rudi seins aufgetaucht?«

»Nein, da bleiben wir dran. Falls es jemand an sich genommen hat, werden wir alarmiert, sobald es angeschaltet wird.« Er macht eine kurze Pause. »Also, Frau Nägele, gibt es von Ihrer Seite noch Informationen?«

Das muss ich leider verneinen, doch ich freue mich, dass er die Möglichkeit in Betracht zieht.

»Könnte ich den Festus besuchen? Vielleicht redet er ja mit mir«, schlage ich vor, nachdem der Herr Kommissar mich so ermutigt hat.

Ich merke, dass Lauer zögert, aber er gibt sich einen Ruck. »Nun, noch sitzt er in U-Haft und kann Besuch empfangen, wenn dadurch die Ermittlungen nicht gefährdet werden. Allerdings müssen Sie einen Erlaubnisschein beantragen. Ich könnte das in die Wege leiten.«

Ich bedanke mich höflich und kündige meinen Besuch gleich für den Nachmittag an. Bevor er protestieren kann, verabschiede ich mich schnell. Von wegen gefährden – aufklären werde ich den Fall!

Vor dem Haus laufe ich direkt Mutter in die Arme. Sie sieht, dass ich humple, und als ich erzähle, dass ihr Anruf im Archiv der Grund für meine Verletzung ist, kommandiert sie mich sofort zu sich hinein, drückt mich auf die Eckbank und lässt mich den Fuß hochlegen. Sie verschwindet im Badezimmer und kommt mit Mullbinden und einer Flasche Schnaps zurück.

»Mutti, es isch heller Mittag. Mir kenned doch jetzt kein Schnaps trenka! Und außerdem muss ich nochher nach Ludwigsburg ins Präsidium zum Verhör vom Festus.«

»Erschtens isch des kei Schnaps, sondern Vorlauf. Und der isch au net für dei Gurgel, sondern für dein Fuaß. Der dät dich mit 90 Prozent omhaua. Und zweitens: Was heissd, du musch zum Verhör?«

Während sie ein Mulltuch tränkt und meinen geschwollenen Knöchel bandagiert, verrate ich, dass der Lauer sich viel von meiner ausgefeilten Vernehmungstechnik verspricht. Mutter hält kurz inne und schaut mich skeptisch an.

»Ja guad, ich soll halt probiera, ob er was sagt.«

Dann berichte ich von Melanies bewiesener Unschuld.

»Des isch prima! Des musch du dem Festus obedengt verzähla. Ich glaub, der macht sich arg Sorga um die Melanie und die Mädla.«

Sie tackert das Ende der Binde derart schwungvoll mit einer Klemme fest, dass sich deren Zacken in meine Haut bohren. Meine Hoffnung, dass sie mir auch noch etwas zu essen anbietet, erfüllt sich allerdings nicht. Im Gegenteil, sie komplimentiert mich hinaus, weil sie einen Termin bei der Kosmetikerin hat.

Daheim schaue ich in den Kühlschrank und finde zu meiner Freude die beiden Stücke Zwetschgenkuchen, die ich ihr verweigert habe. Ich beschließe, mir eine Kugel Vanilleeis dazu zu gönnen. Vorsichtig lasse ich mich mit meiner schweren Verletzung auf das Sofa nieder und lasse es mir schmecken. Danach schmökere ich eine Weile in meinem Krimi über die französische Terroristenjägerin, um mich für meine anstehende Aufgabe zu motivieren. Dann ist es Zeit, ins Präsidium aufzubrechen.

Mit der dicken Bandage grenzt das Autofahren an Akrobatik, und die Schmerzen sind ebenfalls nicht zu verachten, doch die Pflicht ruft. Deshalb beiße ich die Zähne zusammen und erreiche pünktlich das Polizeipräsidium, wo mich erneut Polizeimeister Krautter in Empfang nimmt. Diesmal winkt er mich gleich durch. Anscheinend habe ich einen bleibenden Eindruck hinterlassen.

Da ich nach wie vor nicht weiß, wo der Aufzug ist, quäle ich mich die endlose Treppe nach oben. Lauers Büro finde ich diesmal ohne Umschweife und klopfe an.

»Ach, die Frau Nägele ist da«, höre ich ihn sagen und wundere mich, wie er das durch die geschlossene Tür erraten hat.

Da fällt eine Hand auf meine Schulter, und ich erschrecke dermaßen, dass ich sofort nach hinten austrete. Im Eifer des Gefechts leider mit dem verletzten Bein. Der Schmerz zwingt mich in die Knie. Mein Angreifer geht ebenfalls zu Boden, und so kauern Lauer und ich dicht an dicht auf dem Flur des Präsidiums. Ich schicke ein Stoßgebet gen Himmel, dass uns niemand in dieser Position sieht. Doch bevor ich erhört werde, kommt eine uniformierte Beamtin ums Eck, mit Festus fest im Griff.

»Das ist jetzt nicht das, wonach es aussieht«, würde es jetzt im Fernsehkrimi heißen.

Lauer und ich hingegen kommentieren die Situation nicht, sondern versuchen, so elegant wie möglich auf die Beine zu kommen. Das gelingt weder ihm noch mir. Die Polizistin beweist wenigstens Taktgefühl und verschwindet mit Festus schnell im Vernehmungsraum. Aus den Augenwinkeln sehe ich, dass sich beide das Lachen verkneifen müssen.

»Also, Herr Lauer, wieso kommed Sie au von henda?«, beschwere ich mich, als wir wieder allein sind.

Er blinzelt mich irritiert an, da merke ich, dass man das durchaus falsch verstehen kann, und beeile mich zu sagen: »Äh, ich meine, also … Egal jetzt! Ich mach am besten gleich die Vernehmung.«

Ich lasse den Kommissar stehen und eile ins Verhörzimmer, was vermutlich gar keins ist. Das ist mir jedoch egal, denn Festus sitzt schon am Tisch und ist bereit. Allerdings grinst er über beide Ohren. Wie ich es von den Kolleginnen und Kollegen aus dem »Tatort« kenne, ignoriere ich ihn, knalle einen Schnellhefter auf den Tisch, den ich extra für diesen Zweck mitgebracht habe, setze mich ihm gegenüber und beginne das Verhör, wie man es gewohnt ist.

»Montag, 14.37 Uhr. Zur Vernehmung anwesend ist Herr Wilhelm Blank. Mein Name ist Nägele, Elvira Nägele. Herr Blank, bitte nennen Sie Ihren vollständigen Namen, Ihre Adresse und Ihr Geburtsdatum.«

Wilhelm Blank sagt erst mal gar nichts, sondern bricht in schallendes Gelächter aus. Ich bleibe ganz gelassen und lasse ihn gewähren. Als er sich nach drei Minuten immer noch nicht beruhigt hat, haue ich mit der Faust auf den Tisch.

»Mensch, Festus! Reiss de zamma! So wird des nix. Was soll denn aus dr Melanie werda?«

Augenblicklich verstummt er.

»Heidanei, die braucht dich jetzt!«, setz ich nach.

»Im G'fängnis?«

»Nein, im Läba! Die hat ein wasserdichtes Alibi ond hat ganga derfa.«

Festus entfährt ein tiefer Seufzer, und er zieht ein Taschentuch aus der Hosentasche. Lautstark schnäuzt er hinein. Ich sehe ihm seine Erleichterung an und erörtere den neuesten Stand der Dinge. Als ich ihm mitteile, dass Melanie die fraglichen Tage bei Jochen Bauer verbracht hat, gewinne ich den Eindruck, dass er die Nachricht nicht ganz so gut aufnimmt. Eifersucht? Eindringlich erkläre ich ihm, dass es nun darauf ankomme, sich selbst zu entlasten, falls er denn unschuldig sei, denn Melanie und die Mädchen bräuchten dringend seine Unterstützung.

»Oder willsch du des älles em Jochen überlassa?«

»Ha noe, i hann dr Melanie jo scho emmer g'holfa!«

»Genau, und jetzt brauchd se de umso mehr!«

»Ja, i …«

Und dann redet er sich die Sorgen von der Seele. Wie er
befürchtet hat, Melanie könnte mit Irmgards Tod etwas zu
tun haben. In all den Jahren sei sie so etwas wie eine Tochter für ihn geworden, und deshalb habe er lieber den Verdacht auf sich lenken wollen, um sie zu schützen. Aber in
Anbetracht der jüngsten Entwicklung, sei er gerne bereit,
eine Aussage zu machen.

Sofort lasse ich Lauer holen. Ich selbst kann mich ja leider, leider nur schwer bewegen mit dem verletzten Bein.
Als der Kommissar sich zu uns gesetzt hat, berichtet Festus, dass er am Kirbe-Sonntag Irmgard sehr wohl noch mal
gesehen habe, nämlich abends, um die Wogen nach dem
Streit zu glätten.

»I benn nüber zu ra. Sie isch in der Küche g'sessa ond
hat sich grad ihr Veschper g'richtet. 's isch ra gar net guad
ganga, und se hat wella, dass i wieder verschwend. I hab
wirklich probiert, in Ruhe mit ra zum schwädza …« Festus schüttelt traurig den Kopf. »Aber die Irmgard hat sich
so in Wut g'schwätzt, dass sie schließlich mit dem Messer uff mi losganga isch. I hann's ihr aus der Hand reißa
kenna, hann mi aber dorbei verletzt. Die Irmgard isch no
wie eine Furie mit de Fäuscht uff mich los, do benn i einfach wegg'rennt.« Ein Schluchzen entfährt ihm. »Erscht
wo i wieder in meim Zemmer war, hann i g'merkt, dass i
des Messer no in dr Hand g'hett hann.«

»Haben Sie dafür einen Zeugen?«, kommt Lauer mir
zuvor.

»Natürlich net! Es war ja außer uns niemand im Haus.«

»Und warum haben Sie diese Information für sich behal-
ten?«, hakt der Kommissar nach und ist wieder schneller
als ich.

»I hann's mit dr Angscht z' doand griagd, als die uff eimal tot g'fonda worda isch! Wie sieht denn des aus, wenn i mit dem Opfer kurz vorher so g'schtritten hann?«

»Nicht gut«, bekräftigt Lauer. »Und was haben Sie dann gemacht?«

Der Herr Kommissar wird mir doch nicht das Heft aus der Hand nehmen?

»I hab mi en mein Sessel g'setzt ond denkt: Jetzt goht alles dr Bach na!«

Festus muss eine Pause machen, und mir kommen fast die Tränen, als ich den alten Mann so traurig sehe. Als er sich gefangen hat, erzählt er, dass er nach einer halben Flasche Cognac den Entschluss gefasst habe, Irmgard erst mal aus dem Weg zu gehen und seine Schwester im Allgäu zu besuchen. Er habe gleich an dem Sonntagabend noch mit dem Bus zum Bahnhof nach Marbach fahren wollen, allerdings sei der erst eine Stunde später abgefahren. Die Zeit habe er im Café Schwamm überbrücken wollen, Hauptsache, weg vom Löwen, doch im Schwamm sei er am Stammtisch versumpft und habe die Abfahrt verpasst.

»Zum Löwa z'rück hann i aber uff gar kein Fall wella. Die Margit hat mi schließlich uff ihrm alda Sofa schlofa lassa und mir am früha Morgen a Taxi beschtellt, des mi uff dr Bahnhof brocht hat.«

»Die Margit?« hakt Lauer nach.

»Die Chefin vom Café Schwamm. Die macht so was!«, kann ich aus Erfahrung berichten.

»Gut, Herr Blank, wir werden das überprüfen. Aber das hätten Sie uns wirklich früher erzählen sollen. Denn mit Ihrem Schweigen haben Sie sich selbst belastet.«

»Er wollte halt die Melanie schütza, gell, Festus?«

Der nickt und schaut zwischen Lauer und mir hin und her. Lauer schaut seinerseits zwischen Festus und mir hin und her. Und weil ich gerade nichts anderes zu tun habe, schau ich zwischen ihm und Festus hin und her.

»Sie können dann gehen«, sagt Lauer, nachdem wir ausreichend hin und her geschaut haben.

Allerdings wissen Festus und ich nicht genau, wer von uns beiden gemeint ist, und so reagiert erst mal keiner von uns.

»Frau Nägele, Sie können gehen!«, präzisiert Lauer mit eindringlicher Stimme.

Schnell springe ich auf, lasse mich jedoch mit einem Schmerzensschrei gleich wieder auf den Stuhl fallen. Festus ist sofort an meiner Seite. Mit seiner Hilfe stehe ich möglichst theatralisch auf, um Lauer ein schlechtes Gewissen zu machen. Das klappt tatsächlich.

»Gut, in Anbetracht Ihrer gesundheitlichen Verfassung können Sie hierbleiben, während ich Herrn Blanks Alibi überprüfe.« Er steht auf und verlässt den Raum.

Festus und ich machen es uns mit einem Glas Wasser im Verhörzimmer gemütlich, das uns die freundliche Beamtin in Uniform gebracht hat. Wir befinden uns gerade in einem netten Plausch, als Lauer zurückkommt und uns mitteilt, dass Margit Festus' Alibi bestätigt hat. Er kommt damit als Täter nicht mehr infrage. Damit spielt es auch keine Rolle mehr, ob er von dem Testament wusste.

Festus atmet auf, und ich kann nicht genau sagen, ob wegen seiner Entlastung oder wegen des Geldsegens, der ihm ins Haus steht. Ob er bereits weiß, dass seine Altersvorsorge gesichert ist? Verdient hat er es allemal.

»Herr Blank, Sie sind hiermit ein freier Mann und können gehen«, schließt Lauer hochoffiziell. »Bitte helfen Sie doch Frau Nägele nach Hause.«

Festus und ich nicken fleißig. So schnell es geht, verlassen wir den Vernehmungsraum, und Festus führt mich zum

Aufzug. Ich frage mich, wieso er bitte schön weiß, wo der ist, möchte das für den Moment aber nicht mit ihm ausdiskutieren.

Letzten Endes begleite ich Festus nach Hause, denn er hat ja kein Auto. Während der Fahrt besprechen wir noch mal die turbulenten letzten Tage. Dazwischen telefoniert er mit Melanie und ich höre über den Lautsprecher, dass sie vor Erleichterung über Festus' Freilassung herzzerreißend weint. Und weil sie Festus auch erzählt, dass sie sich entschlossen hat, ein paar Tage auf dem Jägerhof zu bleiben, beschließt er, wieder zu seiner Schwester ins Allgäu zu fahren. Und zwar noch heute.

Als wir vor dem Haupteingang des Löwen anhalten, suche ich für ihn am Handy eine passende Zugverbindung heraus und biete an, ihn gleich zum Bahnhof zu fahren. Er bedankt sich überschwänglich und geht hinein, um seine Sachen zusammenzupacken, während ich im Auto warte. Schon nach zehn Minuten lässt er sich wieder auf den Beifahrersitz fallen. Auf der Fahrt reden wir nicht viel, aber ich merke, welche Last von Festus abgefallen ist. Vor allem wegen Melanie und den Mädels.

Vor dem Bahnhof verabschiedet er sich mit einem Lächeln.

»Sehn mir ons zur Beisetzung vom Rudi am Freitag?«, frag ich zum Abschied.

Er nickt und geht fröhlich pfeifend in Richtung Gleise davon.

Auf der Rückfahrt gehe ich die jüngste Wendung des Falls noch mal durch. Mit Melanies und Festus' Unschuld ist meine Theorie der Mordserie nun wahrscheinlicher denn je. Irgendwie müssen die ungeklärten Delikte in Kuchen, Lauffen und Schwäbisch Hall mit denen bei uns in Steinheim zusammenhängen. Es ist definitiv ein Muster erkennbar. Bei allen fünf Morden wurde der Leiche ein Foto in den Mund gestopft. Und bei allen Taten wurde enormer Aufwand betrieben, der viel Kraft erfordert hat. Ich rufe mir in Erinnerung, dass die allermeisten Tötungsdelikte Beziehungstaten sind, und spinne den Gedanken weiter. Dass der Lackaffe in Kuchen Silvias eifersüchtigem Freund zum Opfer gefallen ist, habe ich mit dem Lauer schon diskutiert. Kannte sie auch den aufgeknöpften Religionslehrer und den gepökelten Metzgersohn persönlich? Steckte womöglich auch hinter diesen Morden Eifersucht? Der Lauer und ich, wir müssen unbedingt mit der Silvia reden, beschließe ich. Wo ist die eigentlich?

Da durchfährt mich ein Geistesblitz: Was, wenn sie in Gefahr schwebt? Oder sich verstecken muss? Vielleicht wurden die Morde gar nicht von ihrem Freund, sondern von einem eifersüchtigen Verehrer begangen, den sie abgewiesen hat? Ein obsessiver, durchgeknallter Stalker, der sie bedrängt? Natürlich, das muss es sein! Deshalb hat Silvia die Schulen so oft gewechselt. Sie ist abgetaucht! Sie hat Angst und nimmt deswegen die Beruhigungsmittel. Und die Irmgard? Ein Kollateralschaden? Oder ist die alte Hex dem Täter auf die Schliche gekommen? Immerhin kannte sie die Silvia von früher und wusste mehr über die anderen Morde, als sie zugeben wollte.

Zu Hause beeile ich mich, meine Ermittlungsergebnisse zu Papier zu bringen, um sie so schnell als möglich mit Lauer zu besprechen. Nun gut, beeilen kann ich mich nicht wirklich, denn mein verletztes Bein pocht von der Anstrengung der letzten Stunden. Ich gönne ihm und mir eine Pause und lasse mich auf das Sofa sinken, in der einen Hand meine Notizen, in der anderen ein Gläschen Wein.

Ein schriller Ton lässt mich vor Schreck hochfahren. Mein Herz pocht wie wild, ich blicke orientierungslos um mich und kann nur schemenhaft die Umrisse vom BMVÄ erkennen.

»Elvira, dei Handy!« Der BMVÄ knipst das Licht im Wohnzimmer an. »Jesses, was hasch denn du g'macht?«, erkundigt er sich und zeigt auf meinen bandagierten Knöchel, der auf dem Sofa wohlgebettet ist.

»Verzähl i dir später! Hol mir lieber mei Handy!«

»Ja, wo isch's denn?«

Verwirrt blicke ich mich umher und stelle erleichtert fest, dass ich rechtzeitig das Glas Wein auf dem Tischchen abgestellt habe, bevor ich eingenickt bin. Aber wo ist das Telefon? Auch der BMVÄ schaut sich suchend um. Da fällt mir ein, dass es noch in meiner Tasche sein muss, die ich beim Reinkommen achtlos auf den Boden neben der Haustür hab fallen lassen.

Während es weiterklingelt, rufe ich dem BMVÄ kurze Anweisungen zu, und er schafft es tatsächlich nicht, mir das Gerät rechtzeitig zu bringen. Und das obwohl ich mich klar und deutlich ausgedrückt hab.

Die Nummer auf dem Display sagt mir nichts, doch ich rufe zurück, immerhin ermittle ich in zwei Mordfällen. Oder auch fünf. Zu meiner Überraschung ist es Festus. Er meldet, dass er gut bei seiner Schwester angekommen sei, doch sei ihm im Zug aufgefallen, dass er seinen Schlüssel wohl im Löwen vergessen haben muss. Womöglich stecke er sogar noch in der Haustür.

»Elvira, kannsch du vielleicht mol dornoch gugga?«

Natürlich kann die Elvira das, auch wenn sie viel lieber auf dem Sofa sitzen bleiben würde. Sie will schließlich nicht schuld sein, wenn nach dem ganzen Trubel auch noch im Löwen eingebrochen wird.

Ich ruf den BMVÄ und bitte ihn, mich schnell mit dem Auto hinzufahren. Ja, ich weiß, es ist ökologisch unsinnig, für achthundert Meter den Wagen zu nehmen, aber ich muss meinen Fuß wirklich schonen. Außerdem ist es fast 21.30 Uhr, und auch eine Chefermittlerin muss mal Feierabend haben.

Umso mehr ärgere ich mich, dass kein Schlüssel im Schloss vom Löwen steckt. Das sehe ich schon vom Auto aus. Der Ordnung halber steige ich aus und und schau mich, gestützt vom BMVÄ, auf dem Gehweg und der Straße um. Nichts. Ich rüttle an der Tür, die ist zu. Da muss der Festus seinen Schlüssel in der Eile wohl im Haus liegen gelassen haben. Da wir aber nun schon mal hier sind, sehe ich mit dem BMVÄ auch im Hof nach dem Rechten. Die Hintertür, die in die Küche führt, ist ebenfalls verriegelt, ebenso die Garage und offensichtlich auch die Scheune.

Gerade wollen wir wieder zum Auto zurückkehren, da erspähe ich einen schwachen Lichtschein, der durch ein kleines Kellerfenster in den Hof fällt. Haben Waltraud und Erika etwa vergessen, die Lampen auszuschalten, als sie die Vorräte dort unten verstaut haben? Oder hatten sie derart die Hosen voll, dass sie kopflos davongerannt sind?

Ich humpele neben dem BMVÄ zum Auto zurück. Morgen werd ich bei der Küchenchefin höchstpersönlich den Schlüssel für den Löwen holen und das Licht da unten ausmachen. Wer weiß, wie lange der Löwe noch geschlossen bleibt. In jedem Fall heißt es: Energie sparen! Aber jetzt möchte ich unbedingt heim und meinem BMVÄ erst mal erzählen, was alles passiert ist.

KAPITEL 25

Ich sitze mit bandagiertem Bein wieder im Archiv und beantworte die Anfrage eines Familienforschers. Theoretisch. Praktisch muss ich an Festus denken und seine bedingungslose Loyalität der Melanie gegenüber, die mich tief berührt hat. Er wäre sogar für sie ins Gefängnis gegangen. Beschämt gestehe ich mir ein, dass ich selbst kurz an seiner Unschuld gezweifelt habe. Aber wirklich nur kurz. Und hätte es nicht sein können, dass er für die Melanie die Irmgard aus dem Weg geräumt hat? Immerhin hat sie unter der so gelitten! Wie ein Racheengel hat er sich vor sie gestellt.

Moment mal, vielleicht hat jemand genau das für die Silvia getan! Nicht aus Eifersucht, sondern ihr zuliebe. Ich gehe in Gedanken noch mal die Details durch, die ich über die Fälle weiß. Alle fünf Morde wurden nicht nur mit viel körperlichem, sondern auch mit enormem zeitlichem Aufwand begangen. Jedes der Opfer wurde vom Tatort weggeschleift und woanders drapiert. Warum? Um die Opfer bloßzustellen, wie ich Lauer gegenüber auf die Schnelle behauptet habe? Er schien den Gedanken nicht allzu absurd zu finden. Wenn ich genauer darüber nachdenke, ist da mehr dran, als ich im ersten Moment dachte. Nun sehe ich die Opfer genau vor mir: in Szene gesetzt, im Tod gedemütigt, ihnen wurde ja buchstäblich das Maul gestopft. Vergeltung! Das würde auch erklären, warum die Irmgard, das böswillige Schandmaul, um die Ecke gebracht worden ist. Wie die auf die arme Silvia losgegangen ist, was sie die alles genannt hat!

An konzentriertes Arbeiten ist nicht mehr zu denken. Zudem pocht mein Bein wie verrückt. Ich plündere mein Gleitzeitkonto und verlasse das Büro. Trotz dickem Verband sitze ich am Steuer. Immer noch besser, als den ganzen Weg heimzulaufen. Auf der Fahrt führe ich mir die Fotos vor Augen, die den Opfern in den Rachen gedrückt wurden. Dem Lackaffen in Kuchen eine Aufreißerszene, dem Religionslehrer ein Beichtstuhl, dem Metzgersohn in Schwäbisch Hall ein Pranger. Hatten sie alle gesündigt? Mussten alle büßen? Bloß wofür? Und wie passen da die Bilder in Steinheim dazu? Bei Rudi ein Foto seiner Frau und seiner Kinder, bei Irmgard ein Ultraschallbild. Eine ganz andere, positive Symbolik. Familie, Nachwuchs. Was noch?

Während ich in unsere Einfahrt einbiege, suche ich nach weiteren Bedeutungen der Bilder. Glück natürlich, Segen, Wunschkind, Kinderwunsch. Ich bremse scharf und stoppe das Auto Millimeter vor unserem Garagentor. O nein, das darf nicht wahr sein! Wie konnte ich das übersehen? Irmgard Lämmle, ehemals Sausele und vermeintliche Engelmacherin, bekommt ein Ultraschallbild ins Maul gestopft. Geht es um ein ungewolltes Kind, um Untreue, um Heuchelei oder gar Gewalt?

Wie benommen steige ich aus dem Auto und humple zu unserer Haustür. Und wenn *das* die Verbindung zur Silvia ist, dann hat die doch net etwa …? Und die Irmgard hat's dann wegg'macht? O Gott, und was, wenn dr Rudi der Vatter war? Wenn das keine guten Gründe wären, wie ein Racheengel für die Silvia Vergeltung zu üben!

»Und die weiß des vielleicht«, rede ich mit mir selbst. »Deshalb die Tranquilizer, aus purer Verzweiflung!«

»Do hasch recht, pure Verzweiflung!« Mit diesen Worten stürmt Mutter an mir vorbei und durch die offene Tür in unser Haus. »Ich hab völlig vergessa, dass mir heid Obend

Bsuch griaget ond hab kei Fleisch eikauft! Hasch du was in dr Gfriere?«

»Noe, höschtens Pizza«, erwidere ich automatisch.

»Pizza? Des macht mr doch frisch! Frog mol dr Angelo!«

Damit hat sie meine ganze Aufmerksamkeit. »Bestimmt net!«, patze ich zurück.

Mutter hat allerdings schon auf ihren High Heels kehrtgemacht und verschwindet ums Hauseck. Da fällt mir ein, dass ich sie noch um den Schlüssel für den Löwen bitten wollte, und humple ihr hinterher. Mein Rufen hört sie nicht, oder sie will es nicht hören. Glücklicherweise kann ich prima mit den Fingern pfeifen. Und das funktioniert immer!

Mutter bleibt wie angewurzelt stehen, denn meinen Pfiff hat nicht nur sie vernommen, sondern eine Vielzahl an Nachbarn. Fenster werden aufgerissen, vereinzelt Türen geöffnet. Mutter geht langsam mit gesenktem Kopf weiter. Genau jetzt ist einer dieser Momente, in dem sie nicht zu mir gehören will.

Endlich kann ich zu ihr aufschließen. »Sag amol, kannsch du ned uff mich warta?«

»Sag amol, pfeift mr noch seiner Mutter wie noch am Hond?«

Seufzend wechsle ich lieber das Thema. »Hasch du den Schlüssel für dr Löwa?«

»Nadierlich!«

Wir starren uns stumm an.

»Könntescht du so gut sein und ihn mir gäben?«, versuche ich es erneut.

»Worom?«

»Weil ich nei muss.«

»Worom?«

»Waltraud und Erika henn im Keller offensichtlich 's Licht brenna lassa.«

»Woher willsch des wissa?«

»Weil ich's g'säha hab.«

»Was?«

»Des Licht.«

»Wo?«

»Henda em Hof.«

»Do sieht mr net en Keller.«

»Noe, aber's Licht.«

»Noe.«

»Doch.«

»Noe.«

»Mutter!«

Sie zückt ihr schickes Täschlein, holt tatsächlich den Schlüsselbund hervor und hält ihn mir vor die Nase. Ich will danach greifen, aber sie zieht ihn weg.

»Ich habe die Schlüsselgewalt und die gebe ich nicht in fremde Hände!«

»Fremd? Mutter, ich bin's, deine Tochter!«

Sie geht an mir vorbei. »Folge mir nach!«, höre ich noch, und die Schlüsselgewalt trippelt Richtung Löwen.

Ich humpele sprachlos hinterher.

»Wer die Schlüsselgewalt hat, hat auch die Lichtgewalt«, bemerke ich, als wir im Löwen angekommen sind, und lasse mich betont langsam auf der ersten Stufe der Treppe nieder, die nach unten führt. »Gehsch du bidde nonder? Ich bin ja schwer verletzt, wie du weisch.«

Mutter zieht die Augenbrauen hoch, dreht sich dann jedoch um und verschwindet ohne ein weiteres Wort im Keller. Ich höre das Klackern ihrer Pumps, Rumoren und leises Fluchen.

»Do isch kei Licht a!«, schreit sie nach einer Weile.

»Doch, Mutter! Gestern Obend war's an, und es isch jo niemand im Haus, der's ausg'macht hann könnt.«

Wieder Rumoren und schließlich ein Geräusch, als ob der Deckel der Gefriertruhe zugefallen wäre. Na klar, a waschechte Schwäbin eben, meine Mutter. Spart sich den Gang zum Metzger und bedient sich an den Löwenvorräten.

Amüsiert und hinkend schleiche ich aufs stille Örtchen, doch als ich zurückkehre, herrscht Ruhe. Kann die sich etwa nicht entscheiden, was sie kochen will? Die Auswahl an Fleisch im Keller wird doch nicht derart üppig sein. Ich warte noch eine Weile, aber es bleibt still. Sehr still.

»Mutter? Bisch du in die Gfriertruhe neig'falla?« rufe ich, als mich meine Geduld schließlich verlässt.

Keine Antwort.

»Mutti?«

Nichts.

»Och komm, muss ich mit meim Fuß jetzt echt in den Keller nonder?«

Totenstille.

Langsam werde ich doch etwas unruhig. Die wird sich doch in den Katakomben nicht verlaufen haben?

Es hilft nichts, ich humpele die Treppe hinunter und drücke auf den Lichtschalter für den Gang. Eine Neonröhre flackert auf. Tatsächlich etwas gruselig. Ich schüttele mich, um Mut zu sammeln, und taste mich den Gang entlang. Zwar liegen die Räume auf unterschiedlichen Ebenen, sind aber offen, weshalb ich sofort sehe, dass sie alle im Dunkeln liegen. Ich gehe langsam von einem Raum in den nächsten und schalte das Licht an. Das tiefste Abteil mit Gewölbe ist der Weinkeller. Zwischen alten Holzfässern und Regalen mit Flaschen entdecke ich das Kistchen mit Karotten und Sellerieknollen, das Waltraud hier runtergebracht hat. Daran schließt sich der Bierkeller an, in dem einige Alufässer und die beiden großen Gefriertruhen stehen, aus denen sich Mutter bedient haben muss. Vom Hauptraum zweigen zwei kleinere Abteile ab, doch die spar ich mir lieber mit meinem Bein. Auf beiden Seiten des Flurs befinden sich weitere Abstellkammern und neben der Treppe öffnen sich noch zwei Lagerräume. Der rechte ist gut gefüllt mit Sprudel-, Saft- und Colakisten. Im linken stehen hölzerne Wandregale mit Küchenutensilien und Konserven. Ein Regal ist vollkommen leer geräumt. Anscheinend hat hier jemand angefangen zu putzen. Sehr löblich. Doch nirgendwo eine Spur von meiner Mutter.

»Isch die womöglich scho ganga, wo i im Klo war?« murmle ich vor mich hin. »Des dät derra gleichsäha!«

Ich mache das nervtötende Flackerlicht im Gang aus. Und wie soll ich bitte zuschließen? Jetzt muss ich ihr wieder hinterherhumpeln, denk ich und ziehe mich am Geländer die Treppe nach oben. Das hat die doch mit Absicht gemacht!

In dem Moment meldet sich mein Bauch und damit mein ureigener Ermittlerinstinkt. Doch nicht nur der, auch meine Nackenhaare stellen sich auf, und ein Schauer läuft mir über den Rücken. Hab ich da etwa ein Geräusch gehört? Mein Atem geht schneller. Irgendetwas stimmt hier nicht.

Wie in einem Agatha-Christie-Krimi lege ich eine Finte und täusche Schrittgeräusche auf der Treppe nach oben vor, bleibe jedoch auf der unteren Stufe stehen. Dort verharre ich einige Sekunden und starre in den dunklen Gang. Ich verspüre ein komisches Kribbeln in den Adern und wage kaum zu atmen. Aber es bleibt still.

Langsam beschleicht mich das ungute Gefühl, dass ich mich geirrt habe. Was tue ich hier eigentlich? Schleich rum mit meinem Humpelbein und mach einen auf Miss Marple. Ich schäme mich vor mir selbst für mein bühnenreifes Täuschungsmanöver, und das mach ich sonst ja wirklich nie. Und älles nur wägga dr Mudder! Wenn ich die dorheim erwisch, stell ich die aber so was von in dr Senkel!

Ich will gerade den ersten Schritt nach oben tun, da ertönt ein leises, scharrendes Geräusch. Als ob ein Stück Holz über eine Steinplatte gezogen würde. Sofort erstarre ich wieder zur Salzsäule. Bauch, Nackenhaare, Atmung wechseln erneut in den Überlebensmodus. Ich höre ein Klackern, das mir vertraut vorkommt. Mutters High Heels? Schnell halte ich die Hand vor den Mund, damit mir kein Laut entweicht. Denn das wäre nicht gut, das weiß ich sofort. Kriminalistische Intuition.

So leise wie irgend möglich husche ich nebenan in den Lagerraum mit den Getränken und drücke mich an die Wand. Keine Sekunde zu früh, denn jetzt flackert wieder das Licht im Gang auf. Das Scharren kommt näher, begleitet von einem hohen Quieken und dumpfen Keuchen. Mutter, Miss Piggy und Arnold Schwarzenegger auf einmal, frage ich mich.

Wer auch immer meine Mutter in seiner Gewalt hat, ich muss sie retten! Wie eine Sprungfeder katapultiere ich mich in den Gang. Doch bevor ich erkennen kann, welchen Gegner ich derart überrumpelt habe – und das wohlgemerkt mit einem Hinkebein –, trifft mich eine rechte Gerade, und das Licht geht aus. Nicht nur im Gang.

KAPITEL 26

Ein ICE rast auf mich zu, und ich spüre bereits die Vibration unter mir. Runter von den Gleisen, sporne ich mich an, kann mich allerdings nicht bewegen. Ich will schreien, doch kein Laut kommt über meine Lippen. Dann eben ein letztes Stoßgebet.

»Isch guad, Elvira, i benn jo do«, wird mein Flehen beantwortet.

Guck na, Gott schwätzt Schwäbisch! Und isch a Frau!

»Elvira, hallo, Elvira, uffwacha!«

Ich will aufspringen, doch Schmerz durchzuckt meinen gesamten Körper. Als ob mich der ICE tatsächlich überfahren hätte! Ich linse unter schweren Augenlidern hervor und sehe direkt über mir eine verzerrte Fratze. Ich zapple und fange an zu kreischen.

»Elvira, stell de doch net so a! Ich bin's, deine Mutter!«

Mutter? Langsam komme ich zu mir und drehe vorsichtig meinen Kopf. Ich sitze auf einer alten Decke auf dem kalten Boden, mit dem Rücken an die Wand gelehnt. Neben mir hockt meine Mutter, die ich nun ganz genau erkenne. Sie sieht allerdings entgegen aller Gepflogenheiten ziemlich derangiert aus.

Kaum hat sie realisiert, dass ich wieder auf Empfang bin, sprudelt es auch schon aus ihr heraus: »I hann grad a schöne Rehkeule aus der Gefriertruhe nemma wella, do hat mir äbber von henta dr Mund zug'halten und mi am Bauch packt. I benn z' tot verschrocka! Ond no benn i dohanna herg'schleppt worda, wie a Stück Fleisch!«

Ich möchte etwas einwerfen, komme aber nicht dazu.

»Wo mir di g'hert henn, hab i kei Wörtle saga derfa, sonscht …« Sie atmet schwer. »Weil du aber anscheinend wieder ganga bisch, hann i au aus em Haus brocht werda solla. Aber was musch du no au Tarzan schbiela!«, nörgelt Mutter. »Du hasch mich so erschreckt!« Ärgerlich schlägt sie die Arme übereinander.

»Vielleicht weil ich meine Mutter retten wollte?«, entgegne ich.

Sie presst die Lippen aufeinander, ob vor Ärger oder Rührung, kann ich nicht sagen.

Ich nutze den unverhofften Moment Ruhe. »Wer isch denn der Terminator, der mir eine donnert hat?«

»Pah, des isch eher eine rote Amazone!«

»Die Silvia!«, ruf ich aus, und in meinem Kopf überschlagen sich die Gedanken.

Wieso greift sie meine Mutter an? Warum haut die mich um, und was macht sie hier überhaupt? Mein benebeltes Gehirn braucht ein paar Sekunden, bis ich klar sehe. Daran gebe ich allein dem Fausthieb die Schuld, denn normalerweise ist meine Kombinationsgabe berüchtigt. Die ganze Zeit sind Lauer und ich von einem männlichen Täter ausgegangen, dabei tänzelte die wahre Mörderin direkt vor unserer Nase herum. Sie ist diejenige, bei der alle Fäden zusammenlaufen. Sie ist diejenige, die bei jedem der Morde in der Nähe war. Und sie hat ausreichend Muckis, um die Leichen herumzuzerren! Wusste ich es doch, dass auch eine Frau die Kraft besitzen kann, doch der Lauer hat mich mit seinen Schlussfolgerungen total in die Irre geführt! Dem werd ich was verzähla!

»Und wo isch die Silvia jetzt?«, fragte ich Mutter.

»Die isch nuff, um Verbandsmaterial zum holla«, erklärt Mutter, woraufhin ich sie überrascht anschaue. »Ich glaub, es tut ihra leid, dass se dich so verwischt hat. Die isch total von dr Rolle.«

Spricht nicht gerade für eine sattelfeste psychische Konstitution. Zuerst schlägt sie mich wie Cassius Clay in seinen besten Jahren nieder und dann spielt sie die Krankenschwester? Ist die verrückt? Hat sie deswegen die Taten begangen?

»Wo senn mir denn eigentlich?«

»Immer no im Löwa«, klärt mich Mutter auf.

Ich schaue mich in dem kargen Raum um, auf der Suche nach Fluchtmöglichkeiten. Nur ein kleines Kippfenster, das in der gekachelten Wand unmittelbar unter der Decke eingelassen ist, spendet Licht. Darunter steht ein ziemlich ramponierter Stahltisch, der sich auch in einer Pathologie gut machen würde. Von der Decke baumeln große Haken an Querstreben, die sich durch den Raum ziehen. Mir fährt ein kalter Schauer über den Rücken.

»Hat mr früher im Löwa selber g'schlachtet?«

»Ja, aber seit der Rudi senior tot isch, nemme, soviel ich weiß.«

Ich schau noch einmal zum Fensterchen hoch. Wenn mich meine Orientierung nicht im Stich lässt, zeigt es zum Hof und müsste genau das sein, aus dem gestern Abend das schwache Licht gedrungen ist. Ob wir uns durch die kleine Öffnung zwängen können? Wir könnten auf den Seziertisch klettern und uns dann mit einer Räuberleiter zum Fenster hieven. Wobei, wie gut stehen die Chancen dafür, mit geschwollenem Knöchel und in Pumps?

Eine Tür gibt es auf den ersten Blick nicht. Gegenüber scheint eine Wandöffnung mit Holzbrettern zugenagelt worden zu sein. Vermutlich hat der Raum nie eine Tür besessen und der offene Zugang wurde mit Latten verbarrikadiert. Wie in Gottes Namen sind wir dann überhaupt hier reingekommen? Und viel wichtiger: Wie kommen wir wieder raus?

»Wo se nuffganga isch, hat se den Raum dicht g'macht und a Regal vor den Eingang g'schoba«, erklärt meine Mutter in dem Moment.

Ich horche auf. »Der Verschlag isch a Regal? Kann man des etwa wegschieba?«

»Ja nadierlich. Wie moinsch denn, senn mir do reinkomma? Do dorhender isch der Vorratsraum, in dem Konserven und anderes Küchenzeug g'lagert werdad.«

In meinem Gehirn macht es Klick. Den Raum hatte ich vorhin noch inspiziert. Das leere Regal sollte nicht geputzt werden, es wurde leer geräumt, um es verschieben zu können.

»Wenn du weisch, dass mr do rauskommt, worom bisch denn net abghaua?«, erkundige ich mich.

»Weil i mei Kend net allei lassa hann wella!« antwortet Mutter und streicht mir über den Arm.

Dann beiße ich die Zähne zusammen, stehe auf und humple zur blockierten Wandöffnung. Ich lege mein Ohr an die Holzwand, höre aber keinen Laut. Ich drücke und schiebe, und tatsächlich: Das Regal lässt sich bewegen!

»Komm, hilf mir amol!«, kommandiere ich Mutter herbei und deute auf meine zahlreichen Verletzungen.

Gemeinsam rücken wir das Möbelstück so weit beiseite, dass ich durch einen Spalt hindurchschlüpfen kann.

»Du wartesch hier, und i guck, ob die Luft rein isch«, ordne ich an, und Mutter nickt.

Ich schleiche hinkend durch den Lagerraum und den Gang ins Treppenhaus. Stufe um Stufe kämpfe ich mich empor. Immer wieder bleibe ich stehen, aber abgesehen von dem alltäglichen Straßenlärm dringt kein Geräusch zu mir. Silvia ist wohl geflüchtet.

Ich schaue kurz in den Gastraum und gehe dann zur Haustür. Sie ist nicht abgeschlossen. Also nichts wie weg.

»Mutti, du kannsch komma!«, rufe ich hinunter den Keller.

Aber sie kommt nicht. Ich rufe noch mal und warte eine Weile. Nichts. Notgedrungen humple ich wieder nach unten.

»Sag amol, worom kommsch denn du net, wenn i dir schrei?«, schimpfe ich und drücke mich am Regal vorbei in den Schlachtraum.

Sofort verstehe ich, warum. Mutter befindet sich mitten im Raum, ihr Mund ist mit einem Paketband zugeklebt, und die Hände sind hinter dem Rücken festgezurrt. Neben ihr steht die Silvia mit einem großen Messer in der Hand. Wo kommt die denn plötzlich her?

»Hallo, Elvira, komm doch rein«, sagt die blöde Schnepfe.

Ich starre sie feindselig an. Mein Blick könnte Wasser zum Gefrieren bringen, da bin ich mir sicher.

»Ich hätte dich wirklich gerne außen vor gelassen«, plappert sie seelenruhig weiter, »aber du kannst wirklich hartnäckig sein. Hättest du dich nicht einfach raushalten können?« Fast zeigt ihr Gesicht eine Spur Bedauern. »Hände hinter den Rücken!«, blafft sie dann, und alle Empathie ist verschwunden. »Setzen!«

Ich lasse mich dicht neben Mutter nieder, die von Silvia auf den Boden gedrückt worden ist. Der rothaarige Teufel greift zum Paketband und geht auf mich zu.

»Warum, Silvia?«, lenke ich sie schnell ab. »Der Schnösel in Kuchen, okay. Von mir aus auch die Irmgard. Aber warum die anderen Männer? Und wieso der Rudi?«

»Die anderen Männer? Woher … ?« Sie schaut mich irritiert an.

»Du musch einiges durchg'macht hann. Die henn dir älle übel mitg'schpielt, gell?«, versuche ich mein Glück mit all meinem psychologischen Geschick.

Die Silvia blinzelt. Ihre Augen schimmern feucht.

»Für was henn die büßa missa? Henn se de ausg'nutzt? Henn se …?«

»Ja!«, schreit Silvia hysterisch. Langsam bröckelt die Fassade. »Alle waren sie Hurenböcke, die es verdient haben! Jeder Einzelne. Außer«, ihre Hasstirade wird von Schluchzen unterbrochen, »der Rudi …«

Silvias Kampfgeist fällt in sich zusammen. Sie sinkt auf den Boden und fängt hemmungslos an zu weinen. Aber meine Schulter bekommt sie diesmal nicht, das steht fest!

Ich suche den Blickkontakt mit ihr, bevor ich vorsichtig die Hand auf ihren Arm lege. Nicht dass sie mir wieder eine verpasst!

»I glaub, du solltescht dich amol aussprecha«, wage ich mich vor, als sie sich einigermaßen gefasst zu haben scheint.

Mit Tränen in den Augen schaut sie mich an. »Mit Elmar hat alles angefangen.« Ihre Stimme zittert. »Ich war fünfzehn und lernte ihn auf einer Party in Kuchen kennen. Ich war sofort fasziniert. Er war älter, gut aussehend, charmant, Sohn reicher Eltern …«

Der Lackaff uff dem Foto, erkenne ich gleich, bleibe aber stumm und lasse sie weiterreden.

»Ich war so naiv! Er führte mich aus, machte mir Komplimente und schöne Geschenke. Er schien der Mann meiner Träume, doch das änderte sich, als ich schwanger wurde.« Silvia macht eine Pause und wischt sich über die Augen. »Er wollte das Kind nicht. Ich war für ihn nur eine von vielen Affären. Er hat meinen Eltern viel Geld für eine Abtreibung angeboten. Aber auf legalem Weg wäre die nicht mehr möglich gewesen, die Schwangerschaft war schon zu weit fortgeschritten.« Ihr Körper bebt vor Wut. »Meine Eltern haben sich für mich geschämt. Hure haben sie mich genannt. Aber wie praktisch, dass man eine Engelmacherin in der weiteren Verwandtschaft hat!« Die letzten Worte spuckt sie förmlich aus. »Gegen meinen Willen wurde ich zur alten Sausele gebracht. Die hatte ihren Dienst allerdings kurz vorher quittiert, aus gesundheitlichen Gründen. Darum hat Irmgard das ›Geschäft‹ übernommen, hier im Löwen!«

Mutter rückt dicht an mich heran und ich höre ihre schnellen Atemzüge.

»Und hier hasch no den Rudi kennag'lernt?«, rate ich.

Silvia nickt. »Ja, ich hatte nach dem Eingriff starke Schmerzen und musste ein paar Tage im Löwen bleiben. Das durfte aber niemand mitbekommen, also wurde ich von Irmgard wie eine Gefangene gehalten. Beschimpft hat mich die alte Hexe, ein Flittchen hat sie mich genannt, das dieses Schicksal verdient hätte. Sie hat sicher damals schon gewusst, dass ich danach keine Kinder mehr bekommen kann.«

Silvia ballt die Hände zu Fäusten, und ich rücke zur Sicherheit etwas von ihr ab. Zornesröte breitet sich auf ihrem Gesicht aus, bevor sich plötzlich ein sanfter Ausdruck darauf legte.

»Aber Rudi war mein Lichtblick in jenen Tagen. Er kam jeden Tag in mein Zimmer, brachte mir Essen, was zu trinken, manchmal was zum Naschen oder eine Zeitschrift.« Silvias Augen strahlen, während sie von Rudi spricht. »Irmgard hatte ihm erzählt, ich hätte eine Nervenkrankheit, und ich ließ ihn in dem Glauben. Ich schämte mich. Für Elmar. Für meine eigene Dummheit.«

»Des war net dei Schuld! Du warsch jo no a Mädle! Des hätt jeder passiera kenna«, versuche ich zu trösten.

»Aber es ist mir passiert!«, blafft Silvia. »Als ich wieder

nach Hause kam, zeigten weder Elmar noch meine ach so liebevollen Eltern irgendein Interesse an mir. Ich wollte nur noch weg. Der Absprung gelang mir durch das Studium, das ich mit Nebenjobs in Fitnessstudios selbst finanziert habe. Nur einmal, zur Beerdigung meines Vaters, bin ich nach Kuchen zurückgekehrt. Und das Schicksal zeigte mir den Weg.«

»Welchen Weg?«, frage ich irritiert.

»In dem Gasthaus, in dem der Leichenschmaus abgehalten wurde, traf ich wieder auf Elmar. Inzwischen Jungunternehmer, immer noch verwöhnt und immer noch ein Hurenbock. Er war angetrunken und meinte, mich vor allen Gästen beleidigen zu können. Dafür musste das Arschloch büßen!« Silvia kneift die Augen zusammen, und mit ihrer roten Mähne erinnert sie mich mehr denn je an den Teufel persönlich. »Das war sein Todesurteil«, fährt sie ungerührt fort. »Ich folgte ihm noch in derselben Nacht zu seiner Firma, schlug ihm den Kopf ein und brachte ihn auf einem der Webstühle schön in Pose. Das mochte er doch so gerne: von allen gesehen, bewundert, angeschmachtet zu werden. Das konnte er haben!«

»Und woher des Foddo?«

Silvia lacht voller Hohn auf. »An einer Pinnwand in seinem Büro habe ich es zufällig entdeckt. Ein alter Schnappschuss von Elmar, wie er leibte und lebte. Ich riss es von der Wand. Seine Groupies konnte er sich sonst wohin schieben, und ich entschied mich für sein Maul!«

Nun kichert sie wie irr, und ich werfe einen sorgenvollen Blick zu Mutter, die aus großen Augen zu Silvia rüberschaut.

»Das Irrsinnige ist, dass ich wirklich jeden Tag damit gerechnet habe, dass die Polizei vor meiner Türe auftauchen würde. Aber sie ist nie gekommen.« Sie grinst mich herausfordernd an.

»Ond dann hasch du's wieder g'macht«, spinne ich die Geschichte weiter.

»Ja, und das zu Recht!«

»Der Mann in Lauffen?«, frage ich vorsichtig nach.

»Ein scheinheiliger Hund!« Silvia bricht in hysterisches Lachen aus. »Religionslehrer an meiner Schule. Hat mir die große Liebe vorgegaukelt. Jeden Sonntag war er in der Kirche zum Beten und Beichten. Und dann hab ich ihn erwischt, wie er in einer Pause an der Referendarin rumgefummelt hat. Wie eine Glocke habe ich ihn an der Kirchenmauer aufgeknüpft!« Sie schaut mich triumphierend an, bevor sie weiterprahlt: »Und der feine Herr Metzger liebte besondere Spielchen im Bett und filmte die. Bloß ohne mein Wissen. Ein grober Fehler! Als ich ihn zur Rede stellte, hat er gedroht, mich öffentlich zu demütigen. Dabei war er derjenige, der an den Pranger gehörte!«

»Daher des Foddo …«, murmle ich.

Silvia nickt eifrig. »Wie ich sehe, bist du bestens informiert. Allerdings wundert mich das nicht.«

Ich habe keine Zeit zu entscheiden, ob ich das als Kompliment oder Beleidigung auffassen soll, denn sie plappert bereits weiter: »Dann weißt du sicherlich auch, dass ich mir nicht viel Mühe gegeben habe, die Taten zu verschleiern. Im Gegenteil. Aber die Polizei war auf beiden Augen blind.«

Sie steht auf und beginnt, wie ein Tiger im Käfig hin und her zu laufen. Dann verschwindet sie im Vorraum, und ich überlege fieberhaft, ob wir den Moment zur Flucht nutzen können, aber da kehrt Silvia bereits zurück, eine Wasserflasche in der Hand. Sie nimmt einen großen Schluck. Wortlos strecke ich die Hand danach aus, doch sie geht zu Mutter, reißt ihr das Paketband vom Gesicht und hält ihr die Flasche an den Mund. Die trinkt gierig, und ich habe Glück, dass ein kleiner Rest für mich übrig bleibt.

»Wo mir grad dorbei senn«, nutzt Mutter ihre wieder-gewonnene Freiheit, »warum hasch du dann den Rudi ersäuft?«

Angesichts der mangelnden Einfühlsamkeit meiner direkten Verwandtschaft befürchte ich einen Zornesaus-bruch vom roten Teufel, doch Silvia lässt sich auf den Boden plumpsen und fängt wieder an zu weinen. »Das war ein Fehler!«, schluchzt sie.

»Kann mr so saga!«

»Mutter!«

»Isch doch aber au wohr!«

Ich schau Mutter böse an, die schaut jedoch demonstra-tiv in die andere Richtung.

»Als ich nach Steinheim kam, ist mir Rudi gleich in mei-ner ersten Woche auf dem Schulhof begegnet«, sprudelt es dafür aus Silvia hervor, die jetzt wieder meine volle Auf-merksamkeit genießt. »Ich wollte eigentlich nicht hierher, wirklich nicht, aber als ich ihn nach all der Zeit wiederge-sehen hab, war mir klar, dass es so sein musste. Mein Weg, mag er noch so steinig gewesen sein, hat mich zu ihm geführt. Er ist der Mann meines Lebens …«

»War«, korrigiert Mutter und erntet von mir einen wei-teren scharfen Blick.

Silvia bricht erneut in Tränen aus. Ihre Schultern beben, während sie heulend weiterspricht. »Das ist alles so furcht-bar schiefgelaufen! Ich wusste ja, dass er verheiratet war und drei Kinder hatte. Das war ein Hindernis, aber kein Hin-derungsgrund. Das Schicksal wollte es so …«

Wenn sie mir damit noch einmal kommt, platze ich, denke ich, doch ich ruf mich zur Räson, immerhin will ich wissen, wie die Geschichte weitergeht.

»Rudi hat sich so gefreut, mich wiederzusehen. Er hat mich gleich zu einem Glas Wein eingeladen. Ich meine, das war doch ein eindeutiges Zeichen, dass er ebenfalls Interesse an mir hatte!«

Mutter schaut mich stirnrunzelnd an, und ich ziehe die Augenbrauen hoch.

»Wir waren auf dem Jägerhof, und als wir aufgebrochen sind, hat Rudi dem Wirt zugerufen, er solle an das Fest zu seinem Fünfzigsten im Löwen denken. Das war natürlich ein versteckter Hinweis für mich, dass ich auch kommen soll. Wir mussten es ja geheim halten, wegen der Melanie!«

O Mädle, du kannsch dir Sacha wirklich scheeschwädza!

»Und an dem Tag, als der Rudi ums Läba komma isch, do wared ihr wieder auf dem Jägerhof verabredet?«, erkundige ich mich.

»Ja, ich hatte ihm eine SMS geschickt.« Sie schaut mir direkt in die Augen. »Und er war da. Aber er war in Eile. Ich wollte ihn nicht ... Aber als er den Hut liegen lassen hat, war das wieder ein Wink des Schicksals.«

O nein, ned scho wieder!

»Es war *die* Gelegenheit, mit Rudi allein zu sein, mit ihm unter vier Augen zu reden. Ich bin ihm hinterher und hab ihn dann am Gumpen entdeckt. Er saß auf dem Steg. Als ich näher gekommen bin, habe ich bemerkt, wie er Selbstgespräche geführt hat.« Sie hält inne, ihr Blick wird glasig. »Mein Herz blieb stehen, als ich seine Liebeserklärung an seine Frau und die Kinder gehört hab. Er hat gesagt, dass er mit ihnen woanders neu anfangen will. Er hätte mich verlassen ...«

Silvias starrer Blick macht mich etwas unruhig.

»Ich weiß nicht mehr genau, was dann passiert ist. Ich habe nur noch rotgesehen. Meine Zukunft hat sich von jetzt auf gleich in Luft aufgelöst. Ich hab nach etwas gegriffen und zugeschlagen. Dann bin ich weggelaufen.«

»Aber du bisch nommol z'rigg?« stellt Mutter die Frage, die mir auf der Zunge brennt.

»Natürlich! Ich war fast schon beim Auto, da wurde mir klar, dass das alles ein Missverständnis gewesen sein musste! Er liebte mich doch! Ich bin zurückgerannt, um noch einmal mit ihm zu reden. Doch er trieb mit dem Gesicht nach unten im Wasser. Ich habe ihn schnell auf dem Steg gezogen. Aber es war zu spät.« Silvia schluchzt hemmungslos.

»Und des Bild?«, erkundige ich mich.

»Das lag auf dem Steg«, antwortet sie mit tränenerstickter Stimme. »Als ich die Familienidylle betrachtet habe, hat mich wieder die Wut gepackt. Den Rest kennst du.«

»Und die Irmgard war für all das verantwortlich«, versuche ich, ihre wirren Gedankengänge nachzuvollziehen. »Und dafür musste sie sterben.«

Silvia nickt stumm, bevor sie wieder von Weinkrämpfen geschüttelt wird.

»Wie bisch du denn do ins Haus reikommen?«, möchte ich wissen, als sie sich etwas gesammelt hat.

»Als ihr hier an Kirchweih euren Festschmaus abgehalten habt, hab ich mich im Keller umgesehen«, gibt sie mit monotoner Stimme wieder, als hätte sie all ihre Kraft verloren. »Ich wusste von dem alten Schlachtraum aus der Zeit, als ich in diesem verfluchten Haus eingesperrt war. An dem Abend hab ich auch mitgekriegt, dass Irmgard krank war, so geröchelt hat das Miststück, als es auf mich losgegangen ist. Mir war klar, dass sie die nächsten Tage das Bett hüten würde.« Sie schaut meine Mutter an. »Als ihr tags darauf mit Aufräumen beschäftigt wart, bin ich reingeschlichen und hab mich hier versteckt und darauf gewartet, dass sich eine Gelegenheit bieten würde, sie alleine zu erwischen. Die ergab sich schneller als gedacht, als der alte Mann abends nach einem heftigen Streit mit der Hexe lautstark aus dem

Haus gestürmt ist. Und tatsächlich, da saß sie, einsam vor ihrem elendigen Käsebrot ...«

»Und warum hat die Irmgard so qualvoll sterba missa?« Mutter ist ziemlich aufgebracht.

Plötzlich durchfährt mich ein Geistesblitz. Es ist kein Zufall, dass Silvia die Irmgard, die skrupellose Engelmacherin, auf diese Weise um die Ecke gebracht hat!

Die wiederum antwortet Mutter nicht, deshalb helfe ich ihr auf die Sprünge. »Du hasch g'wissd, was mr früher nach ungewollten Geburten g'macht hat.«

»Ja, ich hatte darüber gelesen.« Sie wischt sich ihre Wangen und die Nase am Ärmel ab.

Bevor Mutter dafür einen Tadel aussprechen kann, sage ich: »Deshalb hast du sie erfrieren lassen.«

Silvia nickt. Sie scheint sich wieder etwas im Griff zu haben und steht auf. »Das hat sie verdient! Und wieder steht die Polizei auf dem Schlauch.«

Wenn sie sich da nicht täuscht, denn Kommissar Lauer hat schließlich eine neue rechte Hand. Frau Nägele, Elvira Nägele. Und die wird ... Ja, was wird die? Im Moment hat sie keinen Plan. Nicht den klitzekleinsten.

»Aber warum bisch du net scho längscht weg?«

»Ich hatte noch was zu erledigen.«

»Die Melanie?«, rate ich.

Silvia lacht gehässig auf. »Der alte Festus hat es mir so einfach gemacht!«

»Du hasch g'säha, dass der Festus geschtern den Schlüssel in der Haustür vergessa hat, gell?«, frage ich weiter ins Blaue hinein. Scheint ein Erfolgskonzept zu sein.

»Ja, und dann ist er mit der Reisetasche bei dir ins Auto eingestiegen. Mir war sofort klar, er würde mir nicht in die Quere kommen. Und ich wusste, dass die Mädchen noch bei Rudolfs Schwiegereltern sind. Ein Volltreffer! Die Chance, die ganze Sache zu Ende zu bringen. Also hab ich mich wieder hier versteckt, um auf Melanie zu warten.«

»Aber sie ist nicht gekommen.«

Silvia schnauft wütend. »Nein. Von wegen trauernde Witwe!«

Und wo ein Fenster ist, ist auch ein Licht, denk ich.

»Und worom bisch du heut nommol herkomma?«, will Mutter wissen.

»Ich muss gestern Rudis Handy hier verloren haben.

»Ach, du hasch des im Wald mitg'nomma?«

»Ja.« Ihre Augen werden wieder feucht, doch sie wischt sich wieder mit dem Ärmel die Nase ab »Als Andenken. Ich wollte es wiederhaben, aber dann«, sie deutet mit dem Kopf zur Mutter, »ist mir die Starköchin in die Quere gekommen.«

»Des isch jo wohl net mei Schuld«, empört sich meine Mutter.

Mit einem Handzeichen unterbinde ich weitere Beschwerden.

»Und jetzt?«

»Jetzt dürft ihr eure Stimmbänder schonen und euch ausruhen.« Silvia greift nach dem Paketband und klebt zuerst Mutter den Mund wieder zu.

Ich versuche aufzuspringen, doch der rote Teufel tritt mir gegen den Knöchel, und als ich schmerzerfüllt zu Boden sinke, ergreift sie meine Hände und knebelt sie wie die meiner Mutter mit Kabelbinder hinter dem Rücken. Bevor ich protestieren kann, werde auch ich mit Klebeband mundtot gemacht.

»Ich danke euch! Das hat wirklich gutgetan, mal alles loszuwerden. Jetzt muss ich mich aber verabschieden. In zwei Stunden geht mein Flieger«, verkündet die Verrückte grinsend. »Bis man euch findet, seid ihr vermutlich unterkühlt, dehydriert und vielleicht schon mumifiziert, je nachdem, wie gut Kommissar Lauer ist.« Sie lacht gehässig auf, bevor sie im Lagerraum verschwindet und das Regal vor den Eingang schiebt.

Wir hören, wie sich ihre Schritte entfernen. Mutter und ich schauen uns an, und dann versuchen wir, unter atemberaubenden gymnastischen Verrenkungen uns gegenseitig die Paketbänder abzuziehen, wobei ich verletzungsbedingt klar im Nachteil bin. Letztendlich schaffen wir es, unsere Münder zu befreien, allerdings nicht ohne schmerzhafte Grimassen. Um Hilfe schreien könnten wir also schon mal, aber ohne zu wissen, ob Silvia wirklich weg ist, unterlassen wir das tunlichst.

»Handy!«, flüstert Mutter mir ins Ohr.

»I hab keins dobei«, wispere ich zurück.

»Kühltruhe!«

Keine Ahnung, was sie meint. Hat sie Angst zu verhungern? Steht sie unter Schock?

»Mutter, du ganze Sätze reden«, sage ich behutsam.

Sie verdreht die Augen und deutet mit dem Kopf zum Regal vor dem Eingang und zischt: »Em Rudi sei Handy, wo die Silvia g'sucht hat, hann i vor derra g'funda, uffm Weg zur Kühltruhe, wo i den Rehbrota rausholla hann wella. Isch des a ganzer Satz?«

»Ja, scho.«

Schließlich erzählt sie mir mit leiser Stimme, dass sie das Telefon gerade eingesteckt hatte, als sie von Silvia überrascht wurde. Als die dann später mich angegriffen hat, hat Mutter in dem Durcheinander die Gelegenheit genutzt, die Notruftaste zu drücken, bevor Silvia ihr das Gerät aus der Hand gerissen hat.

Ich lobe Mutter für ihre Geistesgegenwart, bezweifle jedoch, dass man hier unten Empfang hat. Einen Versuch war's trotzdem wert.

Für den Plan B schau ich mich um, ob ich etwas finde, das ich als Brecheisen einsetzen könnte. Dabei entdecke ich an der Kante des Stahltischs das Messer, mit dem Silvia Mutter bedroht hat. Das muss die Verrückte in der Eile vergessen haben. Mutter sieht es ebenfalls. Sie steht auf, und ich frage mich, wie sie das auf High Heels und mit festgezurrten Händen so elegant schafft. Ich erhebe mich auch, allerdings weit weniger geschmeidig. Irgendwie gelingt es uns, dass sie das Messer zwischen die Finger klemmt und ich meinen Kabelbinder auf der Schneide hin und her wetzen kann. Es dauert zwar eine Weile, aber schließlich kann ich meine Hände bewegen. Schnell befreie ich Mutter von ihren Fesseln.

Draußen ist es mucksmäuschenstill. Vermutlich ist Silvia über alle Berge. Mutter und ich schieben das Regal beiseite, da hören wir plötzlich Getrampel auf der Treppe und mehrere Stimmen. Mutter und ich flüchten zurück in den Schlachtraum und kauern uns ins Eck neben den Stahltisch. Wortfetzen fliegen hin und her, aber wir verstehen nicht, was gesagt wird. Im Flackerlicht sehe ich im Gang die Silhouette eines Mannes. Er kämpft mit Silvia, die sich wie eine Furie gebärdet. Die Arme um ihren Hals und ihre Hüften geschlungen, hält er sie fest. Sie zappelt mit den Beinen und versucht, sich aus der Umklammerung zu winden.

»Elvira!«, höre ich eine geliebte Stimme. Mein BMVÄ!

»Ja, do benne!« Sofort springe ich in den Vorraum, liege jedoch im nächsten Moment wieder auf dem Boden, weil mein Bein nun vollends den Dienst versagt.

Der BMVÄ kann den rothaarigen Teufel kaum noch halten, aber ein zweiter Mann kommt ihm zu Hilfe. Lauer. Der wirft Silvia zu Boden und legt ihr in Windeseile Handschellen an. Der BMVÄ stürmt zu uns herein, reißt mich an sich und zerquetscht mir dabei fast die Rippen, aber in dem Fall sei es ihm verziehen.

In der Wandöffnung erscheint ein ziemlich zerzauster Lauer und hinter uns meldet sich Mutter zu Wort: »Wird aber au Zeit!«

EPILOG

»Ond, Mause, goht's dir heid guad?«, erkundigt sich mein BMVÄ und reicht mir ein Glas Sekt.

»Saumäßig guad sogar!« Ich nehme seine Hand und halte sie an meine Wange.

Er beugt sich zu mir herunter und gibt mir einen Kuss. Dann verschwindet er wieder in die Küche, wo er mit Mutter und Alfa allerhand Köstlichkeiten für unser kleines Grillfest zaubert.

Ich sitze unter dem Sonnensegel auf der Terrasse und beobachte das Völkchen, das mir so am Herzen liegt. Waltraud und Erika haben es sich auf einer Decke unter dem großen Nussbaum gemütlich gemacht. Wie Teenager kichern sie über Erikas neueste Eroberung, einen nicht mehr ganz taufrischen, aber offenbar vermögenden Witwer. Vater und Emil stehen in der offenen Tür zum Paradies, von wo aus sie die Gäste mit allerlei Getränken versorgen. Tom hat endlich den großen Montageauftrag seiner Schreinerei abgeschlossen und freut sich über ein paar freie Tage. Interessant ist, dass er immer häufiger von einer Lotta erzählt, die er während des Montageauftrags kennengelernt hat. Ich bin mal gespannt, was sich da entwickelt. Dass Lotta eine Schwäbin ist, beruhigt mich.

Ich schaue zu Jonas, der gemeinsam mit unserem Ältesten heute die Aufgabe des Grillmeisters übernommen hat. Leonie deckt die große Tafel, die wir mitten auf dem Rasen platziert haben, und wirft ihrem Freund ein Lächeln zu. Bei den beiden verdichten sich die Pläne für ein Auslandssemester. Mit Nachwuchs ist da also erst mal nicht zu rechnen. Vielleicht kommt ihnen Tom mit seiner Lotta noch zuvor?

Und Simon, der es sich gerade in der Hängematte gut gehen lässt, hat neuerdings das Tanzen für sich entdeckt. Leider nicht Discofox oder Walzer, sondern Hip-Hop. Na ja, immer noch besser, als den ganzen Tag vor irgendeinem Bildschirm zu hängen.

Sogar Lauer wird sich später noch die Ehre geben. Weil ich den Fall quasi im Alleingang gelöst habe, war er zuerst zwar ein bisschen angefressen, doch mit einer Portion Wurstsalat, die Mutter heute extra für ihn zubereiten wird, habe ich ihn überzeugt, meine Einladung anzunehmen. Wie im Krimiabspann werden wir mit einer Flasche Bier auf unseren Erfolg und unsere weitere Zusammenarbeit anstoßen. Das zumindest ist mein Plan.

Bis es so weit ist, sitze ich gemütlich auf der Terrasse und habe mein Bein hochgelegt, obwohl der Bänderriss, den ich mir beim Sturz von der Leiter im Archiv zugezogen habe, ganz gut verheilt ist. Aber ich genieße die Aufmerksamkeit, die mir durch die Verletzung zuteilwird und hinke absichtlich noch etwas, sobald ich in Gesellschaft bin. Es ist schön, wenn man hin und wieder umsorgt wird. Vor allem, nachdem ich meine Gesundheit für die Ermittlungen in fünf Mordfällen geopfert habe.

Dass mein BMVÄ zur richtigen Zeit zur Stelle war, ist unserer neugierigen Nachbarschaft zu verdanken. Als er an jenem schicksalhaften Tag heimgekommen ist, hat er sich gewundert, dass meine Sachen achtlos im Flur herumlagen, ich aber nicht zu Hause war. Die Geli, unsere Nachbarin, wusste ja zum Glück bestens Bescheid und konnte ihm sagen, dass Mutter am Nachmittag Richtung Ortsmitte geeilt ist und ich ihr hinterhergehinkt bin. Dass ich mit meinem verletzten Fuß unterwegs war, hat ihn ziemlich beunruhigt, und er ist den Weg, den Geli ihm beschrieben hat, abgelaufen. Gegenüber vom Löwen kehrte die ordentliche Frau Wägerle zum zweiten Mal an diesem Tag den Gehweg und konnte ihm berichten, dass Mutter und ich vor gut zwei Stunden in die Wirtschaft reingegangen, aber nicht wieder rausgekommen seien. Sie fand das sehr merkwürdig. Er allerdings auch.

Der BMVÄ ist dann auch in den Löwen rein und hat sich zuerst im Gastraum und der Küche umgesehen, aber niemanden entdeckt. Gerade wollte er wieder gehen, da hat er aus dem Keller Geräusche gehört. Er ist runtergerannt, und da ist die wilde Silvia schon auf ihn losgegangen. Dass Lauer fast gleichzeitig angerückt ist, haben wir Mutter zu verdanken. Der Notruf ging tatsächlich raus – was übrigens auch ohne Empfang funktioniert, wie sie mich nachträglich belehren musste. Deswegen sei sie ja auch die ganze Zeit entspannt gewesen. Na ja, wer's glaubt. Lauers Team hatte Rudis Handy zudem geortet, als Mutter es eingeschaltet hatte, und daraufhin ist er sofort los.

Und Silvia? Die wurde abgeführt und vernommen. Lauer gegenüber hat sie ihr Geständnis wiederholt, doch der wusste sowieso schon alles von mir. Nun wartet sie in Stammheim auf ihren Prozess. Man munkelt, die Verteidigung wolle auf Unzurechnungsfähigkeit plädieren. Ein bisschen tut sie mir schon leid, wenn man bedenkt, was ihr alles widerfahren ist. Ich hoffe, dass das auch der Richter berücksichtigt.

Melanie ist während ihres Aufenthalts auf dem Jägerhof Jochen nähergekommen, ziemlich nah – nun gut, so genau mechdad wir des gar ned wissa! Jedenfalls werden sie sich in Zukunft wohl öfters sehen, auch wenn sie nichts überstürzen möchten. Immerhin hat Jochen ihr angeboten, sie nach Kräften zu unterstützen, falls die Melanie den

Löwen weiterbetreiben möchte. Das scheint sie tatsächlich in Betracht zu ziehen, zumal Festus sich entschieden hat, nicht zu seiner Schwester ins Allgäu zu gehen, sondern im Bottwartal zu bleiben. Melanie hat ihm sofort lebenslanges Wohnrecht im Löwen zugesichert, und die drei Mädels sind überglücklich, dass sie wieder mit Opa Festus zusammen sein dürfen. Doch bis Melanie eine Entscheidung getroffen hat, dürfen zunächst Mutter als »Maîtresse de Cuisine« und Alfa als ihr »Souschef« im Amt bleiben. Nachdem ich mit eigenen Augen gesehen habe, wie Mutter nach unserer Befreiung nicht in die Arme von Alfa, sondern in die von Vater gestöckelt ist, bin ich da mittlerweile völlig gelassen.

Ich lehne mich zurück und nehme einen großen Schluck aus meinem Sektglas. Im Nachhinein betrachtet ist ja alles gut gelaufen. Allerdings konnte ich trotz hartnäckiger Nachfrage noch nicht klären, wohin die Palette Wein verschwunden ist, die vor unserer Einfahrt abgestellt worden war. Und die Unmengen an alkoholischen Getränken, die ich vor meiner Führung im Paradies entdeckt habe, sind plötzlich auch nicht mehr da. Aber keine Sorge, auch diesen Fall wird die Chefermittlerin Elvira Nägele aufklären!

GLOSSAR

Boddschamber

Nachttopf. Vom französischen »pot de chambre«. In besseren Haushalten gerne aus bemalter Keramik. Werden heutzutage häufig auf Flohmärkten erworben, um Zimmerpflanzen im DIY-Verfahren einen dekorativen Rahmen zu geben.

Bsoffa

Betrunken. Steigerungsform: »agsoffa« – »bsoffa« – »vollbsoffa«. Auch als Synonym für »schwindelig« gebräuchlich: »I lauf heid rom wie bsoffa!«

Bulldog

Ursprüngliche Bezeichnung für eine Traktor-Variante von »Lanz«. Wurde im Schwäbischen zum Synonym für alle Schlepper und Traktoren. Wird im Singular wie im Plural verwendet: »dr Bulldog« – »dia Bulldog«. Vorzugsweise: »mei Bulldog!«

Bussiera

Von Französisch »poussage« – Liebesbeziehung. Verbform: »bussiera« – flirten. Dabei wird meist »hälenga« (siehe unten), der Finanzstatus abgefragt, um Arrondierungsmöglichkeiten des späteren gemeinsamen (Grund-) Besitzes zu eruieren.

Deifl

Teufel, Gegenspieler Gottes. Auch »Butzdeifl«: fleißige schwäbische Hausfrau, die Haus und Gut sauber hält und keinen »Deifl voll Gruscht« – viel Gerümpel – im Keller duldet und deshalb »fuchsdeiflswild« – sehr wütend – wird.

Dr Dibbl bohra

Jemanden wieder in die Spur bringen. »Dibbl« – Fimmel, Eigenart, Spleen. »Dibblbohrer« – Psychiater. Auch »Wochadibbl« – Mumps.

Donderladdich

Schwäbische Wortschöpfung, um (großen) Ärger zum Ausdruck zu bringen. Keine hochdeutsche Entsprechung. Eventuell abgeleitet von der Pflanze Gift-Lattich.

Dr Bach na ganga

In der Regel im Sinn von »ruiniert werden«. In anderem Zusammenhang vereinzelt auch: mit der Strömung einen Bach entlanggehen.

Foddo

Nicht zu verwechseln mit »Frottee«. Ein dauerhaftes Lichtbild, das durch ein fotografisches Verfahren hergestellt wird. In heutiger Zeit inflationär produziert und über soziale Medien verbreitet.

Gichtla

Zuckungen, primär beobachtet bei Babys, wenn sie im Schlaf allerliebste Grimassen schneiden. Überbleibsel dieser unkontrollierten Mimik finden sich beim Erwachsenen, wenn ihm bei unliebsamen oder unvorhergesehenen Informationen die Gesichtszüge entgleiten.

Granadaseggl

Steigerungsform von »Seggl« – Trottel, Vollidiot. Varianten: »Bauraseggl«, »Allmachtsseggl«, Adjektiv: »segglbleed« – saudumm. Verb: »(jessasmäßig) verseggla« – jemand (sehr) in den Senkel stellen.

Gugelhupf

Regional auch »Goglopfa«. Napfkuchen aus Rührteig. In der Regel nach geheimen Familienrezepten gebacken.

Hälenga

Unter vorgehaltener Hand, hintenrum zum Beispiel Informationen über die Nachbarschaft einholen, Süßigkeiten aus der Schublade stibitzen oder fremde Handynachrichten einsehen.

Hubba

Weibliche Person, die durch Intrigen, Unwahrheiten und Falschaussagen auf sich aufmerksam macht. Oft verbunden mit Unruhe und exaltiertem Äußerem. »Hubba« im Singular wie im Plural: »a Hubba« – »mehrere Hubba«.

Alternativ, falls nicht im Zusammenhang mit einer Frau: (Auto-)Hupe.

Jäggle

Kleine Jacke. Hier »Jäggle« für das »Butzele« – Baby, Kleinkind.

Kirbe

Kirchweih. Fest anlässlich des Baus eine Kirche. Wird jährlich begangen. Willkommener Anlass der auswärtigen Verwandtschaft für Besuche bei den ortsansässigen Familienmitgliedern. Meist verbunden mit (widerwilligen) Einladungen zu Speis und (viel) Trank.

Leichaschmaus

Ein gemeinschaftliches Essen der Trauergäste im Anschluss an eine Beerdigung. In Schwaben aus finanziellen Gründen beschränkt auf Kaffee und Hefezopf. In der Regel wird mit Alkohol weniger gegeizt. Dadurch deutliche bis massive Stimmungsaufhellung der Gäste. Vereinzelt Abschluss der Feierlichkeiten unter Absingen von Schunkelliedern.

Luader

Schimpfwort. Siehe »Hubba«. Steigerungsform: »Schendluader«. Als Verb: »schendluader treiba« – jemanden hintergehen, ärgern.

Mensch, des

Weibliche Form von Mensch, respektive Frau. Auch »saubers Mensch« – schöne Frau. Imperativ »Mensch!«, zum Beispiel »Mensch Maier!«, als Ausdruck von Überraschung oder Ärger.

Näggich

Auch nägged. Ohne Kleidung, naturbelassen, pur.

Natz

Abfälliger Ausdruck für eine Gruppe unbeliebter Menschen, ähnlich »Bagahsch« oder »G'sindel«. Nicht zu verwechseln mit »Loenatze« – Lehne.

Nommgugga – Rommgugga

Auch »ommgugga«. Nach allen Seiten Ausschau halten. Häufig aus Neugierde. Auf der Suche nach auskunftsbereiten Gesprächspartner:innen. Gelegentlich auch »hälenga« (siehe oben).

Ribb

Böse, gehässige Frau, Alptraum eines jeden gutmütigen Schwaben. Eventuell Steigerungsform zu »Hubba«. Meist mit einer »Schwertgosch«.

Saitawürschtla

Dünne Brühwurst im »Saitling«. Außerhalb Schwabens auch als »Wiener« oder »Frankfurter« bekannt. Werden in »The Länd« gerne zu Linsen und Spätzle gereicht.

Schdoena

Steinheim im Schwäbischen respektive »schdoenameri-scha« (steinheimerischen) Sprachgebrauch. Vergleiche auch »Schdoenamer« und »Schdoenamerre« für Steinheimer und Steinheimerin.

Schendmärra

Schimpfwort (siehe »Luader«). Nur selten für alten Gaul (Schindmähre) gebraucht.

Schlofwagaverei

Gesellschaft träger Mitbürger. Die oft »wellad«, aber dann »dr Hendera net ruffbrengad«. Kurz: unproduktiver Haufen.

Schwertgosch

Überwiegend bei Frauen beobachtet, soll jedoch auch schon bei Männern bezeugt worden sein. Bezeichnet die Fähigkeit, möglichst viele Wörter, vorzugsweise Schimpfwörter, innerhalb kürzester Zeit von sich zu geben.

Siaße Stiggla

Kleingebäck. Von »Stiggle«. Diminutiv von »Stigg« – Teil.
Hier kleine süße Gebäckstücke.

Veschper

Tagesunabhängige Zwischenmahlzeit, meist wenig variantenreich, deftig, häufig wurstlastig.

Wurschtsalat

Wurstsalat. Hier schwäbischer Wurstsalat mit Schinkenwurst, Schwarzwurst, Essiggurken und viel (!) Zwiebeln.

Wurschtschbätzla

Zusammengesetztes Substantiv aus »Wurscht« und
»Schpätzla«. Abwandlung bzw. Aufwertung der Schwäbischen »Schbätzla« durch Beigabe von gerauchter Schinkenwurst, Zwiebeln und Peterling (Petersilie). Während
»Schbätzla« geschabt oder durch die Spätzlepresse gedrückt
werden, werden die »Wurschtschbätzla« mit dem Löffel in
kochende Fleischbrühe eingelegt.

Zum Bossa doa

Gegen jemandes Willen etwas tun, mit Absicht ärgern, einen
Streich spielen, Steine in den Weg legen. Vorzugsweise von
Nachbarn, Ehegatten oder Arbeitskollegen ausgeführt.

DANKSAGUNG

Wie man der Widmung dieses Buches entnehmen kann, ist es kein Zufall, dass mein Alter Ego, die schwäbische Miss Marple, den Namen Nägele trägt. Tatsächlich entstammen wir, also Frau Nägele und ich, dem berühmten Schwabengeschlecht der Nägeles aus Murr an der Murr. Auch dieser Ortsname ist keine Erfindung, es gibt das Dorf tatsächlich, und wir dürfen uns, infolge unserer Hausgeburt, sogar als waschechte, wenn nicht sogar eingeborene Murrerinnen bezeichnen. Mittlerweile über den Wacholderberg drei Kilometer in die Ferne gezogen, ist unsere Wirkungsstätte das Stadtarchiv in Steinheim an der Murr und das Bottwartal. Von hier aus haben wir in den letzten Jahren die Kabarettbühnen dieser Welt – ja, isch jo scho guad! – die Kabarettbühnen Baden-Württembergs erobert.

Inzwischen hat sich meine Bühnenfigur Frau Nägele allerdings verselbständigt und ein dynamisches Eigenleben entwickelt. Neben ihrer Familie und gutem Wein frönt die urschwäbische Schlabbergosch nun auch einer weiteren Leidenschaft: der Auflösung von Verbrechen. Durch die Lektüre unzähliger Krimis und ebenso viele Krimiabende vor dem Fernseher ist sie aufs Beste geschult und nimmt beim leisesten Verdacht Witterung auf. Dass Frau Nägele ihr Talent nicht nur auf der Bühne, sondern künftig auch auf Papier ausleben darf, hat sie vielen Menschen zu verdanken. Und eben jenen gilt mein ganz besonderer Dank als frischgebackene Krimiautorin.

An erster Stelle möchte ich meinen Künstlerkollegen Bernhard Bitterwolf nennen, der den Kontakt zum Gmeiner-Verlag hergestellt und mir damit den Start als Krimiautorin ermöglicht hat.

Ein großes Dankeschön auch an meine tolle Lektorin Ricarda Dück, die mir mit viel Erfahrung und Geduld aus manchen Fallstricken geholfen und mir Mut gemacht hat, die Protagonisten meiner Krimikomödie tatsächlich auf Schwäbisch zu Wort kommen zu lassen. Vielen Dank auch an die lieben Menschen bei Gmeiner, die im Hintergrund für das Buchprojekt Verantwortung tragen, darunter Monika Heinzelmann, Alisa Gerstner, Sarah Mück, Laura Oberndorff, Claudia Senghaas, Maike Worczewsky und Anja Kästle, die fast meine Lektorin geworden wäre, wenn nicht der Storch andere Pläne gehabt hätte.

Vielen Dank an meine großartigen Töchter Anne und Kathrin, die das Manuskript vor und während des Lektorats begleitet und mir viele wichtige Tipps und Anregungen gegeben haben.

Und Danke an meinen Mann Richard, der mir für meine Projekte nicht nur den Rücken stärkt, sondern auch Verständnis aufbringt für die vielen Stunden, die ich bei Proben, auf der Bühne oder bei der Schreibarbeit am Laptop verbringe. Er ist halt doch der BMVÄ – der beschte Ma von älle!

Helga Becker

DIE NEUEN
Lieblingsplätze

ISBN 978-3-8392-0370-5
Lieblingsplätze im BAYERISCHEN WALD

ISBN 978-3-8392-0373-6
Lieblingsplätze im EMSLAND

ISBN 978-3-8392-0371-2
Lieblingsplätze BERCHTESGADENER LAND

ISBN 978-3-8392-0158-9
Lieblingsplätze im HARZ

ISBN 978-3-8392-0372-9
Lieblingsplätze BODENSEE

ISBN 978-3-8392-0376-7
Lieblingsplätze in HOHENLOHE

ISBN 978-3-8392-0378-1
Lieblingsplätze in KÄRNTEN

ISBN 978-3-8392-0386-6
Lieblingsplätze SALZBURGER LAND

ISBN 978-3-8392-0375-0
Lieblingsplätze für Wanderer SCHWÄBISCHE ALB

ISBN 978-3-8392-0380-4
Lieblingsplätze NORDSEE NIEDERSACHSEN

ISBN 978-3-8392-0381-1
Lieblingsplätze NORDSEE SCHLESWIG-HOLSTEIN

ISBN 978-3-8392-0382-8
Lieblingsplätze in OBERÖSTERREICH

ISBN 978-3-8392-0383-5
Lieblingsplätze im OSNABRÜCKER LAND

ISBN 978-3-8392-0374-3
Lieblingsplätze in FRANKEN

ISBN 978-3-8392-0377-4
Lieblingsplätze in und um MÜNCHEN NACHHALTIG

ISBN 978-3-8392-0385-9
Lieblingsplätze rund um BERLIN

GMEINER KULTUR

WWW.GMEINER-VERLAG.DE
Mensch, Kultur, Region